U0140505

中国社会科学院中国边疆史地研究中心　**厉声　主编**

当代中国边疆·民族地区典型百村调查：**云南卷（第二辑）**

分卷主编：**方　铁　翟国强**

八里坪村全景（2008年1月19日李和摄）

种植核桃树宣传牌（2009年2月14日李和摄）

砖厂作业（2010年1月24日李和摄）

自来水与石水缸（2009年2月14日李和摄）

董干集市一景（2008年1月21日李和摄）

放牛、打柴（2010年1月24日李和摄）

新农村建设一景（2010年1月24日李和摄）

在八里坪村陈村长家访谈（2008年8月2日.白利友摄）

中国社会科学院中国边疆史地研究中心 厉 声 主编

当代中国边疆·民族地区典型百村调查：云南卷（第二辑）

普通的八里坪

——云南麻栗坡县董干镇八里坪村调查报告

杨磊 何廷明 李 和◎著

社会科学文献出版社
SOCIAL SCIENCES ACADEMIC PRESS (CHINA)

总 序

　　深入实际、开展国情调研，是中国社会科学院肩负的重要科研任务，也是中国社会科学院履行好党中央、国务院赋予的"思想库"、"智囊团"职能的重要方式。中国边疆省区占国土面积的60%以上，边疆区情及当地的民族社会调研（边疆调研）是中国国情调研的重要组成部分。正如一位边疆工作者所说：不了解少数民族，就不了解中华民族；不了解边疆，就不了解中国。1983年中国社会科学院中国边疆史地研究中心建立后，特别是1990年以来，一直将边疆调研作为学科研究的重点之一。

　　2004年，中国边疆史地研究中心承担国家社科基金特别项目"新疆历史与现状综合研究"（简称"新疆项目"）。2006年，中国边疆史地研究中心牵头，立项开展"当代中国边疆·民族地区典型百村调查"（简称"百村调查"），作为此特别项目的子课题。"百村调查"以新疆为重点，在全国新疆、西藏、内蒙古、宁夏、广西五个民族自治区和云南、吉林、黑龙江三省基层地区同时开展，共调查100个边疆基层村落。调查工作在"新疆项目"领导小组和专家委员会指导下，由"百村调查"

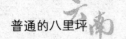

专家委员会暨编委会组织实施。在中国边疆史地研究中心主持拟定的调查大纲框架下，发挥每个省区的优势，体现各自的特色。

本项目的实施得到了边疆地区各级地方党政部门的支持。首先，调查工作注意与地方党政部门的相关工作衔接、听取意见，在实施调查之前，主动向各级党政部门汇报情况，听取指示和意见。其次，调查组主动让各级党政部门了解调研的全过程，在调研过程中出现问题时及时向相关党政部门请示。再次，调研阶段成果和最终成果的副本同时提供地方党政部门参考。

"百村调查"的调研主题是：改革开放 30 年来中国边疆基层村落的民族社会和经济发展的历史与现状。具体内容包括：乡村概况、基层组织、经济发展、社会生活、民族、宗教、文教卫生、民俗风情等。项目调研的时间是：2007~2008 年（资料下限至 2007 年底或适当延长）。

"百村调查"的调研对象为：100 个具有典型意义与特色的中国边疆基层村落。课题以基层乡、村两级为调查基点，大致每个省区选择 2 个地州，每个地州选择 1~2 个县，每个县选择 2 个乡，每个乡选择 2 个村。新疆共调查 22 个村，其他地区均为 13 个村（辽宁、吉林、黑龙江以东北边疆为单元，共调查 13 个村）。调查点的选择要求：

（1）本地区社会稳定与经济发展中具有典型意义的基层乡和村。

（2）存在边疆现实政治、社会或经济发展的热点、难点问题。

（3）与20世纪50年代全国边疆民族调查能有一定的衔接。

"百村调查"采取学术调查与现实政治相结合的方法，以社会人类学入村入户调研方法为主，同时关注现实政治、社会与经济发展中的热点、难点问题：一般共性调查与专题专访调查相结合，在一般综合性调查的基础上，选择好专访或专题调研的"切入点"——总结经验与完善不足相结合，在总结各项工作经验的同时，善于发现问题和提出解决问题的对策与建议。调研注重入户访谈和小范围座谈的专访调查。在一般性问卷和统计资料收集的基础上，注重对基层干部、群众典型、教师、宗教人士等特定人员的专题访谈，倾听和收集他们对基层社会稳定与经济发展的看法、意见和建议，形成能说明问题的专访或专题调研报告。

"百村调查"的成果形式分为调查综合报告与专题报告两大类。

（1）调查综合报告：依据大纲规定，撰写有关乡村经济社会等发展状况的综合报告，课题结项后分期公开出版。专题报告及调查资料可以公开发表的，在篇幅允许的情况下，作为附录附在综合报告末尾。

（2）专题报告：内容较敏感、不适宜公开出版的专题报告，集成《专题报告集》，内部刊印。

"百村调查"总主编　厉声　谨识

2009年8月25日

目 录
CONTENTS

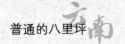

图目录
FIGURE CONTENTS

表目录
TABLE CONTENTS

序 言
FOREWORD

一

云南地处祖国西南边陲，全省东西横贯 864.9 公里，南北纵跨 990 公里，总面积 38.3 万多平方公里，居全国第八位。境内绝大部分是山地，矿藏丰富，有 25 种矿产资源保有储量居全国前三位。不仅动植物资源呈多样性，而且少数民族文化也是复杂多样的。云南是个多民族的省份，有 52 个少数民族，其中 5000 人以上的世居少数民族有 25 个，是全国边疆少数民族种类最多的省区。云南历史悠久，公元前五六世纪，滇池地区已出现创造了灿烂青铜文化的滇国，两汉时云南正式进入中央王朝的版图。

19 世纪后期，英法殖民者以缅甸、越南为基地，把侵略矛头指向云南。传教士进入云南传教，随后开埠通商和修筑滇越铁路，蒙自、河口、思茅与腾越是最早设立的商埠。英法殖民者大量掠取锡等矿藏资源，云南封闭的状况也逐渐改变。

1950 年云南和平解放。1952 年至 1956 年，中央政府在少数民族地区进行民主改革。在白族、回族、纳西族和壮族聚居的地区，采取政策略宽于汉族地区的土改方式；在处于封建领主制和奴隶制阶段的傣族、藏族、哈尼族、普

1

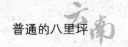

米族以及一部分纳西族、彝族的地区，采取和平协商土改的方式；在保留原始公社制度残余的傈僳族、景颇族、佤族、布朗族、基诺族、怒族、独龙族以及一部分拉祜族的地区，不进行土改，通过发展生产直接过渡到社会主义社会。土地改革与民主改革完成后，各族农民分到耕地和生产资料，农业生产获得较大发展。

新中国成立 60 年来，特别是十一届三中全会后，云南在农业、工业、贸易、文教卫生等诸领域都发生了巨大的变化。但目前与内地其他地区相比仍存在一些困难和问题。

据调查，云南边境县市地区有以下特点：一是社会经济发展速度普遍缓慢，总体上与先进地区的差距仍在扩大。二是基础设施与基本建设滞后，严重制约当地社会经济的发展。三是影响社会稳定的问题突出，治理难度很大。四是跨境民族境内外不同部分往来密切，本民族自我统一意识增强，并呈现继续发展的趋势。五是与邻国相比，云南边境县市一些地区获得国家支持的力度不够，与越南等国的优惠政策形成反差。六是地方财政较困难，难以落实国家规定的脱贫项目的配套经费。七是地方教育、卫生保健、文化事业等发展水平偏低。

因此，云南边境县市地区目前的状况，与建设和谐边疆的目标很不适应。最近中国与东盟 10 国共同签署中国—东盟自贸区《投资协议》。双方已成功完成自贸区协议的主要谈判，自贸区将如期在 2010 年全面建成。中国—东盟自贸区合作的高速进展，对云南边境县市地区以及当地少数民族的稳定与发展提出了更高要求。

在这一背景下，对国情、区情作进一步了解，以制定相应的政策、措施，显得十分必要。

中国社会科学院中国边疆史地研究中心主持的国家社科基金特别项目"当代中国边疆·民族地区典型百村调查"（简称"百村调查"），是一项涉及广西、云南、西藏、新疆、内蒙古、宁夏、吉林、黑龙江等八省区100个村寨的大型调研项目。云南省作为中国边疆少数民族种类最多的省，在本次调查中共选点13个，主要集中在云南沿边一线的各民族边疆村寨，个别分布在非边境县市地区。

二

在中国近现代发展史上，对于边疆地区的关注，主要出现在19世纪末20世纪初。一批学者对中国边疆尤其是西南边疆地区进行了调查研究，取得了一定成果。新中国建立后，在相关政府部门、研究机构的推动下，开展了对国内各民族社会历史的调查活动。20世纪五六十年代，根据党中央和国务院的部署，国家有关部门在全国范围内进行了大规模的少数民族社会历史调查，其中也对云南各民族社会历史发展情况进行了全面的调查。该次调查对云南少数民族地区的社会、经济、文化发展起到了重要的推动作用，也为后来的学术研究积累了大量的历史学、民族学、人类学、社会学资料。2003年7月至8月，云南大学组织力量对全国32个少数民族村寨进行了调查，其中包括云南各民族村寨调查。这次调查，也是一次典型的少数民族村寨调查，获得了21世纪初中国各民族典型村寨的珍贵资料，具有重要学术价值。

与历次少数民族社会历史调查不同的是，本次由中国社会科学院中国边疆史地研究中心发起的边疆"百村调查"项目，主要是从边疆学的角度考虑，突出了边疆、村落和

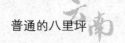
现实发展状况三个要点，期望通过深入的田野调查，面向中国边疆农村地区，真实反映现实的中国边疆村寨客观发展状况，为国家宏观把握边疆发展现状，构建和谐、安全、富裕边疆提供参考资料。此次调查虽然并未把少数民族因素作为关键内容予以突出，但由于中国历史上形成的边疆社会人口结构，决定了调查的内容必定要涉及大量的少数民族村寨。因此，云南的调查点与全国其他边疆地区的情况一样，涵盖了大量的少数民族村寨。

云南在本次调查中所选择的 12 个调查点，是根据总体项目的设计，选择具有代表性的 4 个地州，在每个地州选1~2 个县，每个县选择 1~2 个乡，每个乡选择 1~2 个村（农场），最后完成 12 份村寨调查报告，以及相关的若干份调研咨询报告。通过调研和提交的研究成果，较全面地反映云南省尤其是沿边地区社会与经济发展的状况，以及存在的主要问题，并提出解决问题的基本思路和切实可行的对策建议。

选择什么样的村寨作为调查对象？云南项目组遵循以下原则：第一，尽量顾及民族特点，选择自治州、县的自治民族，即壮族、苗族、彝族、瑶族等；第二，尽量选择不同类型的乡镇、村寨，距离不能太近，避免雷同；第三，所选村寨要尽量大一些，以便进行 50 户问卷抽样。根据上述原则，我们分别选取以下 12 个村寨作为调查对象。

红河哈尼族彝族自治州所属河口瑶族自治县桥头乡下湾子村和老汪山村、河口县老范寨乡小牛场村、河口南溪镇马多依下寨和红河县迤萨镇跑马路社区安邦村；文山壮族苗族自治州所属麻栗坡县猛硐瑶族乡坝子村和丫口寨、麻栗坡县董干镇八里坪村和马崩村；临沧市沧源佤族自治

4

县勐董镇永和社区、沧源佤族自治县勐角乡翁丁村以及玉溪市元江哈尼族彝族傣族自治县甘庄华侨农场等。

这些村寨各具特点，例如下湾子村和老汪山村分别是苗族和布依族的村寨，是多元文化融合的典型。在这里我们可以看到内地汉儒文化与边疆苗族、布依族等少数民族文化的融合，是中华民族文化"和谐"与"多元"的实例见证。红河县迤萨镇跑马路社区安邦村素有"侨乡"之称，该村侨眷占绝大多数，分别与老挝、美国、法国、加拿大、泰国、越南等国有侨眷关系，逐渐成为中国看世界和世界看中国的一个窗口。

除以上所说的 13 个少数民族聚居村寨以外，3 个子课题组还对所调研地州的其他一些地区，选择较突出的一些问题进行了调研，并撰写相应的调研咨询报告。

三

本项目的调查和研究，拟在以下方面有所突破：一是云南边疆地区社会经济发展状况的总体评价；二是云南边疆地区社会经济发展趋势预测；三是云南边疆地区社会经济发展存在的突出问题；四是解决云南边疆地区社会经济发展中存在问题的基本思路；五是解决云南边疆地区社会经济发展中存在问题的对策建议；六是对包括云南在内的中国边疆地区，当前和今后一段时期存在的问题及解决办法的思考；七是对今后在边疆地区进行社会经济可持续发展调研的建议。

研究的方法，主要是采取社会学、人类学的基层调查方法，系统收集和整理相关的资料和数据，尤其重视新资料和经过调查得来的第一手资料，同时结合历史学的分析、

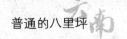

演绎和归纳的方法，在此基础上进行全面深入的分析和研究，形成具有较高水平的研究成果。

在调查和研究的过程中，以云南大学西南边疆少数民族研究中心（教育部人文社科重点研究基地）以及云南省的红河学院、文山学院、临沧高等师范专科学校等高校的教师和研究生为基本力量，同时吸收相关地州民族研究所的研究人员和各级政府的有关人员参加，共同协作，博采众长。在调研的过程中，注重依靠各级政府有关部门和乡村两级干部，深入村寨进行调研，实施问卷调查，细心倾听各民族干部和群众的意见，在此基础上形成真实客观、有一定的深度和广度、符合科研规范、有较高学术含量的研究成果。可以说，通过参加者的共同努力，基本上达到了项目所设计的预期目标。

"当代中国边疆·民族地区典型百村调查·云南部分"项目，由以下人员分别担任项目组及子课题组的负责人。

课题主持人：方铁（云南大学西南边疆少数民族研究中心教授，该中心原主任）

课题副主持人：翟国强（中国社会科学院中国边疆史地研究中心副研究员）

红河哈尼族彝族自治州子课题组

组长：金少萍（云南大学西南边疆少数民族研究中心教授）

副组长：何作庆（云南省红河学院教授）

文山壮族苗族自治州子课题组

组长：杨永福（云南省文山学院教授）

副组长：杨磊（云南省文山学院教授，副校长）

临沧市子课题组

组长：邹建达（云南师范大学教授）

副组长：杨宝康（云南省临沧高等师范专科学校教授，副校长）

在调查研究的过程中，得到了云南省政府有关部门、红河哈尼族彝族自治州、文山壮族苗族自治州、临沧市、玉溪市及所属县乡各级政府的大力支持和有效帮助，谨此表示衷心的感谢！

最后，本课题能以专著的形式出版发行，应该感谢中国边疆史地研究中心、社会科学文献出版社等单位提供的机会和付出的努力。在审阅本书稿的过程中，中国边疆史地研究中心李方研究员付出了辛勤劳动，一并表示感谢。

主持人（分卷主编）：方铁　翟国强
2009 年 8 月 20 日

第一章　概述

我国 13 亿多人口，9 亿多在农村。农村社会经济的发展，极大地影响着整个国民经济的发展。长期以来，我国农村社会经济发展一直不大理想，农村市场发育较为滞后，农产品商品率低下，产、供、销体系不易建立，资源配置难以优化；农村人口众多，教育水平低下，剩余劳动力过多，边疆少数民族地区尤其如此。随着商品经济的发展，城乡居民贫富差距越来越大。《中共中央关于进一步加强农业和农村工作的决定》中指出："农业是经济发展、社会安定、国家自立的基础，农民和农村问题始终是中国革命和建设的根本问题。没有农村的稳定和全面进步，就不可能有整个社会的稳定和全面进步；没有农民的小康，就不可能有全国人民的小康；没有农业的现代化，就不可能有整个国民经济的现代化。"[①] 可见，农村社会经济的发展与稳定是多么重要。

2008 年 1 月中旬，课题组开始对云南省文山壮族苗族自治州麻栗坡县董干镇八里坪村进行系统而全面的调查，这个村子属董干村民委员会管理。通过两年时间多次深入

----

① 中国共产党第十三届中央委员会第八次全体会议 1991 年 11 月 29 日通过。

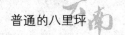

调查，我们对该村的社会经济发展状况有了一个大体的
了解。

第一节　自然概况

一　麻栗坡县的基本情况

麻栗坡县位于云南省文山壮族苗族自治州东南部，地
处东经 104°33′~105°18′、北纬 23°43′~24°48′。县域地形
复杂，山河相间。东北西南两头宽，中部狭长。东西长 95
公里，南北宽 22 公里。县境东北部与富宁、广南两县接壤，
北部与西畴县相邻，西南部与马关县毗连，东南部与越南
社会主义共和国同文、安明、官坝、渭川、黄树皮、河江
五县一市接壤，国境线长 277 公里。县城距州府文山 80 公
里，距省会昆明 450 公里，距越南首都河内 380 公里，省道
平船线穿境而过。麻栗坡县境内有天保国家级口岸以及县
城和董干两个省级口岸、14 个边民互市点和 100 余条边境
通道。经口岸出境，是云南省通往越南社会主义共和国首
都河内及东南亚地区取道最直、里程最短的陆路通道，是
文山州乃至云南省的对外开放前沿和重要的通商口岸。

麻栗坡县境内地表形态复杂，处于滇东南岩溶高原南
部边缘斜坡地带，99.9% 为山区，为典型的喀斯特地貌。东
北部及中部海拔高，地势由东北向西南倾斜。老君山横亘
县境西南，海拔 2579 米，是全县最高点；最低点为船头，
海拔 107 米，相对高差 2472 米；县城驻地海拔为 1127 米，
此外，全县大部地区海拔在 1200 米左右。地表因受盘龙河、
八布河、畴阳河的强烈切割，形成西北—东南向的山地与

峡谷相间的地形。石灰岩分布较为广泛，形成峰林、峰丛和灰岩斜谷等的岩溶地貌。南部切割较深，多峡谷。境内除小型溶蚀洼地外，没有较大坝子。据《麻栗坡县志》记载，全县土地总面积约为 2343.07 平方公里，其中：农耕地约占土地总面积的 8%；宜林地约占土地总面积的 39%；草场约占土地总面积的 6.9%；荒山荒地约占土地总面积的 34.8%；水面约占 0.4%，不能利用的裸露岩石约占土地总面积的 11%。

麻栗坡县地处云贵高原东南部，位于北回归线以南，纬度较低，属于亚热带湿润季风气候，雨量充沛，湿度大，干湿季分明，春季回温早，冬季雨量少，春季太阳辐射强，日照时数春季多、冬季少，夏季降雨集中，秋季阴雨连绵。由于地形错综复杂，海拔高差大，水热条件分布不均，形成明显的立体气候和"十里不同天"的小气候，气候方面总体上有"热八布、冷董干、烂铁厂、干马街、雾金厂"的独特特征。

麻栗坡县矿产资源丰富，矿种多样。目前已探明 38 种固体矿产，主要为锡、钨、铁、锰、金、银、煤等。县内生物资源极为丰富，有植物 330 余种，水、陆野生动物 120 余种。县境内被列为国家一级保护植物的有红豆杉、银杏、木兰、异形玉叶金花等 10 多种珍稀植物。二级保护植物有苏铁蕨、桫椤、秃杉、红椿等 36 种。野生动物品种繁多。主要有虎、豹、黑熊、岩羊、猴、蟒蛇、眼镜蛇、鳄鱼以及各种鸟类、昆虫类和水生动物。其中：国家一级保护动物有蜂猴、虎、金钱豹、蟒蛇；国家二级保护动物有黑熊、红原鸡等 30 多种。境内主要山脉有老君山、大黑山、天平山等，属六诏山脉。全县水能资源十分丰富，有盘龙河、畴阳河、八布河和南利河四大河流，河流属红河流域泸江水系，境内流程 249 公里。河川径流量 17 亿立方米，水资源总量 62.19 亿立方米，人均拥有水资源量 22866.9 立方米，水能理论蕴藏量 102.5 万千瓦，预计可开发利用 82 万千瓦，现已开发利用 22.65 万千瓦。山脉为南北走向，河流为西北东南走向。地貌具有山河相间、类型繁多、起伏较大的特点。[①]

二　董干镇

董干镇位于麻栗坡县东北部，镇人民政府所在地位于董干村委会，距省会昆明 480 公里，距文山州府 170 公里，距县城 113 公里。东与富宁县相邻，南与越南接界，西与本县铁厂乡接壤。东西最大横距约 70 公里，南北最大纵距约 30 公里。全镇国土面积 467.32 平方公里，辖董干、长槽、白沙杠、者挖、普弄、马坤、马林、马崩、麻栗堡、永利、嘎啊、回龙、新寨、马波、董来、马龙 16 个村民委员会，共计 352 个村民小组（314 个自然村）。边境线长达 108 公里，有大小中越通道 56 条，边民互市点 5 个，镇内居住着汉、壮、苗、瑶、彝、蒙古、仡佬、白 8 个民族，是一个集"边、山、少、穷"于一体的边陲重镇，山高坡陡、土壤瘦薄、资源匮乏、交通不便是董干的真实写照。

2007 年年末总人口 46863 人，农户数 11401 户，农业人口总数 45273 人。其中少数民族 22227 人，占总人口的

---

① 云南省麻栗坡县地方志编纂委员会：《麻栗坡县志》，云南民族出版社，2000，第 59～127 页。

4

47.4%。全镇以玉米为粮食主产，粮食总产量为791.8万公斤。2007年全镇工业总产值1106万元，比2002年增长476万元，年均递增11.9%；农业总产值9047万元，比2002年增长5322万元，年均递增19.4%；粮食总产量1246.2万公斤，年均递增9.7%；实现农村经济总收入9464万元，农民人均纯收入1469元，人均有粮261公斤。全镇有耕地面积47332亩，其中水田面积6509亩，旱地面积40823亩，人均耕地面积1亩，主要种植玉米、水稻、烤烟、甘蔗、草果、橘子、核桃、竹子、蔬菜等作物。

董干镇全镇最高海拔1926米，最低海拔540米，相对高差1386米，呈西高东低走势，镇政府所在地1612米。境内均属亚热带季风气候，由于海拔差异大，立体气候明显，年平均气温14.7℃，年平均降水量1548.6毫米左右，年日照时间1517小时，全年无霜期在340天左右，主要特征为雨热同季，干湿分明，夏秋多雨，冬春干旱，垂直差异十分明显。有"一山分四季，十里不同天"的立体气候特征。可利用地下水资源5.9亿立方米。大多数村小组每年夏秋两季雨量充沛，春冬两季却雨水稀少，气候差异明显。植被多为灌木林，全镇森林覆盖率52.96%。境内无河流、湖泊，水资源匮乏，不能够满足当地农村生产生活用水需求，大部分耕地靠天然降雨作为农作物的水源，属典型的山区雨养农业区。主要农作物有玉米、水稻、杂豆等。①

---

① 数据来源于董干镇政府。

三　八里坪村

　　八里坪村隶属麻栗坡县董干镇董干村委会。董干村委会东邻回龙，南连嘎啊，西接白沙杠，北交马坤。辖八里坪、龙山等 21 个村民小组。现有农户 762 户，有乡村人口 2963 人，其中农业人口 2938 人，劳动力 1839 人，其中从事第一产业人数 1080 人。

　　全村委土地面积 18.73 平方公里，海拔 1635 米，年平均气温 14.7℃，年均降水量 1523.6 毫米，适合种植玉米等农作物。有耕地面积 2140 亩，人均耕地 0.72 亩，有林地 8250 亩，草地 50 亩，有荒山荒地 15973 亩，其他面积 1680 亩。2007 年全村委经济总收入 730 万元，农民人均纯收入 1711 元。农民收入以种植、养殖业为主。①

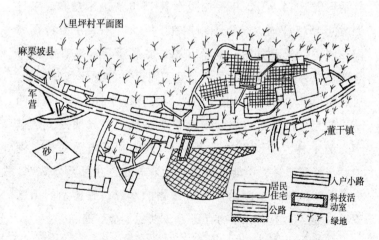

图 1-1　八里坪村平面图（2009 年 8 月 26 日，李和绘制）

---

　　①　麻栗坡县董干镇新农村建设信息网。

"八里坪"村的大概意思是一片开阔、平坦的土地、坝子。现在该村的土地资源人均占有约 0.75 亩。有很少的水田，也只是少数人家才有，特别是下村水田只有 28 亩。

八里坪村属于麻栗坡县自然条件比较好的村子之一。全村辖上、下两个村小组。董干镇至县城的公路穿村而过，交通较为便利。目前该村上下两个村民小组至 2008 年年底共计 90 户，353 人。在所有人口中，男性 130 人，女性 223 人。由于调查时正值八里坪小康示范村建设，各农户之间都铺了水泥路。该村虽无集市，但通往镇上的道路较好，村子离镇上较近，村民一般买东西都到镇上去。村内的基础设施较好，硬化了主干道和支干道，彻底改变了长期以来村里道路坑洼、排水不畅的局面。同时，家家户户都通电、通自来水。因距离董干镇较近，通信设施也较完备，大部分农户都用上了电话和手机。该村占地面积共 800 亩，其中耕地面积 264 亩，拥有核桃树 500 余亩，每亩 10 株，共计 5000 余株，这些核桃树有的是在村子后山种植，有的直接在责任田地里种植。

第二节　历史沿革[①]

一　历史概述

麻栗坡县，据考古发掘，有大王岩崖画和小河洞洞穴遗址，证明 4000 年前就有人类在该地栖息。又据史料记载，麻栗坡县西汉为牂牁郡都梦县地，东汉、蜀汉、西晋为进

---

① 资料来源：《麻栗坡县志》（2000 年版）。

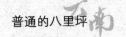

乘和都箐县地，隶兴古郡。东晋为西安县地，唐初属黎州地，唐、南诏为爨部地，宋大理时期属最宁府，元属临安路之矣尼迦部地。明为八寨长官司地，隶临安府。清为开化府安平厅东安里地。嘉庆元年（1796），粤、湘、川、黔客商纷纷来此经商，形成麻栗坡街，因四面诸山均有麻栗树而得名。光绪二十二年（1896）会勘中越边界，设立界桩，于此驻绿营后，称麻栗坡对汛区，设交涉副督办，直隶省。光绪三十二年（1906）置麻栗坡副督办，属临安开广兵备道，下辖六汛。民国三年（1914）改为麻栗坡对汛督办区，次年改为特别区直属省辖。1933 年设督办署，名为麻栗坡对汛特别区，属蒙自道，辖茅坪、玉皇阁、天保、攀枝花、董干、田蓬六对汛，民国晚期属云南省第二区行政督察专员公署。1949 年 1 月建立麻栗特别区人民民主政府筹办处，2 月 3 日正式设立麻栗县人民民主政府，6 月 3 日改为麻栗坡县。新中国成立后，1950 年设麻栗坡市，由省直辖。1955 年 1 月 30 日经国务院批准撤市改县，隶文山专区。1958 年 11 月撤麻栗坡县建制并入西畴县，1961 年 9 月恢复麻栗坡县，设麻栗坡县建制至今。

董干镇政府所在地，清乾隆年间开街，原为彝族傈支系居住地。"董"为彝族傈支系语言。据传，"董"即为傈语"打"、"干"等意思，传言傈支系为当地土著，会念咒。清中叶时汉族等民族移入该地，傈支系被迫离开，并用大锅盖住所打水井，则水井不会出水。一个"董"字实已说明当时民族间迁徙的情形。"干"指门前小干河，故名董干。又传董干为壮语地名，意为黄果树坝子。清代建立土司制，清末及民国时期为云屏乡。董干，新中国成立前为麻栗坡特别区董干汛所在地。中华人民共和国成立后，1950

年至 1954 年为麻栗坡市董干第四区，1954 年建乡，1955 年
至 1957 年为麻栗坡县董干区，1958 年改为管理区，1961 年
改为大队，1962 年改为小公社，1958～1965 年这段时间一
般称为董干公社时期，1966～1969 年为董干区，1970 年改
为区辖镇，自 1970 年直至 1983 年复改为董干公社，1984
年后改为区，1988 年 3 月改为镇。2006 年 4 月原新寨乡合
并入该镇。

八里坪村在麻栗坡县城东南方向，董干镇西北 1.3 公里
处，其设置为麻栗坡县董干镇董干村民委员会的一个自然
村。据传至今已有 150 余年历史，村里对于村名的传言主要
有：该村为一大坝子，比镇上的街道平，坝子大而宽，曾
命名"太平"，但该县铁厂乡已有太平村，不得已改为八里
"平"。又传言一有名的地主王正东在此练兵射箭，一箭射
出有八里远，故名八里坪。据传清中后期部分邻近村民迁
居该地，在长久的迁居过程中，八里坪村现已有上村 50 户、
下村 40 户人家。

最初，八里坪村有张、冯、柯、刘等姓氏。后来，由
于迁徙婚嫁等关系，八里坪村又多了姚、夏、谭等姓氏人
家。在本村现已有姚、夏、张、刘、冯、文、曾、田、杨、
陈、程、谭等姓氏家族，各个家族的人口差距不大，未形
成特别明显的大姓家族。同时，因为通婚关系，该村现已
形成各家族中你中有我、我中有你的格局，各个家族紧密
地联系为一个八里坪村大家庭。长期以来，形成一个和谐、
融洽的整体，建村以来一直未有较大的矛盾发生。虽然村
里由多种姓氏多种家族组成，但村里向来没有各自姓氏家
族拉帮结派的现象发生，与此同时，村里通过婚姻及日常
交往使得各个家族之间的关系更加紧密。

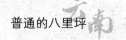
二 交通发展

由于地处云贵高原，地形属喀斯特地貌，董干镇的大部分地区地势崎岖不平，道路建设成本相对较高，因此很难实现村村通柏油路的目标。此外，董干镇地处交通要塞，自麻栗坡县城须经省道210、211先由南向北再自西向东至西畴县兴街镇和西畴县城后，再经乡镇公路方可至该镇。总距县城113公里，此道路已全部为柏油路面。

20世纪80年代末期，董干全镇通车里程只有50余里，仅一半办事处行政村可通车，全镇仅有汽车3辆、大拖拉机5台、手扶拖拉机5台，个体户有小型翻斗车、各种机动车总计10台左右。只有班车可通州府文山和县城。

近年来，政府加大对基础设施的投入力度，完成了镇内大部分村级道路的沥青化、砂石化。调查点八里坪村位于县城至镇的公路沿线，距镇1.3公里，柏油路自村中部穿过。2008年、2009年政府在八里坪村进行小康示范村建设，水泥路面正修建至每家每户，交通已十分方便。

由于交通条件的改善，加上市场体系的培育和商品经济的发展，八里坪村村民在出售农产品、水果、牲畜等商品时已变得较为方便。在问及"出售自家产品时是否方便"这个问题时，绝大部分村民作了正面评价。只有极少数被调查者认为出售产品"不方便"，究其原因并非交通的因素（该问题将在下文介绍）。

三 行政区划

麻栗坡县2003年辖麻栗镇、大坪镇、董干镇、南温河乡、猛硐乡、下金厂乡、八布乡、六河乡、杨万乡、铁厂乡、马街乡、新寨乡。至 2006 年撤销新寨乡，其行政区域并入董干镇，镇政府驻地不变，董干镇的行政区划进入了新时期。

董干镇现辖董干、长槽、白沙杠、者挖、普弄、马坤、马林、马崩、麻栗堡、永利、嘎啊、回龙、新寨、马波、董来、马龙 16 个村民委员会，共计 352 个村民小组（314 个自然村）。以下为董干镇行政建制示意图：

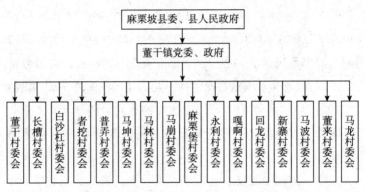

八里坪村行政建制示意图：

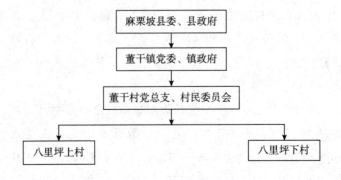

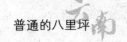
第三节　人口状况

麻栗坡县是少数民族聚居地区，主要居住着汉、壮、苗、瑶、彝、傣、蒙古、仡佬 8 个民族，总人口 273136 人，其中：少数民族人口 109322 人，占总人口的 40.02%；农业人口 251111 人，占总人口的 91.9%。少数民族中：壮族 32859 人，占少数民族人口的 30.1%；苗族 45954 人，占少数民族人口的 42%；瑶族 19317 人，占少数民族人口的 17.7%；彝族 5442 人，占少数民族人口的 5%；傣族 2833 人，占少数民族人口的 2.6%；仡佬族 1178 人，占少数民族人口的 1%；蒙古族 1315 人，占少数民族人口的 1.2%；其他民族 424 人，占少数民族人口的 0.4%。除蒙古族外，其余 6 个世居少数民族为跨界而居民族，在越南均有分布。

董干镇居住着汉、壮、苗、瑶、彝、蒙古、仡佬、白 8 个民族，2007 年年末总人口 46863 人，农户数 11401 户，农业人口总数 45273 人，其中：汉族 23919 人，少数民族 22944 人，少数民族中苗族 15776 人、彝族 2703 人、壮族 3971 人、其他少数民族 494 人。由于历史、地理、自然条件等的制约，目前，全镇贫困面较大，贫困程度深，基础设施薄弱，经济发展滞后。

董干村委会 2007 年统计数据显示，全村委共计 760 户 2963 人。2008 年 762 户，总人口数没有变化，农业人口 2938 人。其中，汉族占绝大多数，计有 2690 人。2008 年年底八里坪村统计人口总数 353 人，其中，男性为 130 人，女性为 223 人。① 该村以汉族为主，在上村有陈姓为彝族，其祖上自江西临江府迁来，至今已发展至第 16 代。除火把节外，已无本民族的习俗。村主任陈姓即为彝族，陈村长回忆其小时曾穿彝族服装，后来就不再穿了。其父母已 80 多岁高龄，现该村彝族除其父母能讲部分彝族话外，其余均已不知晓彝语。

八里坪村呈现移民特性的多姓氏结构。以前该村的村民大部分是从广东、广西等地移民过来的，是一个典型的"移民村庄"，所以村民姓氏种类较为繁多，其中上村姓氏主要有夏、柯、刘、张、田、谭、陈等姓，下村为姚、张、冯、刘、曾、文、代等。村里的主要姓氏在总人口中所占比例大体如下：夏姓最多，22 户，人口约占总人口的 24%；姚姓 17 户，人口大约占 19%；张姓 11 户，人口约占 12%；刘、柯、田姓人口各约占 8%，这些姓氏就占村里的 79%。他们的聚居地分布一般呈多姓杂居状态。虽然夏姓在该村的户数中所占比例最大，但是由于该村的农民都是来自不同的地方，刚来到八里坪村时他们大多并不存在传统村庄中的血缘关系或者宗族关系，所以在八里坪村宗族观念表现得不是很明显，村里虽然也有一些姓氏的族谱，但不存在"一族治村"现象。

从村干部姓氏结构来看，大多当选的干部在该村是小姓氏，现任村主任的是陈姓、代姓，而陈姓氏在八里坪村只不过 2 户，代姓为上门而入，对于 22 户的大姓夏姓和 17户的姚姓来说，确实可以说是小姓氏。正因为八里坪村户

---

① 数据来源于云南数字乡村网，http：//www. ynszxc. gov. cn/szxc/vil-lagePage/vIndex. aspx？ departmentid = 183864。

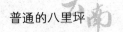

数人口较少，姓氏复杂，所以该村的宗祠势力比较弱小，各宗族没有族规与族长，在近期内也没有修缮宗祠的打算，所有与宗族有关的事情几乎没有。2007 年，全村共出生 10 多人，死亡 5 人，出生率大于死亡率，该村的人口呈增长趋势。

历史上该村人均寿命多为 60 岁，2007 年出现最高龄 98 岁，当时无任何补助。从 2008 年开始，政府对于 90 岁以上者每月给予 50 元补助，80 岁以上的为每月 30 元，名为高龄补贴。如果是党员，60 岁以上者每月有 30 元补贴，党费另交。村里无老年人协会。现在村里有 3 户 10 人次低保户，即 60 岁以上，无儿无女，丧失劳动能力的人，每月每人给 50 元的低保金。实际上这些补助根本不足以维持他们的日常消费开支，现在人均年消费怎么也在 3000 元以上了（来自与村主任的访谈）。

第二章 政权建设

政权组织的建设和发展是基层社会发展重要的内容。它通过基层行政村民小组的党团组织、行政组织以及群众组织等各种组织的发展和管理来实现其功能和作用。农村基层政权是党在农村的执政基础，这个基础的牢固与否，直接影响到党的执政地位和国家的稳定。农村基层政权建设问题一直是党建研究的重要课题，特别是在农村社会转型时期如何加强农村基层政权建设更是一个新课题。在调研的基础上，我们将就农村基层政权建设的总体概况、面临的问题及解决问题的对策作一些思考。

第一节　麻栗坡县农村基层组织建设

根据麻栗坡县政府提供材料显示，截至 2008 年年底麻栗坡县共设村党总支 93 个、社区党支部 3 个，在村小组成立党支部（含联合党支部）351 个，共有农民党员 5714 人。按"支部＋协会"的农村党建工作模式，目前共在 48 个农村经济协会中成立党支部 30 个，共有党员 327 名。共有村"两委"干部 679 人，其中：妇女干部 98 人，占 14.4%；少数民族干部 298 人，占 43.9%；88 个行政村党总支书记与村委会主任实现了"一肩挑"，占行政村总数的 94.6%；

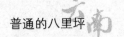

村"两委"委员兼职人数达361人，占53.2%。共有村小组和居民小组班子成员5763人，其中：少数民族2211人，占38.4%；妇女864人，占15%。共有农村团总支93个，妇代小组1925个，各村委会、村民小组都健全完善了团组织、妇女组织、民兵组织、治保委员会、调解委员会等配套组织并配备了工作人员。

通过多年的实践和探索，麻栗坡县的农村基层组织建设取得了一定的成绩，呈现"三个进一步"特点：一是农村基层组织设置进一步优化。以农村基层党组织建设辐射带动其他各套组织建设，农村基层政权建设正在向规范化、制度化、标准化、绩效化迈进。二是农村基层组织建设经费投入进一步加大。县委采取增加基层党建工作经费、提高村社干部待遇、降低农村党员高龄定补年龄等措施，2006年投入经费295.3万元，其中：基层党建工作经费26.9万元；村社干部待遇251.9万元；农村高龄党员定补16.5万元。三是"党建示范走廊"建设进一步加强。县委在沿漂漂至老山、漂漂至董干公路主干线和边境一线确定了36个党建示范点，分别由36名县处级党员领导干部挂钩联系，形成了涵盖全县11个乡镇28个行政村党总支的两条"党建示范走廊"。全省边疆党建长廊建设启动会议后，县委高度重视，于4月26日召开了全县党建工作会议，对推进"云岭先锋"工程向纵深发展，建设边疆党建长廊进行了安排部署，目前已完成了边疆党建长廊建设的基本规划。

总体看，麻栗坡县基层组织建设主要存在以下问题和不足：一是个别村党组织软弱涣散，作用难以发挥；二是部分村团组织瘫痪，活动不正常；三是大部分村集体经济薄弱，造血功能差；四是村干部教育培训力度有待进一步加大等。这些问题和不足，麻栗坡县政府决定将在今后的工作中积极采取有效措施加以解决。[①]

第二节　八里坪村的政权组织结构及职责

董干镇董干村委会管辖街头、长子脚、老街、八里坪等 21 个村民小组。其中，八里坪村民小组是董干村委会管辖的距离镇政府所在地最近的一个自然村。

1949 年以来，旧的政治势力被摧毁，社会经济资源和财富被重新分配，土地制度和权力结构发生了根本性的改变，使边疆民族贫困地区村寨的社会组织结构重新整合，全新的乡村政权建设和一系列崭新的社会制度开始在八里坪村实施，使这里传统的政治生活和社会组织结构发生了翻天覆地的变化，村寨社会经济发展出现了巨大的转折。经过中华人民共和国成立以来 60 年的发展，八里坪村传统的社会组织在存在形式、功能和性质上发生了巨大变化。随着社会的不断发展，八里坪村有了全新的面貌。

生产责任制实施后的农村行政管理发生了三个明显的变化。第一，1978 年党的十一届三中全会决定把工作重心从政治转移到经济建设上来。在董干镇，镇党委和镇政府的工作重心也随之从阶级斗争和社会主义教育运动转到经济发展上来。第二个变化是 1984 年的行政改革，将人民公社改为镇，生产大队改为行政村，生产队则改成了村民小组。第三个变化是在乡镇一级政府组织中，实行了党政分工，改变了"大跃进"、人民公社以来党务、行政、经济部

---

① 本部分内容来源于麻栗坡县政府，调查者做了一定处理。

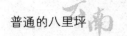

门混为一谈的局面。

1984 年以前，公社革命委员会行使对全公社的领导权，公社革命委员会包括政治、经济和行政管理的职能，而其中的政治职能是最重要的。公社书记的权限涉及公社生活的方方面面。1984 年以后，公社革命委员会由镇政府和镇党委所取代。镇政府负责生产、灌溉、计划生育等工作。镇党委主要负责农民的意识形态教育，并起到最主要的作用。取消了阶级成分，过去的地主和富农都变成了普通的村民。同人民公社集体化时期相比，现在的镇政府比党委扮演了更重要的角色。我们每次到董干镇政府和镇党委时，通常只能见到副职，很难见到镇长、书记。因为他们总是在乡、村调研走访、开会，有重大事情才来办公室。

现在，董干镇有人口 46863 人，有农户 11401 户，16个村委会和 314 个自然村。镇里拥有 34128 亩土地，其中包括责任田和之前分给个人的自留地。镇政府仍保留自己的后勤部门，包括自己的厨房、厨师和干部食堂等。

八里坪村所在的董干村民委员会，下面又设有 21 个村民小组。根据董干村民委员会的档案记录，2008 年这个村委会共有 762 户 2963 人。

村委会不同于乡政府，在村委会里党务和行政尚未分工，行政村的党总支是党务和行政的核心。

董干村党总支下面设有 4 个组织：村民委员会、党组织、团组织和民兵组织，4 个组织的主要职务都由党总支委员兼任，党务与行政管理出现重叠现象。党总支书记王兴权同时也兼村委会主任；综治专干虽然是男子却兼任妇联主任的工作。

村民委员会由 4 名成员组成：主任、副主任、文书和综治专干，当地老百姓戏称"四大员"。同时，村委会又有"八大员"说法：主任、副主任、文书、综治专干、计生员、兽医员以及两名赤脚医生。

既然政府的工作中心已经由政治转向经济，这也就导致了干部队伍的调整。新的形势需要有受过良好的学校教育、年轻有为的干部，而不再是过去那种阶级成分好、没有文化的干部。总体说来，董干镇的干部结构，包括村委会的和自然村的，可分为三类：老、中、青。老干部是土改时参加革命工作的积极分子，并作为干部参与了集体化运动。第二类的中年干部，他们是新中国成立后成长起来的一代，受过一定的学校教育。第三类是实行生产责任制之后任职的年轻干部，他们当中有些人还是大专院校的毕业生。

党和政府的农村工作的重点从政治转向经济之后，党团活动也受到了影响。同人民公社的集体化时期相比，现在，党团的功能有弱化的趋势。董干村委会主任、党总支书记王兴权告诉笔者：

> 在我们村有81名党员。按规定我们应该每十天开一次小组会，每一个月开一次党总支会议。事实上，这是很难做到的。每次党员开会，总有一些党员缺席。大多村民不想入党。特别是共青团组织，有形式，但很久没有开展工作了。

从王书记的话语中可以听出来，人民公社之后，党务和党员的威信在村民心目中已和原来有所不同，共青团的组织活动更是处于不振状态。为此，我们采访了董干镇的团委书记，一个20多岁的年轻人，据他说，在镇里开展共青团工作

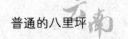

非常困难，团员比较分散，很难把他们组织到一起。

在经济大潮的影响下，人们的注意力多集中在收入的增加上，对政治的依赖程度降低。外出打工或在家做事亦多是如此。所以，农村基层党团工作开展困难，此为实情。新形势下，如何发挥党团作用，带领群众发家致富、健康发展，已是十分紧迫的问题。

董干村委会组织结构具体情况如下。

一 党团组织

（一）党组织

过去农村有句话叫做：村看村，户看户，群众看党员，党员看支部。建设一个好的领导班子是实现小康和共同富裕的保证。如果领导班子安于现状不思进取或者是软弱涣散，这个基层党组织就无法带领群众致富，更不可能形成有效的凝聚力和战斗力。董干村委会、党总支通过认真开展学习党的知识等教育活动，增强了党总支班子成员和党员的忧患意识，增强了发展村级经济、提高农民收入的紧迫感，增强了给群众以示范作用的责任感。党总支书记工作尽心尽责，班子成员整体素质较好，全村81名党员中大多建立了党员示范岗或是结成了"一帮一"的扶贫对子，党总支的领导作用和党员的先进作用得到较好发挥。但是，在基层党组织中确有少部分同志不思工作，不做实事，党员、群众不满意。这种情况影响了群众对班子的信任度，影响了党员的信心。农村基层党组织是党在农村工作的最基本的组织要素，只有不断地调整、充实和加强，才能时刻保持其高度的凝聚力和旺盛的战斗力，促进经济和社会的全面健康发展。

根据董干村党总支书记王兴权提供的党员名册，截至
2008 年年底，董干村党总支有党员 81 名。其中，男 67 人，
女 14 人，妇女党员发展较为滞后；党员民族构成方面，苗
族 2 人，其余为汉族；文化结构为，高中及以上 25 人，初
中 41 人，小学 10 人，文盲 5 人；年龄结构方面，绝大多数
党员为 30～50 岁，正处于年富力强的时期，他们中的许多
人都在村里担任村干部，在村子的社会运行中发挥着重要
的领导作用。

在董干村，党员大会是党组织在村里的权力机构，在
村民的日常生活中发挥着政治权力核心的作用。在上级党
委和政府的支持、监督下，董干村委会的基层党组织建设
取得了一定的成绩，具有更强的组织性，也更加规范化。
由党员大会选举产生的党总支委员会是党员大会的常设机
构，在党员大会闭会期间负责处理村内党务工作。但在实
际工作中，党总支同村委会合二为一。虽然按照国家相关
规章制度的规定，党总支同村委会在工作性质、任务、工
作制度上有很明显的区分，工作职能上也有明确的分工，
但是在实际工作中，这种区分并不明显。董干村委会的政
治、经济、文化、教育、卫生等重大事项均要通过党员大
会或党总支讨论通过后才交村民大会或村民代表大会讨论；
而村委会制定的各项规章制度中，党总支的基本任务则较
好地反映了其工作内容。

党支部的基本任务[①]

（1）宣传和贯彻党的路线、方针、政策，组织党员认

---

① 本书中引用的所有制度均为八里坪村调查所得，调查者原文摘抄，未
作任何修改。

真学习马克思列宁主义、毛泽东思想、邓小平理论、"三个代表"重要思想、党的十六届四中全会精神和党的基本纲领、基本路线、基本知识，学习科学文化知识。

（2）对党员进行教育、管理和监督，提高党员素质，增强党性，严格党的组织生活，开展批评和自我批评，维护和执行党的纪律，监督党员切实执行义务，保障党员的权利不受侵犯。

（3）密切联系群众，经常听取群众对党的工作的批评和意见，维护群众的正当权益，做好群众的思想、政治工作。

（4）充分发挥党员和群众的积极性和创造性，发现培养和推荐他们之间的优秀人才，鼓励和支持他们在改革开放和社会主义现代化建设中贡献自己的聪明才智。

（5）对要求入党的积极分子进行教育和培养，做好经常性的发展党员工作。

（6）教育党员和群众自觉抵抗不良倾向，坚决同各种违法犯罪行为作斗争。

八里坪村党支部的六项基本任务，实际上可以综合归纳为三个主要方面，即政治上的任务、党的自身建设上的任务、群众工作方面的任务。

政治任务中，明确规定了党支部要大力宣传党的路线、方针、政策，要对中央、上级组织和本组织的决议进行及时传达。广大党员、干部和群众要了解其内容，掌握其精神实质，解除困惑，澄清模糊的甚至错误的认识，从而统一思想，并化为广大党员、干部和群众的自觉行动。党支部要组织领导党员和群众贯彻执行党的路线、方针、政策。

党支部对党的路线、方针、政策和上级组织的决定，必须认真贯彻执行，这是保证党在思想政治上一致的基本组织原则。同时，党支部要保证监督党的路线、方针、政策和党组织的决议在本单位的贯彻执行。要求全体党员，必须带头遵守宪法和法律，严格依法办事，不得在言论和行动上有任何与宪法和法律相违背、相抵触之处。

在党的自身建设上，党支部在党的自身建设上的任务可具体分解为组织党员学习、对党员进行教育、对党员进行管理、发展党员等四项工作。

在群众工作的任务方面，党支部应经常了解群众对党员的批评意见，维护群众的正当权利和利益，做好群众的思想政治工作。要自觉地向群众宣传解释党和国家的大政方针以及改革的举措，通过自己的模范行为和深入细致的宣传解释及思想政治工作，把党的主张变成群众的自觉行动，内化为改造世界的力量，团结带领广大群众推进改革和现代化建设事业。严格履行全心全意为人民服务的宗旨，关心群众的疾苦，真诚地听取意见，接受群众的监督。要做好群众的思想政治工作，提高他们的思想觉悟。党支部既要尊重群众，听取他们的正确意见，维护群众的利益，又要教育群众，提高他们的思想政治觉悟。对群众中的错误观点和不良风气要用适当的方法加以纠正，对于群众存在的矛盾，要妥善地加以解决。

在董干村委会，各党支部严格地按照规章制度较好地完成了各项任务。

党支部会议制度

一、党支部会是党员组织生活的重要组成部分，是党

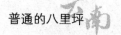

支部活动的主要形式之一，也是提高党员素质的有效措施。党支部会一般每月召开一至两次，如有特殊任务，次数可以增加。

二、党支部会的主要内容：学习马列主义、毛泽东思想、邓小平理论和"三个代表"重要思想及党的路线、方针、政策；传达上级党组织的决议，讨论贯彻上级党组织决议的具体措施；党员汇报思想和工作，学习和执行党的决议的情况，展开批评与自我批评，根据支部的统一安排，定期开展民主评议党员活动；分析群众的思想状况，研究如何做好群众工作；研究入党积极分子的培养教育，结合本村实际研究经济发展和社会进步等方面的工作。

三、会前要有准备，会议内容要集中，每次党小组都要有针对性地重点解决一两个问题。

党组织在农村基层由党员大会、党支部和各党小组组成。党员大会每年均如期召开，一般情况下，除了外出务工请假的，其余均会到场，在党员大会上主要是通报全村委各项重大事件，传达上级党组织的各种重要文件，对入党积极分子进行培训等。村委会召开的党员大会一般是没有经费补助的。在党员大会闭会期间，一切日常事务交由党支部负责处理，党支部负责具体的工作。近年来，董干村委会党总支所辖的街头、卡子脚、老街、八里坪等21个村民小组也成立了相应的党支部和党小组，5个党支部为：八里坪、小卡、卡子脚、茅草洞、街道（5个党支部均由老党员任书记，小卡的支书为县法院退休干部担任，八里坪在2000～2003年由村小组组长兼任，现为村里一名68岁的老党员任书记，其余支部为村小组组长担任）。党支部会议一般每月召开一至两次，有时遇有要事次数相应增加。为了更好地发挥党组织的作用，董干村在上级党组织的指导下，对各村党支部工作及其职责等进行了详细的规定。

发展党员制度

一、支部要保持一定数量的入党积极分子常数，3 年内必须发展一名以上入党积极分子入党。

二、对要求入党的积极分子，党支部要指定 2 名正式党员做他们的培养联系人，并吸收他们上党课，参加党内有关活动，分配一定的社会工作。

三、党支部半年一次对要求入党的积极分子情况进行一次考察分析，针对存在的问题，采取整改措施。

四、对要求入党的积极分子，进行 1 年以上的培养教育后，在广泛听取党小组、联系人和党内外群众意见的基础上，支部会要及时讨论可否列入发展对象。

五、要组织发展对象参加上级党委举办的培训班。

党员的发展在八里坪村向来受到极高的重视。每年党组织都会在村民中挑选有先进性意识、热心为村民服务、思想觉悟高的村民作为培养对象。按八里坪村党支部（在八里坪调查时，该村活动室的板报、文件均称"党支部"，实际上为"党小组"）发展党员制度的规定，3 年内必须发展 1 名以上的入党积极分子加入党组织。在近年来的组织发展中，董干村党总支在 2004 年共计发展了 30 多名新党员，而八里坪村党支部从未出现过考察不合格，预备期延期的情况，组织发展工作做得非常好。由于这些原因，八里坪村于 2008 年 7 月 28 日与同村委的另一村子小卡村分开各自

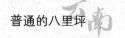

正式成立党支部。据党员名册统计，该村现有正式党员 12
人，入党积极分子 6 人。其中，正式党员中，男 10 人，约
占党员总数的 83%，女 2 人，约占党员总数的 17%，与董
干村党总支存在的问题一样，女性党员发展滞后；民族构
成方面，1 人为彝族，其余为汉族；文化结构方面，大专 1
人，高中 2 人，初中 5 人，小学 2 人，文盲 2 人；年龄结构
方面，最大年龄为 85 岁，最小年龄 26 岁，60 岁以上者 5
人，30~60 岁 6 人，20~30 岁的 1 人，最长党龄 54 年，党
龄在 30 年以上的 5 人，年轻党员急需发展是该党支部存在
的又一重大问题。他们中的许多人都担任村干部或为致富
先锋等，在整个八里坪村的社会运行中发挥着重要的领导
作用。每名党员每年的党费为 2.4 元，全部上交镇党委。过
组织生活时，大多能正常参与。现在，八里坪村党支部，
设支部书记 1 人（刘万福，68 岁，小学文化），支部委员 2
人（由上下村两村小组组长陈明清、代朝光担任）。

八里坪村在当地属经济发展较快的村子，有不少先富
起来的农户，究其原因，除自然条件好，地理位置占优势
外，主要在于农村基层党组织建设做得好，充分发挥了党
组织的领导作用，而这正是八里坪村农村经济发展的前提
条件。调查中，我们得知，董干村委会乃至八里坪村其村
级领导干部大多有文化、有能力、重实效、肯干实事。他
们既懂政策，又敢闯敢干，并关心群众，关注家乡的发展。
这些农村基层干部大部分是在商品经济大潮中先富起来的
能人，懂得商品经济的规律，能摸准市场行情，所想的方
法对头，找的路子实用，在带领群众脱贫致富方面有一套
可行的经验。同时，这些村寨还十分注意加强党组织建设，
健全各种规章制度，明确各类干部职责，充分发挥党员的

图 2 - 1 八里坪村党支部成员合影（2010 年 1 月 24 日，李和摄）

模范带头作用。干部工作中讲民主，注意倾听和采纳党员的意见和建议。党员的"双带"作用发挥得很出色。如陈村长已有 10 年经营空心砖厂历史，该厂为董干镇第一家。现村子共有 3 家这样的砖厂，上村 2 家，下村 1 家，分别为夏家和柯家，柯家砖厂主人在 2006 年前曾长期在陈村长家砖厂运送石料，后独立建砖厂。砖厂都请村里人帮忙做事，比如制作砖块、搬运等，相应带动了村里一部分群众致富。干部群众上下齐心，群策群力，共同脱贫致富奔小康，成为农村基层党支部的首要任务。

目前，八里坪村党支部面临的困难主要有：一是部分党员的素质不高，自觉自律意识不够，工作难做。据王支书介绍，在该村委会，年龄稍大些的或者党龄稍长的思想觉悟比较好，通知开会等均可准时参与。但是，一些外出务工的、年轻的党员，外出不打招呼，去向不明，通知开

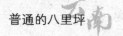

会经常不到或者经常请假，即使每年才2.4元的党费也不交或经常拖欠，警告后仍抱无所谓的态度。为此党支部出台了一系列措施，比如接连三次开会不到就要进行党内讨论，外出务工的要写请假条、情况说明，但是大多情况下党支部"拿他们没办法"。在八里坪村，据陈组长介绍，近年来，该村没有出现过拖欠党费的现象，外出务工的党员一般要求每月至少应与党支部通一次电话汇报情况。二是村党支部的办公经费紧张，2008年，党支部的办公经费为500元/年，同时，董干镇给村小组组长40元/月、副组长25元/月的经费。在边疆民族贫困地区，党支部有此经费，已属不易，但也确实显得困难。（最近获悉：从2010年开始，行政村党总支每年有2万元的经费。这真是个好消息！）

（二）团组织

八里坪村团支部由村团员大会选举产生，是村里的青年组织，负责管理村寨中的青年事务，在维护村子内部治安、处理纠纷、教育青年等方面发挥着重要作用。但是，团支部的作用主要是协助党支部及村委会各项工作，其职责虽然有明确的规定，但在村里的实际工作中，团组织的作用并没有发挥出来。

作为党的后备力量，团员的发展工作在学生初中阶段大部分已经完成，许多进入初中的优秀学生加入了共青团，但是初中毕业后，许多来自农村的学生选择了外出务工或回家务农，这样，与团组织的距离越来越远；加上团组织建设在整个村委会工作中处于较低地位，许多人很自然地与团组织割断了联系。

村团支部是共青团在农村的基层组织，是党支部领导下的先进青年群众组织，是党联系农村青年的桥梁和纽带。八里坪村团支部成立于2008年7月28日，设团支部书记1人，委员2人。团支部书记刘兴菊，女，26岁，中共党员，大专文化。另有2名委员，即组织委员陈廷发，26岁，高中文化；宣传委员姚泽鹏，21岁，高中文化。截至2008年年底，八里坪村团支部共有团员11人。其中，男6人，女5人，性别比基本持平。1人为彝族，其余为汉族。全部为初中以上文化。

在八里坪村，绝大多数团员为20世纪80年代后出生的人，他们这批沐浴着改革开放春风出生的人，与老一辈人的思想观念有极大的不同，很多人初中毕业以后就外出务工，少数人考取高中，有少数人上了大学，现在，村里共有4人在上大学。对于入党和回乡工作，他们没有相应的热情，更多的是考虑经济上的实惠，他们认为入党并不能带来直接的现实利益，而且要自己作出更多的贡献；况且回乡工作收入太低，条件艰苦，很难改善家庭的生活条件。现在，八里坪村有限的土地中又有部分用于栽种核桃树和其他薪柴林、经济林木等，剩下的土地已不多，且人口有所增加，单靠种地难以维持基本生计。年青一代思想观念的变化，有其积极的一面，许多人走出大山走出边疆来到外面的世界，开阔了眼界，增长了见识；但其副作用也很大，直接影响了农村基层党组织的建设以及基层党组织战斗力和创造力的有效发挥。

二 行政组织

村民大会的成员由户口在当地的年满18周岁以上的全体村民组成，但开会时只由各家的家长参加会议，一般是

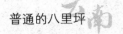

有事召开无事闭会，政府对此无要求，同时也无经费支持。村民代表大会由村委会成员、村民小组组长和村民中推荐的素质较高、比较有威信的人组成，是村民参与村务管理的重要组织形式，凡村内的各种建设项目、重大事件必须通过村民代表大会讨论通过。它行使着村民的决策权、管理权和监督权。

村民大会和村民代表大会一般每季度召开一次，实际上召开时间均不固定，有需要时由村委会派人通知开会，在村委会主持下召开，通常每年至少召开一次大会。如果有 1/5 的村民或村民代表联名提议时，可以随时召开。村民大会或村民代表大会形成的决定，必须经过半数以上代表通过才能生效。为了规范村民大会的召开，村委会制定了村民大会会议制度，将其纳入制度化的轨道，以保障村民权益的有效实现。

董干村委会村民代表会议制度

一、村民代表由村民直接选举产生，每届任期 3 年。村民代表要有一定政治觉悟和参政议政能力，坚持原则，热爱集体，关心群众，办事公道。

二、村民代表会议每季度召开一次，由村民委员会主持。村民代表、村党支部成员、村民委员会成员、村民小组长和驻村的乡（镇）人大代表参加，上述参加会议人员都有表决权。

三、议事内容：凡涉及村民利益的重要事项，如村提留的收缴和使用，村干部享受误工补贴的人数和标准，村集体经济所得收益的使用，村办公益事业需要村民负担的事项，土地承包、宅基地使用和集体经济目标承包的方案等。

四、议事原则：村民代表在议事过程中，实行少数服从多数的原则。所议的内容及作出的决定不得与党的方针、政策和国家的法律、法规相抵触。

董干村委会会议制度：

一、村委会每7天召开一次办公会议，主要总结过去7天村委会工作，研究部署下一步工作任务。

二、每季度召开一次工作会议，通报本季度工作，研究下季度工作任务。

三、每半年召开一次汇报会，村委会成员各自汇报分管工作情况，同时研究部署下半年工作任务。

四、年终召开一次汇报总结会，认真总结村委会本年度的工作成绩、经验、不足和教训，制定下一年度的工作计划。

五、如工作需要可以随时召开，每次会议做好记录，归档备查。

为了保证村民大会和村民代表大会的权威性，充分发挥农村基层组织的社会管理功能，由村民代表大会选举产生的董干村委会是董干镇最基层的行政单位之一，它负责管理村内的各种日常事务。其工作的制度职责有明确的规定。同时，为了保障村委会日常工作的正常开展，方便群众办事，村委会还制定了详细的工作制度。

董干村民委员会工作制度

一、学习制度。每周星期五下午为学习日，由党总支（支部）统一组织，集中学习党关于农村的各项方针、政策，国家的法律、法规，农业科学技术，经济管理知识。

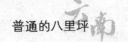
二、会议制度。每周召开一次办公会，每月一次汇报会，每季度一次村民代表会，半年一次总结会和一至二次村民大会，年终一次工作总结报告会和干部民主评议会。

三、建立村干部任期目标、年度目标和分工负责制度。每半年总结检查，年终考核计酬，并向全体村民公开。

四、财务管理制度。每季度检查一次、每半年审计一次，并向全体村民公开。

在村委会下设置的村民小组负责协助村委会的工作。它是依照《村民委员会组织法》的规定成立的最基层的社会组织，由村民小组会议选举产生，受村委会的领导。村民小组通常不与上级政府发生直接关系，是民间一级的组织，在利益取舍上更多考虑的是小组或村民的利益。其工作没有严格的规章制度约束，也没有固定的工作场所。整个董干村委会管辖 11 个村民小组，其中八里坪村分为上、下两个村民小组。

三　群众组织

董干村委会下设专门的委员会和机构承担相应的职能。在董干村委会主要的群众组织有治安保卫委员会、人民调解委员会、计划生育委员会和民兵组织等。

治安保卫委员会是在村党总支、村委会的领导下，由董干镇公安边防派出所和司法所进行业务指导的群众性治安保卫小组，专门负责整个村委会范围内的治安防范工作，保护人民群众的生命财产安全。其主要任务是：开展法制建设宣传，提高村民的法制观念，依靠发动群众，落实各项预防措施，做好防火、防盗、防事故、反邪教以及保平安工作。组织群众联防联治，开展"安全文明村"建设活动，对常住人口和暂住人口进行管理，发动群众做好护林、护路工作。同时维护公共秩序，加强治安管理，发现违法犯罪分子及时向公安机关报案，协助侦破工作等。具体工作由综治专干雷世芳负责。

董干村委会治保会的职责

治保会的主要职责是：防火、防盗、防事故、反邪教，保平安。

具体职责为：

（1）及时掌握辖区内的治安信息和不稳定因素，一旦发现及时报告，并协助做好相关工作。

（2）宣传、教育群众，增强法制观念和安全防范意识，组织群众开展治安巡逻、安全检查等群防群治工作，落实防盗、防破坏和防其他治安灾害事故等防范措施。

（3）协助社会民警做好户口管理，特别是对流动人口、重点人员和出租户的管理。

（4）发生刑事案件，及时报告公安机关，并协助公安机关开展侦破工作。

（5）向党委、政府及政法综治部门反映群众对社会治安管理的意见、建议和要求。

村委会对人民调解委员会的工作亦十分重视，为切实加强人民调解委员会工作，充分发挥人民调解在维护社会和谐稳定"第一道防线"的重要作用，提高人民调解工作的质量和效率，维护社会稳定，并接受人民群众的监督，董干村委会于 2008 年 10 月制定了具体的工作章程。并选举

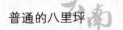

出调解委员会委员，具体岗位为：主任由村委会主任王兴权兼任，副主任由村委会副主任兼任，另设委员3人，由村委会文书、综治专干、计生宣传员兼任。

董干村委会人民调解委员会职责

人民调解委员会受理纠纷的范围：人民调解委员会的任务为调解民间纠纷。"人民调解委员会调解的民间纠纷，包括发生在公民与公民之间、公民与法人和其他社会组织之间涉及民事纠纷权利义务争议的各种纠纷。"

人民调解委员会调解民间纠纷的基本原则。

依照《人民调解委员会组织条例》的规定，人民调解工作有三项基本原则。

1. 依法原则

（1）人民调解组织管理和调解的矛盾纠纷范围要符合法律、法规和规章的规定；

（2）人民调解组织调解矛盾纠纷要以法律、法规、规章、政策和社会主义道德规范作为辨别是非的标准；

（3）达成调解协议的内容要符合法律、法规、规章和政策的规定。

2. 自愿平等原则

（1）人民调解组织在受理纠纷时，双方当事人必须自愿；

（2）人民调解组织在调解纠纷时，必须坚持自愿平等原则；

（3）调解协议书的签订必须经双方当事人同意；

（4）调解协议书要由当事人自觉履行。

3. 尊重当事人诉讼权利的原则

（1）调解不是诉讼的必经程序，不得因未经调解或调解不成而阻止当事人向人民法院提起诉讼；

（2）人民法院不得因未经调解而拒绝受理。

但是，在实际工作中，人民调解委员会的工作，是同治安保卫委员会结合在一起，负责处理民事纠纷，调解村民中出现的各种矛盾的。据综治专干介绍，一般调解的内容主要包括地界纠纷、家庭纠纷、打架斗殴等，调解程序一般先由村小组调解委处理，如果无法处理或者当事人对结果不满意，则由村委会的人民调解委员会进行调解。如还是无法解决，则由村委会调解委写好书面材料报送镇司法所或法院进行审理。当出现刑事案件时，村委会调解委主要做的工作是配合公安机关进行调查等工作。

在村级组织中，民兵组织是一个非常重要的组织，通常在村党总支和镇政府武装部门的双重领导下工作。特别在改革开放以前，民兵组织的地位很高。现在，其作用和地位有所下降，但依然是村级组织中的重要部分。据综治专干介绍，现在民兵组织的主要工作是村寨治安巡逻，董干村委会于2004年开始治安巡逻，每个村（自然村）均进行，但总体上问题多，不好搞。究其原因主要是没有经费，按照雷专干的说法，群众的积极性是发动起来了，可是没有经费，导致手电筒和电池都买不起，只有民兵自家里带来使用。虽然问题较多，但老百姓打心眼里是欢喜治安巡逻的。在八里坪村，当地群众采取轮流值班的形式进行治安巡逻，每次两人值班，有公用的军大衣两件及相应的照明设备。在实际工作中，治安巡逻在村里的任务主要是防偷盗，据雷专干所言，2004年前整个董干镇偷牛盗马的发生了上千起，具体说，董干村委会 2004 年发生 3 起 3 头次，2005 年 2 起 2 头次，2006 年后就再没有出现类似情况了。主要原因一方面归于治安巡逻防范的重视程度高，另一方面是由于各农户采取了有效措施，比如按当地老百姓的说法，有的人家牛圈马棚盖得都比主人住的条件还要好。无论如何，说明村委会的工作是取得一定成效的。

计划生育委员会是在村党总支、村委会领导下从事计划生育宣传、动员工作的群众性组织。在董干村委会，2000 年以前的工作主要集中在抓早婚早育上。随着国家计划生育政策法制化的建设，2003 年以后，计划生育的主要工作集中在妇女的结扎和放环上，早婚早育和超生现象基本杜绝。在董干镇，董干村委会是此项工作开展得较好的村委会之一，据 2009 年 8 月调查结果，董干镇 2008 年共计超生 70 户，其中该镇有一苗族为主要世居民族的村委会，其主任和计生宣传员同时超生，其超生原因均为家里已有两个女孩，但受传统观念影响，仍然想有一个男孩传宗接代，反映了超生问题一定程度上在边疆民族贫困地区仍然存在。但是，董干村委会的情况却不同，该村委会已连续 6 年未出现超生、躲生等现象。董干村委会办理独生子女证的户数已达 43 户，在八里坪村目前有 2 户，具体为上村夏宗德家，育有一男孩，下村姚仁兴家，育有一女孩。同时，董干村委会也按照上级组织的相关规定实行计划生育工作制度，其制度依照董干镇的执行，下一步该村委会计划制定符合董干村委会实际情况的计划生育工作制度。

四　董干村委会干部构成

在董干村委会，村党总支和村委会在人员设置上是一套人马、两块牌子，村党总支书记兼任村委会主任，有效地节约了人力、物力资源。

董干村党总支由书记和 7 名支委构成，当地一般称为"八大员"，其中有 3 名女委员，其中有 2 名是赤脚医生。总支书记同时又是村委会主任，负责主持党总支日常工作，主持召开党员大会和党总支委员会；贯彻执行党的基本路线、方针政策和上级党组织的各项指示；调动各方面的积极性，加强整个党总支班子的团结，切实为村民办事；加强支部自身的组织、思想和政治建设；搞好对村委会、共青团、民兵组织等工作的具体领导。支委负责协助支部书记进行工作。村委会副主任同时兼任支委，负责宣传工作，其余支委大多在工作职责上没有明确分工。整个董干村党总支分成 5 个党支部：八里坪、小卡、卡子脚、茅草洞、街道。书记、支委由民主选举产生，任期 3 年，如果在群众中反映良好的可以无限期连任。

董干村委会"四大员"构成了整个村委会的核心领导层，凡村一级的绝大部分事务都由他们负责处理。为了更好地约束村干部，发挥他们在村寨管理中的主观能动性，2004 年新一届的村委会主任、副主任和文书选出后，村委会召开干部大会对其各自工作职责进行了详细规定。

董干村民委员会主任职责

村民委员会主任在党支部的领导下主持全村的工作，

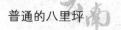

其主要职责是：

一、认真贯彻执行《村民委员会组织法》，坚持依法治村，民主管理，做到民主决策、民主管理和民主监督。

二、组织实施乡（镇）政府下达的经济、教育、农村建设事业和税收、优抚、扶贫、社会治安、计划生育等工作任务，组织村干部和村民如期完成并将情况报告乡（镇）政府。

三、组织制定和实施本村经济、社会发展计划和规划。村经济计划和社会发展规划的制定须在充分发动群众，集中多数群众意见，正确分析评估当地自然资源、社会资源的基础上进行，并报告乡（镇）政府批准后实施。

四、组织和帮助村民发展生产，选择致富项目，并在资金、技术、信息等方面做好服务工作，千方百计帮助贫困户脱贫致富。

五、重视发展村办经济、增加村集体经济收入，努力为村民多办实事，增强村委会的凝聚力。

六、重视发展村级文化教育事业，提高适龄儿童入学率。采取业余文化、技术学校等多种形式，组织村民学习政治、法律、文化和技术，提高村民的政治思想和科学文化素质，做好村民的社会福利和社会保障工作。

七、重视了解村民的思想、生产情况和迫切需要解决的问题，积极地向上级反映群众的意见，争取政府的支持、帮助和指导，为村民解决实际问题。

八、定期召集和主持村民会议和村民代表会议，报告本村经济计划和社会发展规划的执行和各项工作的进展情况，征求村民意见，通过村委会有关决定，公布财务收支情况。

村民委员会副主任协助村民委员会主任工作。

同时，规定董干村民委员会委员主要职责，如认真抓好共青团工作、民兵工作、科技推广运用及其他上级安排的或服务全村的工作等，特别规定了女委员的主要职责是抓好全村的妇女工作、计划生育工作及协助做好全村老年人工作。也规定了村委会副主任及文书的职责主要是协助村委会主任工作等。

此外，村委会还设有计划生育宣传员 1 名、兽医 1 名和赤脚医生 2 名；治保委主任和人民调解委员会主任由村委会主任兼任；21 个村民小组设组长和副组长各 1 名，他们同时还各兼任民兵组组长和副组长，村民小组的会计也由副组长兼任。

村委会主任、副主任和文书由村民大会或村民代表大会选举产生，每届任期 3 年，可以连任，他们向村民大会负责并汇报工作。每 5 年由村民大会选举一次镇人大代表，由全体参会人员投票选出。村委会其余人员都是由任命产生，其中计划生育宣传员为镇管村用。村民小组负责人则是由村委会主任、副主任和文书参加的村民大会选举产生。

整个村委会干部都有明确的分工。村委会主任是全村的一把手，统管村委会各种事务，其余人员协助其工作。村委会副主任主管全村财务，协助主任进行各项工作；文书兼任会计，统计本村的粮食生产、土地占有情况，每月向镇政府汇报一次，外出务工人员的管理也归文书；综治专干主要负责治安、民兵等工作；计划生育宣传员负责全村计生工作；赤脚医生负责农村医疗合作、打预防针、药

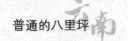
物销售等；村民小组组长和副组长协助村委会管理所在村寨事务。

村委会所有的干部构成中，妇女干部有 3 人，除了计生宣传员外其余村委会干部均为党员，许多村干部身兼数职，这样的干部构成方式有效地节约了人力和物力，但街道的人占据了村委会人员构成的大多数，大部分村小组从来没有人员在村委会任过职，这样的干部分布势必造成利益在不同村寨间的倾斜。但对于这样的现实，其他村民们并没有什么怨言，绝大多数村民普遍认为现任村干部有能力，素质较高，工作认真负责，待人热情，不摆官架子，能切实为村民们办好事，他们的当选是村民们公认的。据了解，董干村委会的绝大多数村民对村干部是持满意态度的。

对于村干部的考核，从镇到村委会都有一套详细的考核制度。考核每年进行一次，一般在年末时候，镇里都会派干部到村里入户采访群众考核村委会主任、副主任和文书等村干部一年来的工作情况。2008 年董干村委会的考核工作由沈副镇长挂帅，被考核的村委会干部每人均需写出当年的工作总结。而村委会一般不对各村民小组组长和副组长进行考核。每 3 年一届的换届选举时，对村干部的考核更加严格，由镇长和书记主持考核工作，不仅入户采访，而且召开由村党总支成员、党员和村委会成员参加的民主评议会议，村干部之间互相考核，填写干部考核情况表，由镇里统一收回。无论镇里还是村委会的考核均张榜公布，内容涉及村干部参加会议的出勤情况、工作业绩等方面。

第三节　制度建设

一　现行制度

制度建设是实现农村治理与善治的关键。关于制度建设，县上和乡镇两级是高度重视的，这可从已有的相应完备的规章制度中看得出来（此处不再罗列）。董干村委会又根据上级的有关规定，结合本地的实际情况制定了一系列的党政规章制度，内容涉及党总支和村委会工作、村务公开、计划生育、治安保卫、矛盾调解等方面。在村委会办公室等，各种规章制度均用电脑打印制作成统一的规格并张贴在墙上。

表 2 – 1　董干村委会现有规章制度一览表

类　型	名　　称	备　注
党组织	党员之家基本职责	
	党总支的基本任务	
	党总支会议制度	
	发展党员制度	
	议事表决制度	
	党员学习制度	
行政组织	村委会工作职责	
	村委会值班制度	实际上只是值班具体日程
	村委会人民调解委员会制度	
	村委会村民会议制度	
	村委会计划生育制度	起草阶段，还未具体执行
	村委会主任职责	
	村委会副主任职责	
	村委会文书职责	

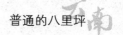

　　除以上制度外，八里坪村根据村子特点也制定了一些规章制度，如八里坪村民小组工作守则、村务公开制度、村务财务公开制度、卫生公约、平安公约、村规民约、妇女小组工作职责、妇女小组成员职责、妇女小组性质任务、妇女之家活动制度、妇女之家（学校）任务、妇女学校培训和计划、计划生育协会章程、劳务输出协会章程、民兵工作职责、团支部工作职责、团支部委员职责、团员的学习制度、团支部活动制度、社会治安综合治理小组工作制度、治安联防队员工作职责、治安管理领导小组工作职责、八里坪村种养殖协会章程、青年农民文艺队工作职责等。但以上制度绝大多数为 2008 年八里坪村建设小康示范村时所制定，有些制度的制定仅是个形式，并没有向村民公开，表明八里坪村在制度制定与执行等方面虽有成绩，但还存在一些问题。发挥村民的主体作用，大力发展生产，注意引导村民的观念变革等才是完善制度建设的必由之路。

二　村规民约

　　20 世纪 80 年代以后，我国开始在农村实行村民自治，这是广大农村实现直接民主的一项重要举措，也是广大村民民主参与权利的体现。1983 年 10 月，中共中央、国务院发出《关于实行政社分开建立乡政府的通知》，将农村建制由原来的公社、大队、小队改成乡政府、村委会和村民小组三级。这次建制改革为村民自治制度在农村的运作实施铺平了道路。1998 年 10 月，中共中央十五届三中全会通过了《中共中央关于农业和农村工作若干重大问题的决定》和九届全国人大常委会第五次会议正式通过了《中华人民共和国村民委员会组织法》，标志着我国农村的村民自治制度开始全面实施。按照《村民委员会组织法》第十六条的规定，村规民约由村民会议讨论制定，报乡镇人民政府备案，由村民委员会监督和执行。它的内容不得与宪法、法律和法规相抵触，是一种介于国家法律与习惯法之间的规则形式，在维持乡村社区社会秩序中发挥着独特的调控功能。

董干村委会在 2004 年以前没有书面形式的村规民约，据文书所言，在此之前只是村民按习惯所形成的口头村规民约。现行的村规民约是 2004 年在镇人大、镇政府等部门起草的一个村规民约的范本基础上，根据董干村的具体情况，由村民提出意见，经村党总支委员、村委会委员和党员共同做出修改和补充，又经过村民大会表决，最后报董干镇政府批准生效的规章制度。具体内容如下。

董干村民委员会村规民约

第一章　社会治安

第一条　全体村民要学法、知法、守法，自觉维护法律的权威和尊严，同一切违法犯罪行为作斗争。

第二条　村民之间应遵守社会公德，团结友爱，和睦相处，不打架斗殴，不酗酒滋事，严禁侮辱诽谤他人，严禁造谣惑众、拨弄是非。

第三条　严禁偷盗、敲诈、哄抢、破坏国家、集体和个人的财物。偷盗瓜果蔬菜、谷物等农产品，按市场价收两倍以下赔偿；偷砍林木按平胸直径计每寸 10～30 元缴纳违约金，1 寸以下每株缴纳违约金 5～10 元；所砍林木归还原主，并在适当季节罚栽同样林木，经验收后交原主。

第四条　爱护公共财产，不得损坏水利、交通、电力、生产等公共设施。

第五条　严禁私自砍伐集体或他人林木，不准在田地边、路旁乱挖土，严禁损害庄稼、瓜果及其他农作物。乱砍或偷砍国家、集体、个人的承包山、自留山柴火的，按每市斤交 0.5 元违约金，所砍柴火归还原主；牛、马、猪、羊等或认为损坏包谷、稻谷等农作物的，赔偿一至二倍原作物，或者按市场价计算交纳违约金。

第六条　违反社会治安规定者，情节严重的交司法机关处理；情节严重，但未触犯刑律和《治安管理处罚条例》的由村民委员会调解、治保委员会给予批评教育并酌情罚款；情节较轻的，由民调、治保委员会给予批评教育、经济赔偿处理，并限期改正。

第二章　村风民俗

第七条　提倡社会主义精神文明，移风易俗，反对封建迷信及其他不文明行为。

第八条　提倡喜事新办，不铺张浪费，丧事从俭，不搞陈规陋俗。

第九条　不请神弄鬼，不算卦相面，不看风水，不搞封建迷信活动。

第三章　邻里关系

第十条　村民之间相互尊重，相互理解，相互帮助，和睦相处，建立良好的邻里关系。

第十一条　依法使用宅基地，不损害整体规划和四邻利益。

第十二条　邻里间发生纠纷能自行调解的，自行调解，不能自行调解处理的，要依靠组织解决，不能仗势欺人，强加他人。对不听劝阻制造纠纷的当事人，情节轻微的予以批评教育，造成人身或财产损害的，必须承担医疗费用，并按损失折价赔偿。

第四章　婚姻家庭

第十三条　遵循婚姻自由、男女平等、一夫一妻的原则，建立团结和睦的新家庭。

第十四条　婚姻大事由本人做主，反对他人包办干涉，不借用婚姻索取财物，对未登记非法同居的，要依法处理。

第十五条　反对男尊女卑，夫妻在家庭中应地位平等，共同管理家庭财产。

第十六条　对丧失劳动力的老人，其子女必须尽赡养义务，保证老人晚年生活。对不赡养老人者，由村民委员会按镇政府规定的五保供养标准，令其子女均摊。

第十七条　父母、继父母承担未成年或无生活能力的子女的抚养教育，不准虐待病残儿、继子女和收养的子女，不准使小学生辍学。

第十八条　认真执行计划生育的基本国策，自觉实行计划生育，不准在计划生育中徇私舞弊，弄虚作假，欺骗政府。

第五章　附则

第十九条　本《村规民约》个别条款如与国家和地方性法律、法规有抵触者，按国家和地方法律、法规执行。

第二十条　本《村规民约》由村民委员会负责解释。

从董干村委会的这份《村规民约》的内容来看，它适应了村民目前的现实生活，既体现出边疆地区民族传统的

特点，也体现了国家的现阶段要求。把村民们所熟悉的一些传统习惯法的内容略作修改后放进去，也融入了国家法律和政策的一些精神和具体内容。

《村规民约》制定后在村委会和各自然村的公共场所张榜公示。整个村委会各村民小组均按照村委会制定的《董干村民委员村规民约》行事，少数村民小组比如八里坪村根据自己小组的特色结合《董干村民委员会村规民约》制定了自己的《村规民约》。在村寨社会事务的管理中，《村规民约》发挥了巨大的作用，比如当出现责任田地纠纷、偷盗现象时一般按照《村规民约》的有关内容处理，多数村民持肯定态度。村干部们普遍反映，自从 2004 年《村规民约》制定以后，许多工作都纳入统一的轨道，开展起来容易多了，特别是计划生育政策的执行。而广大村民们对《村规民约》的态度也是同样地叫好，《村规民约》的制定，对村干部的工作有了规范化的规定，促使他们必须依法行政，按章办事，既符合政策规定，也让广大的老百姓放心。

第四节　村寨管理

在村寨中，村务的管理对维持正常的社会秩序，保证人民安居乐业，保证国家法律的实施和村民的权利具有重要作用。村务管理是否建立在公开、公平、公正的基础上直接关系到广大村民的直接利益。

一　公共事务的决策方式

在董干村委会，村里的重大事务决策，一般由党总支和村委会共同决策，对涉及村民重大利益的事情，则召开村民大会商量。而在八里坪这样的自然村，村内的大小事务则是由村民小组组长、副组长、村民代表和村内的党员共同决策。一直以来，镇政府实行派领导到村委会挂点直接参与村委会决策工作，由镇党委副书记、副镇长、办公室主任和党委委员轮流进行挂派，2009 年由办公室主任挂钩，沈副镇长为组长。轮流进行挂派时间不定，有的一年，有的几个月，他们的到来既对村委会的工作进行了监督，同时又能及时传达上级各项指示，有效地指导了村委会各项工作的开展。

二　村务公开情况

村务公开是维护村民对村务知情权的重要途径，通过村务公开，村民可以明白村务的运行情况，更加积极地投入到村寨建设中来。在董干村委会，各项村务内容采取每季度公布一次的方式，对整个村委会财务收支情况、县民政下发给困难户的粮食数量、五保户的补贴、干部参加会议的考勤、计划生育实施情况等内容进行公布。各村民小组的工作情况仅在年终考核时统一公布。据村文书介绍，在实际工作中，关于村务公开情况一般是有事张榜公示，无事不公布。原因是大多数情况已形成"制度"，比如财务方面，由村委会副主任管钱，账务则由文书管理。这样，即便不公开财务情况，大多数村民也是放心的，但董干村委会对于财务还是公开的。在八里坪村，村务公开项目主要是村财务情况，主要以黑板报、会议方式公开。到 2008 年年底，该村已签订农业承包合同 87 份，农村土地承包面积 273.02 亩。已建立了农村公益事业"一事一议"制度。农村财务管理实行委托管理，定期开展村务公开，并成立了民主理财小组。

图2-2　八里坪村村务公开黑板报（2008年1月28日，李和摄）

三　村寨管理中取得的成绩与存在问题分析

中华人民共和国成立以后，边疆少数民族地区被统一纳入社会主义发展的轨道，在外力的作用下开始了现代化进程的发展。一系列崭新的社会制度的实施，使八里坪村的政治生活发生了翻天覆地的变化。各种正式组织以强大的功能覆盖了整个边疆各民族地区村民们政治生活和社会生活的方方面面，国家权力比过去更多地进入村民的社会生活中。党政组织、共青团组织、民兵组织、人民调解组织、治保组织、计划生育组织等深入到村民的日常生活中，其功能更全，影响范围更广。由党组织确定、村民大会或村民代表会议选举出来的村委会组织在众多的社会组织中处于核心地位，其中又以党组织的政治领导最为关键，其他组织发挥着类似职能部门的作用。目前，八里坪村所属的董干村委会是一个组织机构完善、制度健全、工作程序规范化的村委会。各项工作的职责范围和工作程序都进行了制度化的规定，制定了十几个规章制度。各种党政组织、民间组织在社会主义精神文明和物质文明建设中正发挥着越来越广泛的作用，他们在满足参与行为体利益的同时，最终也必将实现村寨发展和公共利益的最大化。这种组织结构的变化直接影响了村寨中村民们的生活态度、行为、利益等的获得方式、社会地位、社会关系和价值观念，同时对整个村委会工作的开展也产生了巨大的影响。

（一）八里坪村管理中取得的成绩

八里坪村所属的董干村委会是一个组织健全、制度化和规范化较高的村委会。近年来，村委会在保证村寨的正常生产生活、社会秩序、社区安全和改善人民群众的生活状况方面做出了许多成绩。2000 年，为了解决村民的饮水问题，董干镇政府出钱在八里坪村后山顶修了公共水库，拉通自来水，供应了镇政府周边各村寨的生活用水，由于水库建在八里坪村后山顶，这样八里坪村也用上了自来水。关于用电方面，八里坪村 20 世纪 50 年代末部队入驻时已用上电，整个村委会于 90 年代初拉通高压电，从此村民们告别了天黑睡觉、天亮干活的传统生活方式，许多人家开始买录音机、电视机，村民们的业余生活开始丰富了起来。根据对八里坪村 90 户人家的抽样调查统计，到 2008 年年底，仅有 5 户人家没有电视机，这些没有电视机的农户主要是老人，不习惯看电视。近年来，在八里坪村，电费一般是 5 角多一度，电费价格算是比较便宜的了。但调查发现也有 33 户该村农户不用电灯，原来他们用的是沼气灯，这 33 户农户中有一半使用沼气即能满足生活所需，他们用沼气专用的电饭煲、炒锅等做饭。据了解，又由于当地几乎没有煤烧，也有人去山上薪柴林里打柴来烧火做饭，少数人家去集市买柴来烧火。

近年来，交通是八里坪村能够很好发展的优势之一。从八里坪村到董干镇只有1公里多一点的距离，董干镇到麻栗坡县城的公路穿村而过，出行极其方便。2008年八里坪村进行小康示范村建设，每家每户均修筑了入户水泥路。对于交通条件的改善，村民们非常兴奋，所有的村民都认为交通的便捷是八里坪村能够较好发展起来的最大保障。

计划生育的执行也是近年来董干村委会做得较好的一项工作。2000年以前，村委会根据上级文件的规定，对不到年龄结婚的村民罚款50元到上千元不等，罚款额不固定，可能5000元，也可能1万元不等，现在超生罚款1万~2万元，政府有专门文件规定，每家都有一本法律知识读本。但是，具体执行起来非常困难，通常是村委会主要干部同计生宣传员一起工作，仍然收效甚微，村民的抵触情绪非常大，干群关系有时弄得很紧张。执行计划生育政策以来，八里坪上村未出现过超生现象，下村在1989年曾超生两户，之后一直未出现超生现象。据了解，八里坪村曾出现一起跨国婚姻，对方为女性嫁入八里坪，来自越南，已于20世纪90年代落户中国。随着2004年以来《村规民约》的制定、国家法制化的进程，一方面村委会加强了对村民们的普法宣传；另一方面村民们在日常生活中也切实体会到人多地少的矛盾和养育孩子要讲究质量，对国家的这项政策有了更加深刻的理解，2008年，整个村委会办理独生子女手续的已达43户，政府给予每户3000元的奖励，双女的给予同样奖励。许多人家虽然没有办理独生子女手续，但也只要了一个孩子。

（二）八里坪村管理中存在的问题

麻栗坡县是一个集边疆、少数民族、贫困、山区、原战区等特征为一体的农业县。虽然在县、镇两级政府的指导下，村委会在组成、工作制度、任期等方面作了明确的规定，在实际的工作中也取得了一些成绩，但村寨一级管理中存在的问题也是不容忽视的。

第一，村干部收入偏低，工作积极性不高是村级组织中普遍存在的问题。在麻栗坡县，2008 年由县财政统一核拨给村干部的工资如下：

村委会主任：480 元/月

村委会副主任：450 元/月

村委会文书：450 元/月

综治专干：400 元/月

在 2003 年农村税费改革以前，农村干部的工资更低，村委会主任只有 200 元/月。偏低的工资自然影响到村干部的工作积极性。相比之下，人们更愿意将时间和精力放在自家的经济活动中，虽然担任村干部在村民中比较荣耀，在村寨中是权威的象征，但人们考虑更多的是实际的经济利益。而且村干部退下来以后，按当地的做法，如果这位干部干了一届 3 年任期退下来，则政府一次给予 3 个月的补贴，如果干了 6 年，则给予 6 个月的补贴。除此之外，再没有任何其他养老保障。董干镇政府受财政状况所限，也很难再给他们其他更多的补贴。因此，愿意担任这些职务的人越来越少。值得宽慰的是，随着国家财力的增强，随着

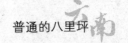

各级党委、政府对农村干部工作条件、生活环境的进一步关注，他们的待遇逐步得到改善。从 2008 年开始，麻栗坡县对村委会干部个体进行履职考核，合格者，年终按年工资的 35% 一次性核发奖励；优秀者，年终按年工资的 45% 一次性核发奖励。

第二，在村委会的建设中，特别是制度建设上，村民们对关系自己切身利益的规定了解较多，如关于计划生育的规定、各种农业生产的具体规定等，对于这些政策，村民们普遍知道，并且理解较深。但对于基层党组织建设、村委会工作等制度，许多村民既不关心也不了解，这些较为复杂和抽象的规章制度与八里坪村村民们的现实社会生活有距离。对于他们来说，关心更多的是自家经济收入的增加、生活条件的改善。许多村民都认为这些规章制度是约束村干部的，与自己关系不大，只要村干部按章办事，切切实实为村民们做事，大家都是认同的。

第三，农村基层党组织建设不易。由于资金、价值观念变化等方面的影响给这里的基层党组织建设带来了许多困难。2000 年以后，每年镇政府拨款 500 元作为村党总支和村委会的办公经费，一年比一年多一点，从 2008 年起开始年底考评，合格的有 2000 元办公经费。按照镇政府的要求，这笔钱要用来订《云南日报》、《文山日报》、《支部生活》、《半月谈》等。党支部要求订这些报刊，但党小组没钱，由党支部帮助订《支部生活》，村委会每年拿出 1000 多元办公经费帮助支部订阅报刊。农业科技书籍包括音像制品由政府借给。剩余的办公经费用来支付村委会的水电费和电话费。由于办公经费紧张，所以基层党组织和村委会经常处于尴尬境地。同时，在经济大潮影响下，价值观念多元化，人们对政治的热情度下降，基层党建难度增大。

第四，农村基层党员年龄结构趋于老化。随着外出务工人员的日益增多，许多留在村内的人员素质相对较差，达不到发展标准，受到社会利益多元化的影响，从入党中得不到直接的现实利益，许多人的入党积极性也随之下降。

第五，对农民技术培训少，从而在产业结构调整中，给村民带来实际效益不大。虽然村委会对农村产业结构调整非常热心，希望能以此促进全村经济的发展，改善村民目前的生活状况，但是，既缺乏有技术的人员，又无钱聘请专业人员指导农民进行生产。村委会每年按照上级要求订阅的书报杂志都是关于党政方面的，缺乏农技方面的书刊，目前的杂志利用率很低，仅限于村干部使用，村民们很少有借阅的。

第三章　经济建设

经济生活，是人们日常生活中的重要组成部分。经济发展状况或繁荣与否直接决定了生活水平、文化教育及人们的思想观念等多方面内容，并对人们的日常生活习俗的变化起着重要影响。经济生活在日常生活中的体现主要在物质生产方面，在当今的农村，村民们的经济收入主要有四大类：农业生产、家庭副业、集市贸易和外出务工收入。与大部分的中国乡村相同，八里坪村的经济收入也是以农业生产为主，其他三项则是属于经济生活中的重要组成部分存在并逐步发展着。

第一节　经济发展概况

八里坪村上、下村民小组隶属于董干镇董干村民委员会，位于董干镇北边，距离董干镇1.3公里。土地面积有1.96平方公里，海拔1635米，年平均气温14.7℃，年均降水量1523.6毫米。八里坪村上、下村民小组共有耕地264亩，人均耕地只有0.75亩；有林地500亩。由于地处山区，耕地极为有限，农业用地主要为旱地，且大多是坡地，只能种植玉米及少数水稻等农作物，其他经济作物极少。八里坪村不是粮食增产区，粮食产量一直不高，长期以来八里坪村处于贫困状态，基本温饱都无法解决。改革开放后情况得到根本性好转，现该村已建成小康示范村。

相对较差的自然地理和生态环境，严重制约了八里坪村的经济发展。据调查统计，该村有田 52 亩，地 212 亩。水田数量更少，也只是少数人家耕种，并且都在离村两三公里之外。2008 年八里坪村人均粮食产量约为 340 公斤，人均纯收入为 2196 元。人均粮食产量基本与全国水平相当，可是经济收入与全国平均收入相差甚远。据国家统计局 2009 年 2 月 26 日公布的《2008 年国民经济和社会发展统计公报》中的最新数据：2008 年全国农村居民人均纯收入 4761 元；城镇居民人均可支配收入 15781 元。八里坪村的经济发展水平与全国农村平均水平和全国城镇居民平均水平的较大差距是不容忽视的。虽然该村与全国平均水平有较大差距，但总体上看，八里坪村已解决温饱问题。改革开放以来，村民的生活状况大为改善，主要表现在以下方面。

一、从农业生产方式看，农业生产工具有了新的改进，生产水平有了较大提高。以前八里坪村进行农业生产的工具是传统的较原始的纯手工工具，如锄头、犁、镰刀等，生产的动力支持也只是牛耕马驮，或纯靠人力进行生产，生产水平低下。现在，在原有生产工具的基础上又引入了一些机械化工具，如打谷机、犁地机等，省时省力，大大提高了生产效率。通过政府扶持和农业技术部门的指导，先进的生产技术被引入，从传统的粗放耕作转变为精耕细作，农作物都采用优良品种，产量大为提高，温饱得以解决。生产效率提高的同时也节省了人力，目前，八里坪村不少家庭出现剩余劳动力并外出务工，增加了收入。

二、从居住条件看，八里坪村已在很大程度上改变了

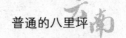

居住状况。人们常说"安居才能乐业"、"小康不小康，关键看住房"，居住状况在中国社会实现"全面小康"中有着举足轻重的地位和影响。调查结果显示，2008 年八里坪村全村 90 户共有房屋 90 套，其中砖（钢）混结构房屋的农户数为 7 户，占 8%；砖木结构房屋的农户数为 13 户，占 14%；土木结构房屋的农户数为 70 户，占 78%。由于 2009 年进行小康示范村建设，现在全村每户人家均装有太阳能且都安装有洗澡室。几乎所有人家都有独用厨房。房屋装修情况：75% 的人家无任何装修，20% 的人家简单装修，3% 的人家中等装修。在 20 世纪八里坪村的家庭住房大部分是十分简陋的，建设材料基本上是传统的就地取材型，也就是就地取土加水夯实作墙壁，以木材作主结构而成的土木结构房屋。21 世纪初，部分农户开始建筑砖（钢）混结构房屋和砖木结构房屋。居住条件上了一个新台阶。在八里坪村，较为宽敞的"堂屋"一般是各家重要的祭拜场所，每家的堂屋里都有供奉祖先和神灵的牌位，少数人家还有一些崇拜物，四时节日，家人烧香上供。因此，八里坪村的"堂屋"是"人神共享"的地方。

三、从食物结构看，八里坪村的变化也不小。20 世纪时，村民全年主要以玉米（当地称为面饭、玉麦饭）和其他杂粮为主食，现在该村以大米为主食，偶尔辅之以包谷和其他杂粮。肉食方面主要食用猪肉、鸡肉和牛肉，猪肉主要依靠每年杀年猪存下的肉食用，鸡肉是自家圈养的土鸡，牛肉得靠到市场上购买。由于地处山区，以前八里坪村村民很少吃蔬菜，现在不仅食用蔬菜，而且品种较为多样，主要为白菜、青菜、金白菜、萝卜、蒜苗、豌豆尖、大头菜等。据调查，八里坪村后山前些年修建的大坝落成后，较好地解决了当地的用水问题，近年来，少数村民栽种蔬菜不仅供自家食用，而且还拿到董干集市去出售。代村主任家就具有代表性，他在自家屋前1亩多的自留地上每年均栽种不同品种的蔬菜，而后拿到集市上出售，所获收入虽不多，但也可贴补家用。

四、从交通条件看，八里坪村虽处山区，海拔在1635米，交通却一直是八里坪村发展较快的方面。20世纪60年代以前，由于一直没有公路，进出物品全靠人背马驮。60年代后，横穿八里坪村的省级公路修通。现在每天各种车辆包括客车、货车、拖拉机、小汽车、摩托车等随时穿越村子，且村内各家户之间已建成水泥路面。据调查，八里坪村现在拥有汽车5辆、农用运输车4辆、拖拉机3辆、摩托车5辆。村民的出行和货物的进出比以前大为方便。

五、居民对耐用消费品的拥有量也是衡量经济发展状况的重要依据之一。随着经济的发展，居民拥有耐用消费品经历了一个从无到有、从少到多、普及程度迅速提高、档次不断升级换代的演变过程。

八里坪村家庭耐用消费品综合情况调查情况如下：全村90户共有电视机85台，洗衣机90台，移动电话90部，照相机1部，固定电话38部，电脑1台，电风扇24台，冰箱10台，VCD60台，组合音响60台，饮水机40台，摩托车5辆。2008年云南省农民每百户拥有主要家电产品分别为：影碟机53.8台、洗衣机33.7台、电冰箱9.8台、彩电

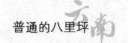
89 台、热水器 22.6 台、摩托车 33.3 辆、移动电话 91.2 部。① 把八里坪村村民家庭耐用消费品与全省平均水平比较，八里坪村的经济状况大致已接近全省平均水平。

另据调查，该村大部分家庭几乎没有存款（仅有少数人家有少量存款），主要原因是小康示范村建设使得大部分家庭投资建设自己的家园。八里坪村日常开支主要靠家庭养殖、出售粮食、务工等，八里坪村的经济建设工作任重道远。

第二节　农业

八里坪村地处山区，传统经济以种植业为主，家庭饲养业和传统手工业为辅，历史上不曾有经商或外出务工的传统。中华人民共和国成立以来，当地劳动生活方式变化较大，主要表现在以下三个方面：一是农业中的科技含量升高，农业产业结构得到一定调整。二是家庭副业中，除保留传统副业外，近年来还出现了一些新的副业，如运输业、小型加工业、商业零售等。三是受市场经济的驱动，越来越多的村民开始转向非农产业，如外出务工等。就总体而言，目前当地劳动生活方式以农业生产和外出务工为主；家庭副业仍处辅助性地位，尚未从农业中独立出来。

受地形等自然环境的制约，与平原地区、坝区等相比，八里坪村农业生产力显得较为落后：大部分生产工具古已有之，现代农业机械较少使用。常用耕作工具为铁犁、耙、

① 《新中国成立 60 年云南省农村居民生活的巨大变化》，云南信息港 2009 年 9 月 18 日。

图 3 - 1　八里坪村传统农耕方式（2010 年 1 月 25 日，李和摄）

板锄、月锄、镰刀、铁铲、斧头、砍柴刀、簸箕、背篓等，这些都是传统的生产工具，先进的农业机械无法大量使用。同时，在耕种方式上，八里坪村的耕地情况也无法适用机械耕作，现在仍多是沿用传统的牛犁手种，这些传统的生产工具基本能够满足生产需求。在农田灌溉方面，以前用山坡上积下的雨水灌溉，因水资源有限，在人口未大量外出之前，灌溉用水比较紧张，为农田灌溉用水扯皮吵嘴的事件常有发生。近 10 年来，因农业产业结构调整及外出人口增多，特别是八里坪村后山大坝建成，旱地经济作物种植面积大大增加，昔日灌溉用水的难题已基本得到解决。最近两年，随着村级公路的延伸，不少人家开始依靠拖拉机、农用车等将自家地里或在邻村租种的稻谷、玉米等运回家中，收获时劳动强度有所减轻。

　　然而，随着现代农业技术的推广与农业产业结构初步调整，八里坪村传统农业也在逐步向现代农业转型。下面

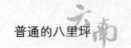

将结合前后 60 年当地农事日程的显著变化对此转型加以说明（参见表 3-1）。

表 3-1　中华人民共和国成立时和 21 世纪初八里坪村
农事日程对比一览表

	中华人民共和国成立时	21 世纪初
正月	挖土、开荒	十七开始种玉米、黄豆、四季豆、南瓜
二月	修田、翻土、拌和家肥	种未种完玉米、补种
三月	栽苗、补苗、施肥	除玉米地草、施肥、稻谷下种
四月	除玉米地草、施肥、稻谷下种	插秧、田间管理、施除草剂
五月	插秧、田间管理	栽稻谷
六月	田间管理	栽红薯
七月	拌种冬粮的肥料	收杂交玉米、黄豆
八月	收玉米	收本地玉米、收稻谷、翻地
九月	种蚕豆	晒稻谷
十月	种小春	开始杀年猪，收红薯
十一月	收红薯	翻土
十二月	打粑粑，准备过年	杀年猪、准备过年

由上表我们可以看出，与中华人民共和国成立时相比，当今八里坪村农业生产已经发生了较大变化，主要可概括为如下内容。

一　农业所有者结构的变化

在八里坪村，农业一直是其生存、繁衍、发展的基础。随着整个中国现代化进程的推进，传统的农业受到全方位的冲击，其中就包括农业所有者在这期间所发生的变化。八里坪村的农业所有者结构的变化并不是面对现代化冲击而作出的主动回应的结果，或是农业产业结构及经营方式的转变而导致的农业所有者结构的变化，其变化是由整个社会流动机制的变化所导致的。人们的流动没有了以前的限制，八里坪村的村民尤其是年轻人走出村子不再从事农业生产，使八里坪村的农业所有者结构发生了变化，但这并没有带来其农业产业结构的明显改变，只是从事农业的劳动力的数量减少了。

1958 年年底，八里坪村在全国公社化（集体化）浪潮中，土地被收归国有，原先的以家庭为单位的耕作方式被打破。实行家庭联产承包责任制以后，八里坪村集体所有的耕地，以户为单位承包给社员经营，承包户依据其所承包的耕地面积，按合同向生产队交一定数额的提留款，同时按规定还要出一定的义务工，如维修水利、道路等公共设施。八里坪村实行以一个农户或一个劳动者为承包单位，所得劳动报酬直接归这个农户或劳动者，包干到户责任制。包干到户责任制，是生产队通过合同把土地、耕畜和生产工具等按每户的人口、劳力承包到户，同时也把每户应完成的农业税和出售给国家的农产品品种、数量，以及应上交给生产队集体的公积金、公益金和管理费等，落实到户。农户的最终产品收益，除去完成上述国家任务和集体提留外，剩余部分完全归农户。这种承包形式具有责任明确、利益直接、方法简便等优点，极大地提高了村民的生产积极性。

如村民陈××为户主，其家庭共有×人，通过签订合同将其承包的耕地面积、方位、等级、承包期及其权利、

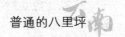

义务、责任予以确定。

　　附：麻栗坡县农村土地承包合同书一份

发包方：

　　_____乡（镇）_____村公所（办事处）_____农业社。

承包方：承包户主：_____

　　为稳定完善农村土地承包制，提高土地经营效益，促进农业生产持续稳定发展，经双方商定，订立如下承包合同：

　　一、根据《农业生产合作社章程》和《农业生产合作社集体承包经营管理实施细则》，特制定《土地承包合同书》。

　　二、发包方的权利

　　1. 按时向承包户收取土地承包费；

　　2. 拥有对集体土地等财产的所有权、经营权和使用监督权；

　　3. 有权制止乱占滥用土地及经营中违纪违法行为，直至收回承包土地；

　　4. 根据政策规定和本社情况绝大多数社员的要求，可以调整承包的内容、数量和变更关系；

　　5. 将调整或收回的土地另行发包；

　　6. 维护承包方的权益，确保承包土地的完整。

　　三、发包方的义务

　　1. 根据承包户生产需要和可能，从良种、化肥、农药、病虫害防治、科技咨询、农田水利建设、资源开发等方面，尽量提供服务；

　　2. 组织农户兴修水利、开展农田建设和办公益事业；

3. 积极地、公正地协调解决承包经营中出现的矛盾纠纷。

四、承包方的权利

1. 享有对承包土地的使用权、生产经营权、收益分配权；

2. 享有集体在生产过程中所提供的各项服务；

3. 有权参与集体讨论和决定集体土地承包经营管理过程中的重大问题和规章制度。

五、承包方的义务

1. 按时完成国家的征购定购任务和集体的土地承包费及统筹费；

2. 积极参与公益事业和农田水利建设的义务活动；

3. 保护和种好承包土地，培肥地力，提高效益；

4. 协助集体和上级承包合同管理部门做好地力测定、质量评估和土地档案的建立；

5. 协助农业社干部解决承包经营中的重大问题和遵守各项规章制度。

六、违约责任

双方不履行合同，除按《实施细则》第二十八条规定处罚外，如发包方不履行义务和发现假、劣农药、化肥种子等不向上级政府及有关部门反映，使承包方粮食产量比上年减_____％以上的，应赔偿减产部分的_____％。

七、本合同有效期从一九九_____年_____月_____日起至_____年_____月_____日止。合同期限_____年。

八、本合同一经签订，就具有法律效力，双方必须严格执行。在执行过程中如发生争议，按《实施细则》第二十二条程序解决。

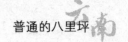

（各项承包内容及任务见附表）

发包方：法人代表　　　　　　（签章）

承包方：　　　　　　　　　（户主签章）

签订日期：一九九＿＿＿＿年＿＿＿＿月＿＿＿＿日

农业社集体土地承包登记表（表一）

单位：亩，级，人

项目 田、地 块名称	承包耕地 面积			承包 责任 山面积	等级		承包 产量数	四至界限				备注
	合计	其中			现级	升降级		东抵	南抵	西抵	北抵	
		田	地									

承担国家、集体任务（表二）

单位：公斤，元

项目 年度	交售粮食			上交集体金额	
	合计	其中：公粮	合计	其中：	
				土地承包费	统筹费

村民依据这样的合同承包土地，合同将双方的权利、义务予以明确，保护了农民的积极性，农民真正成为土地的主人。

由于将土地按家庭承包，农业生产就成为农民个人的事，这就为农业人口的向外流动提供了制度上的可能性。随着农业科技的广泛应用和农业生产发展，农村出现了剩余的劳动力，这就为农业人口的流动提供了现实驱动力。从 20 世纪 90 年代中后期开始，八里坪村的年轻人开始出去打工。据调查，2008 年，八里坪村常年（6 个月以上）外出务工人数有 103 人。由于八里坪村相对离省城昆明较远而距离广西稍近，因此，超过半数（69 人）的八里坪村人都到省外打工。他们虽然都从事非技术工种，工资也不高，但要比在家从事农业生产的收入多得多。可以预见，八里坪村从事农业生产的人口还将减少，因为现有的在外打工者会对其他人有示范作用，同时，村民们与外部世界联系和了解的增多，也会因外部世界的吸引而走出去。从目前来看，出外打工是村民增收的主要的和便捷的途径之一。

二　农业生产中科技含量上升

关于近年来农业科技广泛运用的成效，当地老年人的感受应当最能说明问题，他们认为，现在吃大米比过去吃红薯还要容易。具体表现在如下 3 个方面。

其一，在肥料施用上，化肥逐渐取代了农家肥，农业生产中的劳动强度大大减轻。据老年人讲，八里坪村在 1970 年左右开始施用化肥，当时最早使用的是硝铵，但用量一直很少。时值人民公社化时期，因集体资金有限，生产队不敢多买化肥，倒是对每亩耕地农家肥的使用量作出了硬性规定。80 年代分田到户后，各户可以自由安排生产，化肥的使用量开始增加，但由于资金等问题，当地老百姓还是较普遍地使用农家肥；90 年代中后期以后，大量劳动力外出从事非农产业，农业劳动力锐减，农业生产越来越依赖化肥。

其二，得益于地膜、除草剂等的广泛使用，农事管理环节大大简化。使用地膜之前，下种靠点播，地里的嫩苗经常被鸟雀啄食，如玉米等常需补苗数次。近 10 年地膜得到广泛使用，农作物播种采取了"育苗—移栽"的方式，不仅补苗量减少，还有益于提高农作物产量。过去，田间管理中最烦

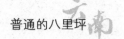

琐的是田间除草这一环节。采用除草剂之前，除草全靠人工，因杂草难以尽除，除草工作常常得反复多次。使用除草剂之后，田间管理环节大为简化，农作劳动量大大减轻。同时，由于大量使用农药，农作物病虫害减少，产量大增。

其三，农作物品种的不断改良是农业中科技含量不断攀升的突出表现。关于农作物品种改良，当地人印象最深的是2004年水稻品种改良。那一年，因广泛播种新推出的"楚粳28"，亩产高达近400公斤，比原品种本地常规稻亩产高出近百斤。此后，水稻、玉米等农作物品种不断得到更新。

图 3－2　村民使用的农作物品种（2010 年 1 月 25 日，李和摄）

三　农业产业结构调整

八里坪村以粮食种植为主，经济作物很少。这是因为八里坪村耕地资源相对人口数量较为稀缺，人均耕地面积仅为 0.75 亩，同时又地处山区，作物产量低，为保证生存，耕地基本上种植粮食作物。因此，八里坪村的农业产业结构一直是单一的以粮为主的产业模式，这种传统的产业模式能满足生存的需要，并解决温饱问题，但经济效益低，无法进一步增加村民的收入。调整产业结构是八里坪村迈进更加富裕生活的必然选择。

2008 年，八里坪村农作物播种面积约 240 亩，其中玉米播种面积 170 亩，稻谷种植面积约为 50 亩，蔬菜和其他经济作物种植面积约为 20 亩，玉米间种黄豆、南瓜约 80 亩。2008 年全村经济总收入 89.14 万元，其中种植业收入 26.88 万元，占总收入的 30% 多，在种植业中，经济作物收入为 13.99 万元，占种植业收入的 52%。由于八里坪村地处山区，水资源缺乏，因此耕地大部为旱地，村里有很少的水田，也只有少数人家才有，并且都在两三公里之外。现在的主食基本上是大米，但八里坪村稻谷产量极少，无法满足日常食用，因此作为村民主食的大米还得靠到市场上将畜禽产品、蔬菜等出售后所得的钱去购买或者是到邻近村子租种外出务工人家的田地获取。

1. 粮食作物：主要有稻谷和玉米

稻谷每年一熟，亩产约 400 公斤。全村总计稻田 52 亩，每户种植面积不到 1 亩，况且，只有少数人家有水田。但八里坪村大部村民均向邻近村子租种水田，数量虽不多，但也能获得较好收成。除去自家食用外，部分村民还能有余粮出售。柯姓村民 2008 年向市场出售 400 公斤，按当时市价 1.5 元/斤，也可获利 1200 元。玉米是当地种植面积最广的旱地农作物，主要种植杂交品种，村民大都种植近 3 亩，亩产 300 公斤，共可收获近千公斤。据调查，由于玉米市价较低，约为 1.05 元/斤，出售不划算，因此，村民一般将玉米用于喂猪，少数人家用于出售。

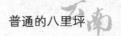

2. 经济作物

八里坪村的经济作物虽然占据种植业收入的过半比重，但其种植还只处于零散状态，无大规模种植。传统经济作物，诸如瓜果、黄豆、辣椒、油菜、花生、苦荞、烤烟之类只是零星地种植，未成规模。其种植部分用于满足自家消费，其余则出售，获利虽不多，但也很好地贴补了家用。目前，经济林业主要为冬瓜树和沙树等薪柴林，全村经济林业主要于集体时期自然生长，分田到户后政府下发树苗，由村民集体栽种于村前村后的山上，这些经济林木面积虽不大，但村子把经济林分至每户具体管理，最大限度地解决了当地村民烧柴的问题。虽有经济作物，但大多局限于自用而绝少到市场出售。产生这一状况的原因：一是八里坪村地处山区，加之水资源缺乏，经济作物产量低；二是八里坪村耕地缺乏，仅能满足村民对粮食的需求，无剩余耕地用来大面积种植经济作物。

图 3 - 3 八里坪村薪柴林冬瓜树（2010 年 1 月 24 日，李和摄）

八里坪村凝固的单一的农业结构已严重阻碍了其进一步发展，因此调整农业产业结构是发展的必由之路。然而，产业结构的调整受多种因素的制约，如地理位置、自然条件、交通状况、人力资源、市场变化等。产业结构的调整需因地制宜寻找适合本地的产业结构调整的方向。八里坪村在董干村委会的领导下，在保证基本粮食需求的前提下，进行农业产业结构调整，推广种植核桃树。之所以推广种植核桃树，是因为核桃树喜光、耐寒、抗旱、抗病能力强，适应多种土壤生长，对水、肥要求不算过高。同时，麻栗坡县大力推广核桃种植，而且十分重视产业发展的引导和培育工作，"种植核桃树，加快小康致富路"、"山区群众要致富，种植核桃是条路"等宣传标语很是醒目。政府根据各地区的区位、气候、土地资源等实际情况，因地制宜扶持加快产业发展，增强农村发展后劲，走可持续发展路子。八里坪村的自然环境和气候特点，如海拔较高、气候偏寒、土质良好等适宜发展核桃产业，同时，种植的核桃树并不影响粮食作物的生长，因而，政府在八里坪村规划种植核桃树，作为董干镇的核桃树种植示范地区。

2008年，八里坪村在当地政府的倡导下，在农业技术部门的指导下，开始种植核桃树200亩，每亩种植10株，总计2000株。政府承诺核桃树苗免费提供给农户，要求每株核桃树的种植必须按照长宽深各1米的标准挖塘种植，并且给予每塘5元的补助，每栽活1亩又给予50元奖励。农户所要做的是确保每一步都做到位，保证每一棵苗木的质量，要经常查看苗木生长情况，发现病情及时治理。2009年，八里坪村又规划种植核桃树300亩，这些树苗的种植有的是在村子后山种植，有的直接在责任田地里种植。据村

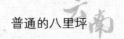
民介绍，核桃树挂果需要 5 年左右，其间由于树苗间距较大，可以在核桃树林地里种植庄稼而不影响其生长。至调查结束时，我们尚不清楚 5 年后其结果能否给八里坪村带来可观的经济效益，为减少农户对将来挂果时市场前景不好的担心，政府承诺将采取"公司＋基地＋农户"的经营模式，以确保农户的收入。不管如何，核桃树的种植让村民亲身感受了科技的力量，同时，也提升了村民在观念上对经济林木的认识。

八里坪村根本发展之路是调整产业结构，但八里坪村的自然环境、交通状况及人力资源状况等严重制约了八里坪村农业产业结构的调整。八里坪村产业结构调整虽缓慢并且只是微调，但毕竟长期以来的单一的农业产业结构开始松动了，为以后的发展在物质上和观念上奠定了良好的基础。

第三节　家庭副业

中华人民共和国成立前，八里坪村传统副业主要是满足家庭及村民生活需要的家庭饲养业和小手工业。20 世纪 50 年代至 70 年代，同全国其他地区一样，八里坪村传统家庭副业也一度遭到压制。20 世纪 80 年代以来，这种状况大为改观，主要表现为饲养业的商品化程度提高，其他传统副业趋于衰落。近 10 年来，八里坪村出现了一些新型副业，但主要是为村民的生产与生活提供便利，经济效益不大。

一　传统副业

（一）家庭饲养业

主要是养猪、养牛和家禽养殖等。八里坪村的家庭饲养业多年来一直处于家庭散养的状态，没有规模化发展的趋向。据调查，近3年来八里坪村饲养业情况如表3-2所列：

表3-2　八里坪村饲养业

单位：头，只

年　份	猪	牛（黄牛、水牛）	家禽（鸡鸭等）
2006	350	41	3200
2007	360	51	3290
2008	470	62	3134

截至2008年年底统计，八里坪村的家庭饲养业收入为26.35万元，约占该村当年经济总收入的30%。八里坪村村民在家庭饲养业的发展过程中积极引入现代饲养业的技术，如引入优良的牲畜品种、科学的饲料、养殖方式等，其家庭饲养业的发展就体现在这些方面。

1. 养猪

养猪历来是村民最重要的传统副业，同时，也是八里坪村一项主要的提高经济收入的方式，养猪在当地都是采用家庭式分散养殖，通过修建猪厩在厩中喂养，即使喂养母猪也很少放养。新中国成立前，每户都喂有两三头猪。自1982年分田到户以来，一般家庭都要喂四五头猪，最多的喂有24头，有的家庭还要喂1头下猪仔的母猪，养母猪的农户大多购买保险，每头母猪保险额是12元，如遇到母猪意外病死等，保险公司将给予1000元左右的补偿。饲养的猪，村民在保证至少有1头肥猪过年用的前提下，其余肥猪及猪仔全部出售。如果使用传统的饲料饲养生猪一般需要接近一年才能出栏，生长周期长，而使用科学的混合饲料饲养一般半年即可出栏，出栏时每头重达200斤

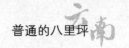

左右。按 2008 年生猪收购市价 5.5 元/斤计算，一头肥猪能卖 1100 元左右。

2. 养牛

在八里坪村，养牛首先是出于农业耕作的现实需要，接下来才是作为增加经济收入的途径。该村属于山区，也有少量水田，因此，养殖的有水牛和黄牛，在传统的农业生产方式中，牛是重要的生产工具，水牛主要用于耕作，黄牛用于出售。多数村民养母牛产牛仔，小牛出生后 4 个月左右即出售，壮牛在当地市价较好，一般每头 3000～5000 元，至少也要 2000 多元。

3. 家禽养殖

家禽各家分散圈养，没有形成规模化养殖。鸡是八里坪村主要的家禽，家家户户都养鸡，少者十来只，多则可达五十来只。饲养的鸡小部分留作自家食用，在家中来客人和过年、过节时宰杀，大部分鸡和鸡蛋都会拿到集镇出售。由于八里坪村的生态环境较好，鸡的饲养主要用粮食及天然植物，因而所饲养的鸡大部是绿色产品——土鸡，营养价值高，售价也高，土鸡市价 10 元/斤。同时，土鸡鸡蛋的价格也高于规模化、科学化生产出来的鸡蛋。因此，养鸡是八里坪村村民增加日常收入的主要途径。但八里坪村养鸡习惯于放养，一旦发生鸡瘟，病情传播快波及广，死亡率极高，使得这项收入没有保障。因村子附近没有水域，养鸭的不多，现只有少数几户喂养几只旱鸭供自家食用。

4. 饲料

在八里坪村，家畜和家禽的饲养所用的饲料主要分为：（1）采集饲料，主要是天然野生的一些草本植物，村民将采集来的"猪菜"通过加工后喂养牲畜。（2）种植饲料，主要是一些粮食作物，由于现代农业产品产量提高，有剩余粮食用来作为饲料。种植饲料主要有玉米、苦荞、豆类、薯类等。（3）农副产品饲料，主要是粮食加工后的剩余产品，如酒糟、麸糠、豆壳等。（4）混合饲料，这是饲料厂科学配方生产的。使用混合饲料的家畜和家禽的生长周期大大缩短，出栏快。但由于八里坪村整体经济收入较低，买来的饲料都是和其他饲料搭配使用，并且数量小。养猪使用的混合饲料所占比重最大，但也仅限于猪较小时使用，当猪重达七八十斤时，则使用其他饲料。养牛、养鸡还采用传统饲料。

从饲料的构成和使用，反映出八里坪村家庭饲养业属于家庭化传统饲养方式，但该村并不排斥现代化和科学化的因素，只不过受客观条件的限制，引入现代化和科学化的养殖方式的力度和范围还太小。

5. 饲养管理方式

八里坪村饲养业是传统的家庭饲养，村民一般都建牲口厩来饲养各种家畜。每家最少都有一个猪厩，多的有四五个猪厩，一般一个猪厩可以饲养两三头肥猪。现在八里坪村的猪厩基本上都很标准，只有少数人家的较为简陋。大部分猪厩都用水泥和砖砌成，很坚固，也容易打扫卫生。一般的猪厩地板均用水泥，不铺垫任何茅草以作家肥，农户用水冲地板或直接用扫帚把猪粪集中于猪厩后面的粪塘里用作家肥。这样的猪厩，猪既跳不出去也不会被猪破坏。八里坪村的猪厩每个都在 5 平方米左右，足够容纳两三头肥猪。在该村，肥猪都用猪厩厩养，没有放养的习惯。

图 3-4　猪厩（2010 年 1 月 26 日，李和摄）

由于八里坪村地处山区，该村养的牛大部为黄牛，也养水牛，但数量没有黄牛多，村民除留够耕地所需外，其余均用来出售，极少宰杀自食。该村养的牛，在五六月时节，田地里都是绿油油的庄稼，为避免牛伤及庄稼而选择厩养。在八里坪村大春收成较好，小春方面由于气候等原因，很少耕作，因此这段时间田地里一般没有农作物，牛也就在村民的守护下放养于村前村后的田地里。据调查，在董干村委会，2004 年以前每年均发生很多起偷牛事件，为保护好牛以防偷盗，当地养牛村民均修建结实的牛厩，按村民的说法，有的人家牛住的条件都比主人好。2004年后偷盗现象逐渐减少，2006 年后已不再发现偷牛事件，这主要归功于治安巡逻的展开，以及当地的政策。当地政府规定，凡进行大牲畜（主要是牛马）交易，买卖双方必须得开具放行证，大牲畜从哪里买的，怎么卖，卖到哪里去，要验明正身，实际就是给予每头大牲畜一个身份证。

这样做较好地保护了买卖双方的利益，卖者舒心，买者放心。

至于家禽方面，大多是在自家庭院里放养，也有厩养的，但不多。董干村委会有两名兽医，一名家住街道村，另一名住小卡村，距离八里坪村都较近，每当给家畜家禽打预防针或生病时，均靠两名兽医。

（二）手工业

八里坪村传统手工业不发达，没有得到好的发展，所谓的手工业也仅仅是农闲时几个工匠所从事的辅助性副业，收入甚少。同时，面对现代化的冲击，传统手工业所生产的产品与现代化产品相比没有优势，传统手工业的生存空间日益被压缩。传统手工业的现状除了受客观条件的制约外，也有自身成本高、效率低、成品单一等原因。在八里坪村，传统手工业主要分布在以下几种行业。

1. 竹篾编织

八里坪村有 1 户村民在农闲时从事家庭常用竹制品编织。目前，因村子没有竹林，编织竹制品的原材料主要靠到集市上购买。这户村民，男主人在农闲时编些背篓、筲箕、簸箕之类常用竹制品，部分在村子销售，其余到集市销售，每年收入不多，仅为贴补部分家用。

2. 木工活

在以前木匠生意很好，每逢村民盖房做门窗、结婚打家具等，都要邀请木匠数日。现在木匠大都无事可做了：一是近 10 年村子极少有人建土木结构房屋的；二是如今青年人结婚所需家具都从镇上的家具店购买。在八里坪村，现有 3 家从事木工活计，主要是打神桌、家具等，几乎不参与盖新房。村统计员张太林家在镇上租了两间商铺，年租金6000元，用于专卖家具与居家用品。其商铺主要销售自制的桌子、板凳、窗、沙发等，年收益较为可观，是增加自家经济收入的一条途径。同村其他木匠农闲时所做的活计跟张太林家相似。他们现在自己设计、自己进料、自己生产，自己外出推销家具。可以看出，八里坪村形成这些家具生产专业户不仅有其特有的传统技术为基础，而且还有一个逐步发展延伸的过程。需要注意的是，张太林家这样固定每天早上从家赶到镇上自家商铺做生意，每天傍晚回家休息，即使像这样的情况，其所做的生意也只是辅助性的，也没有脱离传统农业。当收种季节到来时，田地里的活计仍然去做，平时，田地里的农作物也照常进行管理。

图 3-5 村统计员张太林家商铺（2008 年 8 月 2 日，李和摄）

3. 磨豆腐

长期以来，八里坪村操办红白喜事及逢年过节都要磨豆腐，手推石磨、磨架、豆腐箱之类是每家必备的工具。近几年，电动碾粉机代替了手推石磨。传统的手推石磨等工具已不再使用，同时，由于距离集市较近，大部分村民想吃豆腐时都选择买而不是自己磨豆腐。现仅有村党支部书记刘万富家农闲时常做些豆腐到集市出售，每年也有可观收入。

4. 酿酒

在八里坪村，大部分村民均懂酿酒技术，但真正自己酿酒的不多，主要是酿酒的过程烦琐，同时成本较高，所酿出的酒相比在市场上买的散酒价格要高得多，现在，越来越多的村民都去买散酒来喝，自酿的酒已不多了。

现在八里坪村有 1 户村民从事酿酒行业。20 世纪 80 年代开始酿酒，每个月酿 1 次，村子里很多人都找他买酒，七八元 1 公斤，赚钱很少，主要是用酒糟喂猪。

在八里坪村，甚至整个董干镇，酒在当地老百姓日常生活中扮演了很重要的角色，家家必备酒，日日不离酒。每逢客人至家时，主人均会为客人斟上一杯酒当水喝，喝完一杯再接着倒，一直喝下去，直到主客均醉。传统的家庭式酿酒在现代工业化酿酒的冲击下，日益萎缩，市场卖的散酒更便宜，村民多数买这些便宜的散酒喝，但由于市场不规范，村民也缺乏辨别力，散酒的质量往往无法得到保证，会损害村民的身体健康。

八里坪村的传统手工业很少，总体上生存艰难，单纯从事手工业无法解决生存和发展问题，必须进行结构调整。

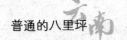

二 新型副业

随着农村产业结构的调整，农村出现了多种经营的趋势。在八里坪村，除传统副业之外，出现了一些新的副业。实际上，这些新型副业仍属于农事之余的家庭副业，处于辅助性经济地位，主要有运输业、小型加工业和商业零售等。

1. 运输业

这是 20 世纪 60 年代初公路修通后兴起的新行业。现在，村里有 3 户购买了农用运输车 4 辆，有 2 户 2 辆主要用于逢赶集日载人以及农用物资和农产品的运输，兼做小生意。通常情况下，除去各项开支，每辆农用车年收益 5000 元左右。还有 2 辆农用运输车属于村民小组长陈明清所有，主要用于自家砖厂运砖和运石料等。

2. 商业零售

1976 年，田姓村民在村里开了个小卖部，主要销售烟酒、调味品、小食品和孩子零食玩具等日常用品。小卖部生意很差，全年只有微薄收益。原因有二：一是八里坪村距离董干镇较近，交通方便，村民日常所需物品全靠赶集一次性买回，平常极少有人光顾小卖部；二是村民的收入普遍偏低，导致消费水平也低。虽然如此，至 2008 年年底，该村又先后开了 7 家小卖部，这些零售店都依法办理营业执照。近年来，大量中青年村民外出务工，更使得村里购买力大大减弱。据调查得知，这些村民争相开店，实际也并非要赚钱，这 8 户村民在村里都属于经济状况较好的，其经济收入的大部分都是在外做生意或有工资性收入。开店的原因主要还是让家属老人等打发时间。

3. 民办企业

在八里坪村，较为典型的民办企业主要为农村建房施工队和空心砖厂。（1）农村建房施工队。负责人是代朝光，主要是带领几十个懂建筑的村民到各村建设新房，收入较为可观。（2）空心砖厂。八里坪村村民小组长陈明清上任前只是经营着几亩农田的普通种植户，他上任后，多方求教，苦心经营，再加上各级、各部门大力支持，2000年陈明清办起空心砖厂，成为董干镇第一家，并且带领村子另2户夏姓、柯姓村民开办砖厂，成了远近闻名的能人。陈明清，52岁，其砖厂建在自家门前自留地里，占地约为1亩，除陈明清夫妇、儿子儿媳参与外，另请村民5人帮工，此砖厂拥有总资产30万元。建厂时拥有砖机1台，石料、成砖等主要靠请村子里有运输车的村民运输，石料自董干村的龙山村运来，每车70元的石料，30元的运费。后由于运输车辆时间不稳定，严重影响砖厂生产，同时开运输车的村民发现砖厂生意好，不愿意继续运输而选择自建砖厂。2004年陈家砖厂购买一辆运输车，由其刚高中毕业的儿子考上驾照后驾驶，2009年，砖厂生意继续扩大，陈明清投资15万元分别购买了8万多元的运输车1辆、5000多元的沙机1台、1.5万元的碎石机1台及约5万元的轧机1台。砖厂规模继续扩大，同时，生意不但辐射周边乡镇，而且其生产的空心砖也多次出售至越南，生意越发红火。

当前，陈明清、代朝光作为该村的"致富带头人"和"五带头党员"，带领村子里的困难户和普通群众，大力建设新农村。

图 3 – 6　陈明清和他的砖厂（2010 年 1 月 25 日，李和摄）

第四节　商品贸易

商品贸易是当地村民经济生活中十分重要的组成部分。由于自然环境、经济发展程度、交通条件以及人们的思想观念等因素，董干镇的商品贸易发展还处于较低水平。改革开放后，集市从无到有，商品的种类逐年增多，当地的商品贸易才逐步发展起来。

一　集市贸易

集市，是最古老最原始的交换方式。我国定时、定点的集市贸易，大约兴起于殷商时代，正如《易·系辞下》所言："日中为市，致天下之民，聚天下之货，交易而退，各得其所。"在固定时间、固定地点进行的集市贸易，在不同地域称呼也不同，北方叫"集"，江南叫"市"，两广叫

"圩"，川黔叫"场"，云南叫"街子"。相邻城镇的集贸时间必然是错开的，若甲镇逢一、四、七，则乙镇为二、五、八，丙镇为三、六、九。因此，人们才把这种有规律地变换时间和地点的集市交易叫"跟集"或"赶场"。

八里坪村在地理位置上靠近董干镇，只有 1.3 公里的距离，步行 15 分钟左右。在董干镇，镇党委、政府分别在马崩、马林、者挖、普弄、董干 5 个村委会建立了集贸市场，占地面积共有 11200 平方米。其中，董干市场位于镇政府所在地街道村，其菜市场占地面积约 300 平方米，投入资金约 50 万元。[①] 在当地，1980 年恢复传统 6 天制赶集期，5 个集贸市场实行的是赶"转转街"，也就是 5 个市场轮流作为赶集日，董干集市集期为虎、猴两日。每逢赶集的日子，附近乡村的居民都会来赶集，将自家出产的农副产品出售，购买自己需要的其他生产生活用品。在八里坪村做田野调查时，不止一次遇到"街天"，镇上不足 5 米宽的各条道路被来往的车辆塞得水泄不通，道路两旁满是人流，异常热闹。

在董干街市上，没有固定的综合性农贸市场，小贩沿路设贩售摊点。从早上 7 点钟开始，陆续有运输商品的各种车辆进入街市里，停在路旁准备出售货品。由于这里是乡镇一级的集市，所以车辆一般以中、小型运输车为主，这样便于停车和交易，货物量不会很多，比较容易售完。集市上的交易货品种类齐全，价格便宜。从蔬菜、粮油、水果等农业产品，到电视机、洗衣机、电冰箱等家用电器，

---

① 资料来源于云南数字乡村董干镇级网站，http：//www.ynszxc.gov.cn/szxc/model/ShowDocument.aspx？Did = 985&DepartmentId = 985&id = 1311247。

图 3 - 7　董干集市一角（2008 年 1 月 21 日，李和摄）

再到服装、鞋帽、儿童玩具等日常用品，街市的几条道路均被各种运货和购买的车辆排得满满当当的。参加集市交易的，大部分都是镇里的居民。由于附近各村集市的"街天"是错开的，因此居民可以每天都去不同集市赶街。同样，商家也可以每天在附近的几个集市出售商品。集市从早上开始，到中午就基本结束了，大部分商家都会陆续地离开，集市完全结束大概要在下午 5 点左右。下午 5 点以后，集市上就很少有交易车辆或行人了。八里坪村的村民带到集市上交易的商品多为农产品，当季的蔬菜在集市前一晚或当天早上采摘，数量多的用农用运输车、拖拉机，数量少的用背篓背到集市出售。另外，村里还有三四户在董干镇上做生意的，有日杂商店、摩托车销售、家具等铺面。每到赶集日，八里坪村的家家户户、老老少少都会到镇上参加集市，购买一些日常的生活用品或者是去看热闹的场面，集市已经成为村民日常生活的重要组成部分，村民

们也正在用辛勤的劳动来提高自己的生活水平。现在，各种
超市、百货商店越来越多，村里的居民会到镇上购买家用电
器等商品。但是，集市贸易仍然会在长时间存在，因为集市
不仅适应了农村居民的日常生活需要，而且也是长时间以来
乡村生活中不可缺少的部分，深深扎根在乡土之中了。

二　商品种类及价格

（一）卖出商品

村民通过集市贸易将手中剩余的产品出售，八里坪村
村民出售的商品主要有：大米、玉米、豆腐、豌豆、黄豆、
大白菜、小白菜、大头菜、蒜、豌豆尖、生猪、壮牛、猪
肉、家禽和少许手工制品。

在集市贸易中，八里坪村村民将家中剩余产品出售，通
过出售剩余产品换回货币和日常用品。据调查，粮食产品不
仅能满足生活需要，而且能给村民增加一定收入。八里坪村
村民收入增长的很大一部分来自出售家畜家禽，但由于家畜
家禽养殖的规模分散且规模不大，经济效益也不高。

（二）买进商品

由于八里坪村地处山区，虽有水田种植水稻，但只是
部分人家才有，其余的日用大米必须通过市场交易。八里
坪村产蔬菜，也只是少数人家栽种，不足的得通过市场购
买。村民买进的商品主要还有家庭消费的日常用品、服装
等。家用电器如电视机、电饭煲、影碟机、饮水机、洗衣
机等也可在董干集市购买。

一般的日用品村民可在村中的小卖部中购买，价格与

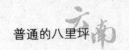

集市上的一样，村中有 8 家小卖部，小卖部中所售商品依据村民的习惯，从实用与村民购买力的实际出发，主要商品有烟酒、小食品、饮料、调味品及日常用品（如洗衣粉、香皂、洗发膏等）。

至于商品价格方面，村民卖出和买进的商品不同，价格有所浮动。国家为了保护农民的利益，对粮食价格进行控制，因此，村民卖出的粮食价格浮动极小。蔬菜等则会因季节及气候的变化而变化。村民购买的小商品价格一般波动不大。村民若要购买大宗商品，如家用电器等，董干及附近集市的价格一般要比县城稍高，浮动也较大，其中商品到县和到乡镇的运输费用不同是主要的因素。

表 3－3　董干集市部分商品及价格表

名　称	单位	数量	单价（元）	名　　称	单位	数量	单价（元）
大　米	斤	1	1.5	小白菜	把	1	1
玉　米	斤	1	1.05	土　豆	斤	1	1
自酿酒	斤	1	3.5	青　菜	把	1	0.5
豆　腐	斤	1	1.5	豆芽菜	斤	1	1.5
生　猪	斤	1	5.5	猪　肉	斤	1	10
土　鸡	斤	1	10	牛　肉	斤	1	25

第五节　农业劳动力的转移

八里坪村全村耕地面积 264 亩，人均 0.75 亩，人多地少的矛盾十分突出。所幸的是，在市场经济的推动下，村里剩余劳动力有了新的转移途径。先是一些村民开始到镇上从事个体经营，后来更多的村民则是通过外出务工来实现剩余劳动力向非农行业的转移。

一　本地转移

长期以来，八里坪村所在地董干镇乡镇企业十分薄弱。因此，它难以像乡镇企业相对发达的地区那样就地实现对农村剩余劳动力的吸纳与转移。整个20世纪，八里坪村没有一户在集镇上从事个体经营。21世纪初，先后有两户八里坪村村民在镇上租铺面经营。一是2005年姚姓村民在镇上开了一家摩托车经销店；二是2006年村统计员张太林家在镇上租了两间铺面经营家具等居家用品。两家店铺均为全家总动员，每天均在店铺里做生意，摩托车经销店聘请3名小工帮助经营，经营居家用品的在店铺里的一般是主人，但也聘请五六个村里木匠进行家具等制作。这样，村子共有2户就地实现了向非农产业的转移。据调查，村里还有近10户村民在不久后会到镇上租铺面做生意。

图3-8　姚姓村民摩托车经销店（2008年8月2日，李和摄）

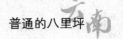

二 外出务工

八里坪村村民外出务工，始于 20 世纪 90 年代初。早期主要是个人式外出，外出地点大部为县城。1993 年政府开始组织劳务输出，但由于没有专门的组织领导机构，导致输出方式和途径较为单一，信息较为闭塞，加之发达地区的用工未形成规模，务工者自身素质也较低、适应能力不强，多数外出务工均靠人缘、地缘关系才能外出，劳务输出处于无序和盲目的状态。2004 年后情况得到好转，现八里坪村还成立了劳务输出协会，对外出务工村民进行政策及技术性指导。据调查，2008 年，八里坪村在外务工超过半年以上的有 103 人，而当年全村总人口为 353 人，外出务工人数占据全村总人口的近 1/3。下面，将从外出务工原因等方面对当地外出务工情况进行分析。

(一) 外出务工原因分析

村民在外出务工前，通常会将田地无偿或适当收取一定的粮食转让给村里其他"留守者"耕种（当地政府有规定，土地撂荒要罚款），农业税取消前仍由田主本人缴纳。尽管如此，许多村民还是愿意选择外出。其原因主要有四点：其一，与平原地区相比，山区土壤贫瘠且受地形影响，土地通常被分割成细条小块，从而造成山区农业生产难以形成规模经营，劳动强度大而生产效益不高。其二，如前文中所述，在家务农效益较低且不稳定，种植经济作物不能带来多少经济效益，特别是收入没有保障；种粮食作物风险虽小，但因粮食价格偏低，化肥等农用投资又相对偏高，劳动强度大而赢利很少。其三，与在家务农相比，外出打工既见世面，收入也高出许多。[①] 通常，一个男劳力外出打工的收入，大致相当于全家务农收入的总和。其四，最近几年，一些村民外出务工后，开始有了存款，生活条件也明显改善，从而对其他村民产生了很大的吸引力。正是这种强烈的反差，使得村子里大部分能够外出打工的都想着出去。而人均耕地面积太少则是导致八里坪村人大规模弃农奔赴沿海地区务工的直接原因。

（二）外出人员情况

目前，村里外出务工的村民共有 103 人，占总劳动力人数的 29%。其中男性人数略高于女性人数。在年龄分布上，18 岁以下的有 3 人，18～40 岁的有 93 人，40 岁以上的有 7 人。在文化程度上，高中及以上文化程度有 8 人，初中文化程度有 73 人，小学文化程度为 22 人。在外出人口的婚姻状况上，未婚人口 36 人，已婚人口 67 人。已婚者中有 21 对夫妇一同外出务工；剩余的 25 名已婚者中，有 19 人是丈夫外出，妻子在家务农，6 人是妻子外出，丈夫留守务农。

（三）务工地点、外出方式、职业、收入等

村民外出打工，先是在周边县城及昆明等地区，集中在砖厂、建筑工地等部门。他们所从事的主要是体力活，季节性较强，一般是秋收后出去，春节前回来。后来，除少部分仍留在周边县城及昆明等地长年务工外，其余的人大都已逐渐转向省外沿海广东、广西及江浙一带。流向省

---

① 最近几年村里建新房的部分是做生意的，其余几乎全为外出务工者。

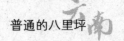

外的去向以广西最多,广东、上海、浙江其次。其外出的方式大都是本村子内三五人结伴同行,务工地点也相对集中,仅在广西务工的人数就占全村务工总人数的一半。他们主要集中在建筑工地、玩具厂等。这部分人长年在外务工,一般要1年、有的2年、极个别的三五年才回一次家。这主要受外出务工地离家遥远,整个文山州境内尚无火车可乘的现实限制。同时,乘坐汽车不仅费用高,且要在盘山公路上颠簸几十个小时,故回家一次很是辛苦。外出务工人员的工资水平,女性一般为700~1200元/月,男性一般为900~1500元/月。据当地村民反映,外出打工的村民当中,拥有5万元资产的已不下10户。其中,最早外出打工的一位夏姓村民(自20世纪90年代开始,他就在广西搞建筑),目前月薪约3000元,据说他的资产已达20万~30万元。

(四)外出务工给当地带来的影响

如前所述,八里坪村人外出务工主要是受务农效益低下所驱使。事实上,全村性大规模外出务工尚是近5年的事,绝大多数人外出目的在于改善自家生活,通过打工积攒的现金多在1万至3万元,其中,不少青年人已将其用于筹办婚事。目前,虽有几户打工者想在当地集镇物色门面做生意,但因资金不足及村镇消费乏力等原因,至今尚未见有付诸行动者。至于其他计划回乡盖房等兴产置业的,时机似乎也尚未成熟。故打工者在带动当地经济发展上的影响还不显著。

然而,外出务工确实给当地人的生产生活带来了多方面的影响,其中既有积极意义,亦有负面效应。这主要表现为如下四个方面：一是农业生产上，大量人口外出致使留守务农者实际可耕地面积有所增加，农业生产中化肥、种子等科技投入亦随之得到增强。二是村寨中文化层次较高的中青年精英人物大量外出务工，一定程度上影响了村子民主治理的有效实施，村寨建设所需人才更是欠缺；同时，由于人才大量外流，也极大地影响了村寨党团组织建设。三是婚育观念大大更新，村寨中务工年轻人的结婚对象开始出现外省籍。四是使传统习俗文化淡化速度加快。

第四章　社会发展

第一节　社会结构

八里坪村农村社会结构变迁，既是一个多项重组的过程，又是各种社会参与要素相互竞争、融合的结果，对于弥补经济社会失衡所带来的裂痕，推动农村社会关系整合，以农民的视角建设社会主义新农村具有重大意义。在新的历史时期，如何科学地把握社会结构变迁规律，探索社会结构发展趋势，推动农村社会和谐有序发展，是摆在我们面前亟待解决的问题。

八里坪村作为边疆一个偏远的山区村寨，由于生产力发展较为落后，社会发育相对缓慢，加之传统文化的影响，导致社会结构分化的程度较低。因此，我们根据马克斯·韦伯的经济、权力、文化三位一体的社会阶层分化标准，结合八里坪村的社会实际，从职业、经济、权力、声望4个角度来分析八里坪村的社会结构分层现象。

一　职业分化

在改革开放以前，八里坪村人口被固定在他们出生的八里坪村，除了被录用为城市工人、考取大中专学校或婚姻或国家移民以外，不能随意流动，户籍管理严格。当时的八里坪村与全国的农村一样，大家从事社、队集体的农业生产，按工分计算劳动报酬和进行年终分红，基本上限制了村民的职业流动。1958 年后，户籍制度把人口分为城、乡两个部分，农村人口外出做工或经营非农产业受到了严格的限制。整个八里坪村只有管理者与公社社员两个比较稳定的社会阶层，而且他们之间也少有社会流动。改革开放后，在国家进行农村经济体制改革的大环境下，八里坪村人口冲破了城乡的地域限制，开始在城乡间流动，从事商业、手工业、服务业及工业等非农职业，从而促进了农村人口的分化。具体来说，有以下职业分类。

（一）农业劳动者

八里坪村作为传统的农村，农业仍然是该村村民的首要职业。从事农业生产的村民也是最多的。2008 年年底，全村经济总收入 89.14 万元，其中种植业收入 26.88 万元，占总收入的 30% 多。虽然种植业收入没有占绝对比重，但据入户调查，只要是居住在八里坪村，无论村民的收入多少，他们仍然没有丢开田地里的庄稼，都在进行着农业生产。因此，虽然有很多田地较少的村民纷纷外出务工或进行其他产业的经营，使得八里坪村的农业劳动阶层比例有所下降，但在相当长的时间内农业劳动仍将是八里坪村村民的主体职业。

（二）兼业

这一类村民主要分为农村干部、个体经营、外出务工、无业者等阶层。之所以说是兼业，正如前文所指，在

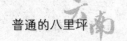

八里坪村，无论村民从事何种职业，他们都没有抛弃农业耕种。

农村干部阶层。在八里坪村主要是指村小组政治、经济和社会的主要领导者。在该村主要有6人，分别是村小组正、副组长及村统计员。他们掌握着村内重要资源的配置权和使用计划，拥有重大事项的主要决策权，在村里处于举足轻重的地位。

个体经营阶层。这一阶层包括本报告第三章介绍的手工业者、运输业者、商业零售者、民办企业者以及其他个体经营者。在八里坪村，这类职业是种类较多的一种，包括豆腐经营、酿酒、小卖部、家具销售、摩托车经营、建筑队、空心砖厂等。

外出务工者阶层。2008年，八里坪村在外务工超过半年以上的有103人，人数占据全村总人口的近1/3。他们一般外出到广东、广西、江浙等地，有的是在县城及省内各城市从事建筑、商业服务等工作。他们虽然不享受城市居民的各种补贴、待遇和保障，但相比在家务农，外出务工不仅增加了收入，更重要的是增长了见识，积累了经验，为日后的发展奠定了基础。同时，当他们返乡后，可以给八里坪村的发展提供新的观念和先进的经验，将成为八里坪村发展进步的推动力量。

无业者阶层。这一阶层主要指缺少生产资料或丧失了劳动能力的群体，他们多是八里坪村的老年人群体，因年老而丧失了劳动能力，依靠子女赡养。还有就是少数体残或智力低下的非老年村民，同时还包括极少量的闲杂人员，他们虽有劳动能力，但却好吃懒做，难以发家致富。

二 经济分化

八里坪村人口的职业分化导致了他们的收入出现了分化，而经济收入的分化是导致农村出现不同利益集团的经济基础，为农村阶层结构的形成准备了经济条件。

在八里坪村，土地改革时，政府将农民划分为 4 个成分：地主、富农、中农、贫农。合作化特别是公社化后，农民不再掌握私有生产资料，大家共同成为集体生产资料的主人；在之后的较长时间里，村子里几乎没有贫富差距，大家都是共同贫穷的公社社员。改革开放后，随着家庭联产承包责任制的实行及个体和乡镇经济的发展，农民中的一部分有经营头脑、肯吃苦的人开始富裕起来，八里坪村也出现了一定程度的贫富分化。据我们调查，截至 2008 年年底，全村 90 户村民共有房屋 90 套，其中砖（钢）混结构房屋的农户数 7 户，占 8%；砖木结构房屋的农户数 13 户，占 14%；土木结构房屋的农户数 70 户，占 78%。共有电视机 85 台，洗衣机 90 台，移动电话 90 部，照相机 1 部，固定电话 38 部，电脑 1 台，电风扇 24 台，冰箱 10 台，VCD60 台，组合音响 60 台，饮水机 40 台，摩托车 5 辆，拖拉机 3 辆，农用运输车 4 辆，汽车 5 辆。从这一系列的统计数字可以看出，在八里坪村，部分村民已过上比较富裕的日子，而部分村民因家庭劳动力紧缺等，或是刚解决温饱问题，或在温饱线上挣扎。从未来发展的趋势来看，随着经济作物的种养殖业、商业的发展和外出务工人员的增多，这种差距还将进一步拉大。

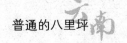
三 权力分化

在八里坪这样的传统农村，支配农村的社会权力为身份性权力，这种权力来源于固定、外赋、先天的社会身份。一家一户的生产方式，使家庭及扩大了的家庭——家族在乡村社会中占有重要地位。在家庭和家族事务活动中，必然会有大家深信的人，这就是父亲和族长，由此形成父权和族权。这种权力是自然形成的，是血缘社会产生的一种权力。传统的农村权力是在缺乏流动与社会分化的基础上形成的，权力的来源主要取决于固定不变的地位与身份，属于身份性权力。父亲和家族首领的角色是不可替换的，乡绅的地位是难以改变的，国家也是根据一定的标准授予权力，如1950～1970年，非贫下中农及其子女要想担任干部几乎是不可能的。改革开放后，农民流动及其相应的社会分化，冲击着原有的权力结构，并开始改变着权力的来源，身份性权力开始让位于能力权力。以村民小组长（村民称其为村长）陈明清为例，他不只是家长，在其本村陈氏家族中，陈村长实际上就是族长，唯一的陈氏家谱由其保管，家族中有个大事小事一般也是由其协调解决。陈村长，高中文化，对越自卫反击战中曾担任民兵队长，多次带领乡亲们完成各项任务。从那时起，他开始显露出领导能力，20世纪80年代中期，村民推选其担任副村长，从此，在副村长、村长岗位上一干就是20多年，在这期间，他干过建筑承包，10年前自建空心砖厂，成为董干镇第一家，并先后带领两户村民开办砖厂，成为村子里的"致富带头人"，其能力得到村民的一致认同。

四　声望分化

在传统封闭的农村中，农民都是"面朝黄土背朝天"，农业职业的唯一化、经济收入的单一化、社会政治地位的趋同化，导致农村农民的声望评价的相似化。改革开放后，八里坪村农民职业的分化、经济收入的多样化和权力结构的异样化，导致农村人口的社会声望评价发生巨大的变化。由于职业的不同、经济收入的差异以及政治权力的不同，农村人口处于不同的声望评价的结构中。在八里坪村，各家族中的长辈因为德高望重，往往对家族乃至整个村都有较大的影响力，从而在村内享有较高的声望。村干部代表村民管理村内事务，为村民服务，"致富带头人"、"科技示范户"等，由于是致富能人、科技能人，因此，也享有较高的声望，受到村民的尊重。

第二节　婚姻家庭

一　婚姻

（一）婚姻形式

1. 婚姻形式变迁

中华人民共和国成立以前，董干镇因僻处山区，经济发展落后，在婚姻关系中，一夫多妻的现象极少。就八里坪村而言，中华人民共和国成立前村里仅有一户张姓人家娶了两个媳妇。张姓人家比较贫穷，男的娶两个老婆，原因是第一个媳妇的眼睛瞎了，于是，经得村里人的同意，又娶了一个

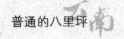

媳妇来帮着家里做事。两个媳妇各生了一个女儿，二媳妇生
的女儿夭折了。大媳妇的女儿嫁在邻近的寨子。二媳妇活了
90多岁，2009年6月过世。

近亲结婚曾经被认为是亲上加亲，这种婚姻形式在中
华人民共和国成立前后的一段时间内都曾经存在过，具体
表现为姑表婚和姨表婚，又被称为"优先婚"。近亲结婚易
导致后代先天夭折或痴呆、畸形，造成不幸。20世纪八九
十年代，八里坪村有两户近亲结婚的人家，现在，最小的
孩子都已经十五六岁了，很幸运，没有出现异常。国家颁
布的《婚姻法》禁止近亲结婚。通过有关部门和人员对国
家《婚姻法》的宣传，大家都知道近亲结婚的危害，所以，
近几年来，"优先婚"基本上被禁止了。

汉族与少数民族通婚，以前有限制，原因是父母反对，
现在是自由恋爱，大家的思想都解放了，只要子女愿意，
父母很少干涉儿女的婚事。八里坪村有一户汉族人家娶了
一个苗族姑娘，大家都能平等相待。在董干镇，20世纪80
年代前后还有换亲的情况，现在这种情况已经没有了。

在八里坪村，本寨结婚的很少，中华人民共和国成立
以来仅有3对，有一家是上门的，即本村的夏家到田家上
门。过去因为交通不便，人们的活动范围受限，通婚对象
的选择主要是邻近寨子的青年男女。青年人的婚姻主要靠
自由恋爱和亲友介绍。改革开放后，通婚范围相对较广、
较远，特别是随着打工潮的出现，有少数打工者与省外的
青年通婚，通婚圈已扩大到广东、广西、浙江、安徽、四
川等地，但婚后回到本村来常住的仅有3户。这3户人家因
外出打工讨了外地媳妇，一个是湖北省的，一个是四川省
的，一个是本省普洱的。3个外地媳妇在本村都住得习惯，

而且都很勤奋，吃得了苦，三家都有孩子了。

2. 结婚程序

在八里坪村，从恋爱到结婚，有些环节有自己的特点。

（1）恋爱

中华人民共和国成立前，八里坪村大部分订小婚，又叫"娃娃亲"，即小孩时就由父母包办订婚，不管男女双方是否愿意，多数人新婚之夜才相互见面。如果婚前反悔，按照"女方反悔退彩礼，男方反悔彩礼空"的习俗了事。这一习俗沿用至今。中华人民共和国成立后，按照国家颁布的《婚姻法》，儿女的婚事由儿女做主，自由恋爱，反对包办，小婚即不复存在。一般男子十八九岁、女子十六七岁开始接触、认识异性，或经亲朋介绍认识。经过交往，双方有意，各告知父母，由男方家托媒人到女方家提亲，以确定恋爱关系。一般情况下，结婚前要先请"先生"看属相，算"八字"，一定要属相不克，"八字"相配，否则，要费很大的周折，有的甚至会因此而告吹。也有的年轻人不信这一套，只要两个人合得来即可。

（2）说媒

说媒又叫走媒。通常，男方相中女方后，男方的父母即托请媒人（村中经验丰富且能说会道的长辈或同辈妇女）到女方家提亲。媒人向女方父母述说男方的家庭条件，夸赞男方勤劳能干，尽力促成这桩婚事。如果女方父母没有意见，男女双方继续往来，农忙时还互相到对方家帮忙做农活，以增进了解。媒人时常往来于男女双方家，与双方父母交换意见，把好事做到家。男女双方再经过一段时间的交往、了解，基本无异议后，男方父母即催促媒人到女方家约定日期下聘礼、订婚。女方父母则请媒人转告男方

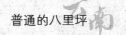

家订婚时带哪些彩礼及数量。

（3）传槟榔

传槟榔又叫烧香，即订婚、下聘礼，有的又叫吃槟榔酒。下聘礼这天，男方家请押礼先生、媒人带着礼金、礼物和一两套衣服前往女方家。礼物有 1 块饱肋肉、1 只猪脚（俗称"一方一走"）、白酒 10 斤或 12 斤、香槟酒 2 瓶、香、纸钱、1 对蜡烛、鞭炮、2 包盐、2 包茶、米、豆以及四大四小 8 个糯米粑粑，礼金以前是 200 元、400 元，现在是几千元不等。在盐和茶的外包装上写"山珍海味"几个字，装酒的壶上要用红纸写上"双喜"字贴上去。四大四小 8 个糯米粑粑上写"三元及第、五子登科"等字样。所有的礼物均用红纸封条贴上。到女方家后，押礼先生将带去的东西摆放在女方家正堂屋，女方家的兄弟一人双手交叉来抓茶，仍然是双手交叉放在杯子里泡好，端到神桌上敬献祖先。之后，双方开始就男女的婚事进行交谈。谈妥后，女方家将男方家的礼金、礼物收下并开出女方的生辰八字，押礼先生就去烧香、烧纸钱、点蜡烛、放鞭炮，因此传槟榔又叫"烧香"。这一天，女方家要请至亲及家族长辈，齐聚家中，摆席 3～5 桌不等，以告乡邻。槟榔一传，即表示男女两家已结"秦晋"之好，男女双方有如槟榔甘甜而有回味。也有的在传槟榔这一天只烧香，女方家不开八字，待开八字时还要再去一次，封个红封给开八字的。男方家拿到女方的生辰八字后，找"先生"测算结婚日子，再请媒人去通知女方家。双方根据婚期做准备。男女双方要根据双方父母的年龄大小称呼大爹、大妈或叔、婶。

（4）请帮忙饭

婚期定后，一般不会改变，男女双方家均提前 20 天左右发出请柬，通知亲朋好友届时来参加婚礼。

结婚前一天，男女双方家均约请帮忙操办婚事、婚宴的人吃一顿晚饭。婚宴的安排由总管负责。总管对来帮忙的人进行细致的分组分工，诸如请客留客、采买、拣菜洗菜、烧火、做菜、煮饭、摆碗、收碗、洗碗等，每组确定负责人。以前靠总管逐人分派，现在是将分组分工的名单写在纸上张贴于显目处，使前来帮忙的人一看便清楚自己的职责。

这一天，男女双方家均要将房前屋后及室内卫生清理一新，所有房门均贴上喜庆的大红对联，屋内墙壁、板壁贴上彩画，房屋被装扮一新，喜庆色彩浓郁。

（5）过礼

过礼就是结婚典礼的前一天，男女双方家均设宴招待各自的亲朋好友。这天，男方家去女方家过礼的人一般是9人，即押礼先生、媒人、新郎、三男三女（即第二天参加迎亲的伴郎伴娘），礼物除与传槟榔时的一样外，还有女方的衣物、礼金、银器饰品（如银戒指、银手镯、银围腰链子、银耳环等），其中盐、茶不能少，否则就会闹笑话。过礼、迎亲队伍快到女方家时，伴郎点燃鞭炮，意在告知女方家做好迎接准备。摆礼时，女方家兄弟一人双手交叉抓茶放在杯子里泡好，端到神桌上敬献祖先。押礼先生将带来的蜡烛点燃一对放在女方家的神桌上，并将带来的礼物、礼金、衣物等依次摆放在女方家的正堂屋中，一边摆放一边高声报出名称和数量，让女方家的亲朋好友观看、了解男方家带来哪些东西。女方家则请亲朋好友中德高望重之人来点收礼物。如果男方家的礼金、礼品送的多、送的重，一是显示男方家富有，二是表示男方家非常重视这桩婚姻，

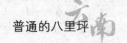

女方在男方家的地位很高。如此，女方及其父母在众亲友面前就显得很有面子。这就是为何会出现有的女方家向男方家索要过重彩礼的主要原因之一。如果女方家的收礼人和众亲友对男方家带来的礼物无异议，收礼人即代替女方家父母做主收下礼物并说些客套话，伴郎及时地递给收礼人一个红封，说明过礼很顺利。女方家也要将陪嫁摆出来让大家看一看，然后收好，待第二天发亲时一同带回。过礼结束后，女方家将大小粑粑各退回一个，酒也要退一点，意思是双方都图一个好。也有的女方家一点回礼也不退，碰到这种人家，男方家的亲戚和旁人就会说女方家父母不懂礼貌，太抠了，心胸狭窄，只图自己好，这家人给别人的印象就不会太好。摆礼时，如果男方家未按女方家的要求带齐礼物，女方家的亲友就会与押礼先生论争，以此来捍卫女方的权利并刁难押礼先生。此时就是押礼先生展示口才的时候了。押礼先生往往以各种理由推托，说得既有理又圆滑。在这种情况下，女方父母是不便出面的，一切均听由亲朋好友去论争。如果双方僵持不下，押礼先生就会作出让步，按女方家说的办，或派人回去取，或将物品折价，给钱了事。

如果男女双方家相距较远，所有参与过礼、迎亲的人由女方家安排住宿；如果相距不远，参与过礼的人晚饭后可返回，待第二天发亲前赶到新娘家迎亲即可。过礼这天，如果路途较近，新郎可去可不去，但如果去了就不能回来，必须在女方家住一晚。

过礼这一天，男方家请唢呐一路吹着去，以示热闹。改革开放后，不请吹唢呐的，用录音机放吹唢呐的磁带代替。

改革开放前，由于八里坪村及周围村寨的经济条件普遍较差，女方家的陪嫁多为红柜子、木箱子和少量衣物，又由于交通不便，女方的嫁妆只好采用人挑马驮运回男方家，如果路途较远，很是辛苦。改革开放后，八里坪村的经济条件逐渐好转，女方的陪嫁逐渐由木箱、柜过渡到皮箱、金银首饰、彩电等物，运输先采用拖拉机，后改为微型汽车运送。也由于村里农户的经济条件普遍好转，男方家一般都尽可能地按女方家提出的要求带齐礼物和礼金或经双方事先协商确定的彩礼数目及物品，因此，女方家一般都很少有为难押礼先生的情况发生。

（6）铺喜床与梳新娘头

一般是在过礼这一天铺，但有的人家铺喜床要看日子、看时辰；因此，有提前铺的，也有在新婚当晚铺的。铺喜床要请家族或本村德高望重、家中子女较顺利且儿孙满堂的两老来铺。铺床时，铺床者要边铺边念："铺床铺床，儿孙满堂；一床不够，再铺两床。"以此祝愿新人婚姻美满，儿孙满堂。喜床铺好后，抱一个童子娃娃上去滚一下，暗示来年新郎新娘也生一个大胖小子。

梳新娘头很有讲究，首先，要看时辰；其次，要请属相和八字与新娘不相冲的女性来为新娘梳头。梳头时要点燃新郎家带来的一对蜡烛，要给梳头的人一个红封。

（7）发亲与哭别

发亲要看时辰，即吉时。新郎新娘何时从女方家出发，何时进男方家的门，都要遵守吉时，不得有误。发亲吉时到，押礼先生即告知女方家总管，经得女方家同意后，押礼先生即在女方家堂屋的神桌上点燃蜡烛，烧纸钱，迎亲的按男左女右次序站好，伴娘请出新娘与新郎一起站好，

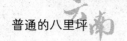

再请新娘的父母坐好，然后押礼先生高声宣布：结婚典礼开始！新郎新娘拜天地，拜高堂，拜亲人！于是，新郎新娘跪拜女方家的祖先牌位、父母和来宾，或鞠躬。新郎对女方家的祖宗牌位行三拜九叩之礼，礼毕即得到女方家的认可，从此就名正言顺地成为女方家的姑爷。"文革"时期，破四旧，家家户户正堂屋都悬挂毛主席像，新郎新娘要向毛主席像敬礼或鞠躬，改革开放后又回复到跪拜祖宗牌位。从这一天起，新郎要改口叫女方的父母爹、娘或爸、妈。接下来请女方父母讲话，主要说些祝愿的话，如嘱托女儿女婿"要听父母的话"，"夫妻要团结和睦，勤劳致富"，"早去早发财"等，然后退堂起程，伴郎点燃鞭炮，意在告知女方家众亲友，新娘从此将跟随新郎开始新的生活了。

临行前，怀着对父母的感恩，对娘家的留恋，新娘痛哭着与父母、兄嫂、弟妹及亲朋好友依依不舍地告别。母亲亦哭，割舍不掉的母女情，母亲舍不得女儿出嫁，担心女儿离娘后到了婆家会遭到虐待。现在，很少有哭的了。

（8）进亲与送亲

中华人民共和国成立前，新郎骑马，新娘坐轿。改革开放前，迎亲多为步行，也有新郎新娘骑马的。改革开放后，视路途远近，男方家或包租拖拉机，或微型车、中巴车。近年来，请轿车的也有了。在路途中，新郎、新娘均在衣袋里装一面小镜子，用来照妖压邪。

新娘家的送亲队伍，一般是新郎家来多少人，新娘家就去多少人，但如果新郎家请车来，新娘家送亲的人就会多去一些。新娘家的送亲人员，年长的主要是本家大妈，或者姨妈、舅母 1~2 人，陪娘或伴娘 2 人，弟弟、妹妹、表弟、表妹等数人。新郎家要待送亲队伍为上宾，要安排好他们的吃、住，不得怠慢，否则会给娘家人留下不好的印象。

（9）退车马

迎亲队伍快到时，新郎家便点燃鞭炮迎接。新郎新娘在大门外站好，"先生"为其退车马，即驱邪，意即将沿途跟来的鬼魂赶走。男方家在大门前摆一张桌子，桌上摆香蜡纸烛、一个刀头、四杯酒、两盘豆腐，"先生"吟五方车马词，每吟完一方就洒点酒，撒五谷、草料、小锑币、碎瓦碴，说些驱邪、吉利和鼓励新人今后努力、勤劳致富的话语。事毕，新郎、新娘进门。有的人家不请退车马先生，用一张红纸条幅写上"姜太公在此"贴于正堂屋中间的楼楞上，拜完堂即取下，晚上给已故祖先烧包时一起烧掉。这一习俗至今如此。

（10）牵亲与拜堂

新郎家事先在大门槛内侧点上七芯灯（灯油碗里放上七根灯芯），上放一把筛子罩着，新娘由铺喜床的两老左右牵着从上面跨过进入正堂屋。堂屋的桌子上摆放着一个斗，内装谷子，盖上红布，上插一把剪子。据刘万福老人说，这是祖上传下来的习俗，至于表示什么意思也不太清楚。

新郎新娘在正堂屋里站好后，由司仪主持，跪拜男方家祖先、高堂、亲友。"文革"时期是向毛主席像敬礼或鞠躬。从这一天起，新娘要改口叫新郎的父母爸、妈或爹、娘。仪式完毕后送入洞房，新郎的妹妹或侄女、侄儿抬水来给新娘洗脸、洗手，新娘要给抬水者一个红封。

新娘洗脸毕，男方家亲朋好友的小孩纷纷到新房门口向新娘要喜糖吃，并根据各自的辈分称呼新娘大妈、婶婶、

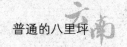

舅母、嫂嫂等，目的是认亲和讨点喜气。男方家好奇的亲戚也纷纷前来凑热闹，都想来看看新娘长得怎么样。整个场面充满了浓郁的喜庆气氛。

这一天是男方家的正客或称正酒，非常热闹。婚宴一般在十多桌至二三十桌不等，每桌8人。

（11）闹新房

晚饭后，从新郎新娘抬热水给至亲长辈洗脚就开始闹洞房。每抬水给一个长辈洗脚，新娘都要敬上一双新鞋子，长辈们要给点钱作为见面礼。至亲长辈多的，新媳妇往往要准备二三十双新鞋子。改革开放前，新鞋子一般都是新媳妇在传槟榔以后自己纳鞋底做的布鞋。如果男方家的长辈多，新媳妇就请小伙伴或家人一起做。结婚时新鞋做得越多，新媳妇就会被认为非常能干；做得越好，就会被认为非常巧。改革开放后，随着商品经济的发展和人们观念的改变，新媳妇大都不做布鞋了，新鞋子都是到市场上去买的布鞋。新郎新娘抬水给父母及长辈洗脚时，小伙伴往往会抓些灰烬或脏东西丢进洗脚盆里，使脚总是洗不干净，洗不干净又得再抬水来，如此循环往复，有时一个人要洗两三次，每一次都会引起大家的哄堂大笑。这时就要看新郎新娘是否机灵，看住旁人不能往洗脚盆里扔脏东西。

闹完洗脚之后再闹煮糖茶。先是新郎新娘各自用一块湿毛巾挽住一根短棍棒的两头提着茶壶煮糖茶。小伙伴则拿些湿柴来烧火，目的是使之产生大量的火烟，新郎新娘往往被熏得眼泪直淌。有的小伙伴还故意用帽子来扇火让烟熏新娘，引得旁观者大笑不止。糖茶煮好后，要先敬家庭的长者，再敬至亲长辈、小伙伴，目的还是让新娘认亲，加深印象。新郎新娘要一齐称呼被敬者，恭请被敬者喝茶，如"爷爷，请茶！""大爹，请茶！"如果新郎新娘不能同时喊出声音，那么旁人就要阻止被敬者喝茶，如"不能喝，声音还不整齐，等喊整齐了再喝"。被敬者往往听从旁人摆布，直到新郎新娘的声音喊整齐，多数旁观者说可以了才喝。这时被敬者要说几句祝愿的话语，再给点钱作为见面礼，表示祝贺。在敬朋友、小伙伴时，被敬者不给钱物，但会说些诙谐滑稽的话逗乐，也有提出问题或出节目为难新郎新娘的，再难的问题或节目，新郎新娘都要按出题者的要求去做，不能反目，目的在于高兴、热闹，反目则会不欢而散，新郎新娘也会因此丢面子。闹新房闹得越晚越尽兴。

（12）谢媒与回请帮忙饭

新娘娶回来后，新郎要带礼金、两瓶酒、一块肉到媒人家表示感谢，钱、物称为"谢媒礼"。"谢媒礼"的多少，视男方家经济状况自行决定（改革开放前是一块六、三块六、六块六、十六块六，现在是三十六块六、六十六块六、一百六不等），无论多少，均需用红纸封好，称为"红包"。大年初二，新婚夫妇还要带上肉、粑粑、糖果之类到媒人家拜年。仅拜一年。

新媳妇娶回后的第二天晚上，男方和女方家都要宴请在婚礼期间帮忙操持婚事、婚宴的人，以表谢意。清理、归还所借桌、凳、碗、筷等，婚礼结束。

（13）回门

新媳妇娶回来三天后，夫妻双双和男方的弟、妹或伴郎、伴娘一起，带上两瓶酒、一块肉到女方家拜见岳父岳母（俗称丈人、丈母娘），认认女方家的长辈和亲朋好友，晚饭即返回，路程远的可住上一晚上，第二天返回，婚事

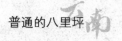

完毕。

（二）入赘

入赘即男方上门到女方家。女方家无男孩或者男孩是幺弟，家中姊妹多，缺乏男劳动力，或今后要给父母养老送终的家庭，父母往往在女儿中选择一个招姑爷上门，以解决劳力不足的困难。在八里坪村，招入赘女婿的不一定是大女儿。入赘的男方，往往也是兄弟姊妹较多的，家里负担较重，所处村寨条件不太好，故只好以入赘女方家的方式减轻家里的负担。入赘后，有了孩子，孩子要随女方的姓氏，三代以后可以改回男方的姓氏，称为"三代还宗"。也有的在父母双亲亡故、弟妹成家后，女方随男方回到男方家居住，孩子的姓再改回男方的姓，但这种情况很少，一般都在女方家所在的村寨定居。

八里坪村有4家招赘上门的。人们对上门的男方并不歧视，入赘被看做一种很正常的现象，男女双方共同赡养女方父母。上门男子一般都是很勤快的，有的头脑很灵活，很会处理人际关系，村里哪家有事都去帮忙，人们对他们的评价很高，他们在家里也很受尊重。下村村长代朝光是上门女婿，如今孩子都已经工作了，一家人关系十分融洽。代村长自包产到户后就一直担任村长，他很精明，有经济头脑，勤奋能干，经常承揽一些小型工程，家庭富裕，成为村里致富的带头能人，还是村里红、白事的总管。下村张太林的上门女婿人际关系很好，哪家有红、白事都去帮忙。其女婿还是个手艺人兼小商人，他张罗了几个邻近村寨的木匠在家里做实木家具，如农村用来供奉神灵的桌子、饭桌、凳子等，在董干镇上租赁了两个门面销售，还兼售部分厂家生产的家具以及一些杂货，诸如民间使用的香、纸钱、冥币、花圈、寿衣等，商品意识强，收益不错。

（三）离婚及再婚

离婚多是夫妻感情不和或有外遇所致，但八里坪村离婚的夫妻较少，中华人民共和国成立至今，仅有两对。这两对是中华人民共和国成立前由父母包办，定娃娃亲，中华人民共和国成立后离婚的，原因是女方的年纪比男的大了很多，婚后生活很不适应。离婚后，女的远嫁外地，男的再婚。八里坪村的人们把离婚的事看得很重，人们很少谈论离婚的事。他们更看重传统，更看重家庭的稳定，更看重自己在别人心目中的形象。离婚并不是一件很光彩的事，不到万不得已，绝不轻易离婚，即使是维持型婚姻也比离了的好。现在，随着形势的发展和婚姻观念的改变，人们对离婚的看法已不像过去那么保守，但在八里坪，婚姻的稳定仍然是主流，真正付诸离婚行动的几乎没有。

中华人民共和国成立后，由于遵循婚姻自由的原则，在八里坪村，丧偶再嫁、再娶很正常，并不会遭到人们的歧视。兄终弟继的有一户，村里的人们并不觉得有什么不正常的，大家相处得都很好。

八里坪村没有老年人再婚的情况。但是，在调查中谈及这一问题的时候，村民们表示，老年人再婚，作为儿女应尊重老人的意愿和选择，让他们能安度幸福的晚年。

（四）跨国婚姻

近年来，随着中越边境地区群众相互往来和经贸关系日益频繁，越南有部分女性以少数民族婚姻方式嫁入中国边境同一民族或其他民族中，成为跨境婚姻。跨境婚姻部分人员大多没有经外事部门办理入境关系，越方女性嫁入麻栗坡县境内后，不能落户，成为"三非"人员，对我国户籍管理、人口与计划生育等政策实施造成一定的影响。随着麻栗坡县经济社会的发展和边境地区跨境民族相互往来的日益频繁，特别是农村成年人口男女比例的不断扩大，以越方女性嫁入中方为主要形式的跨境婚姻将呈现扩大趋势。①

在董干镇，跨国婚姻是难以回避的问题。跨国婚姻主要是中国男子娶越南女子。在沿边境一线的村子中与越女通婚的不少，八里坪周边的村子也有与越南姑娘通婚的家庭。董干村民委有14户人家与越南人通婚，有5户女方未加入中国国籍，未能在中国落户，但所生孩子均已登记落户。14户与越南通婚的家庭中，八里坪村有1户。2006年12月，经亲朋介绍，越南苗族姑娘陶咪英嫁给了八里坪村的夏宗才，2007年9月生育1个女儿。

跨国婚姻在董干很正常，不受歧视，人们都能理解。这主要是因为中国男性边民或因男多女少（一些女子外出打工），或因贫困娶不起妻而娶越南女子为妻，而越南北部边境地区相对贫困，且呈女多男少之态，越女也喜欢中国男子的勤劳。同时，更主要的是因为嫁过来的越女"苦得"、"能干"、"懂礼"。但是，越南媳妇在中国的身份很尴尬，她们虽然嫁到中国来，已按农村风俗摆酒席，成为事实婚姻，但不能按法律程序进行婚姻登记，办理结婚证和

① 麻栗坡县民宗局提供《麻栗坡县民族宗教工作相关情况》，第2页。

在中国落户很困难，因此又属"非法同居"。与此同时，也无法办理生育证，这是一个很现实的问题。

边疆地区群众的生产生活是否稳定，对边疆的稳定、国防的巩固起着至关重要的作用。婚配问题是群众生活中的大事。如何解决办理跨国婚姻的登记手续、解决好边境线上男青年的婚配、使跨国婚姻人性化这一问题，值得思考和探索。

二　家庭

（一）家庭结构

家庭是社会生产、生活的基层组织形式，是社会的细胞。家庭通常是指以婚姻和血统关系为基础的社会单位，包括父母、子女和其他共同生活的亲属在内。人类学家把父母与未婚子女组成的家庭称为核心家庭。至 2008 年年底，在八里坪村的 90 户家庭中，两代人组成的家庭（即核心家庭）有 48 户，占 53%；三代人组成的家庭有 32 户，占 36%；四世同堂的家庭有 2 户，占 2%；其他 8 户，占 9%。核心家庭所占的比重较大。

在提倡计划生育前，受"多子多福"观念的影响，村里一般的核心家庭有五六个孩子是很正常的，也有七八个的。提倡计划生育后，一般是两个或者一个。儿子结婚后，如果兄弟姊妹多，一般都要与父母分家另过，组成新的核心家庭。分家的时间，有的婚后很快分家，有的在孩子满一周岁后才与父母分开居住，所谓"树大要分桠，人多要分家"，分家是很正常的事。分家时，请村里的干部和本家族中德高望重的长辈到家里来，由父母将家里的大概情况

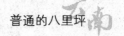

作个说明，再由村干部和长辈们主持，写一份分家协议，将家庭财产按一定的比例分割。分家的难度在儿媳妇上，有时两三天甚至一个星期都扯不清。分家的关键是家产、田地，要分清、写清，分家后老人跟谁生活，或一家一年，立一个文字依据。一个大家庭，如果儿子结了婚后都窝在一个家里，就会出现你看着我，我看着你，做活时大家都不愿出力，甚至装病偷懒，吃饭的时候却争先恐后，唯恐自己少吃。生活日用品有人用没人买，受累的还是父母。因此，在八里坪村，儿子结了婚后都要分家。只有分家后孩子们才会努力去做事，去成就自己的家业，所谓"成家立业"即是如此。家分定后，选择一个日子开锅，请家族内的老人吃一顿饭，告知已分家另过。父母一般都与最小的儿子（又叫老幺、幺儿）居住、生活，目的是帮助幺儿成家立业，多照顾他、多指点他一些。当然父母年老后，跟哪一个儿子居住过日子，由父母自定，儿子们不得以任何理由拒绝，生活费由儿子们平摊。有的老人是每个儿子家轮住一年，轮到在哪家住，就由哪家提供食宿、零花钱、日用品。当然，老人们不论跟哪个儿子家生活都会帮儿子家做些力所能及的农活和家务活，诸如看家、照管孩子、煮饭、到地里背猪食、煮猪食、喂猪、放牛、饲养家禽等，真正体现了"家中有一老，真是一个宝"。

独子婚后一般都与父母居住，父母会很快将家交由儿子、儿媳妇来掌管，父母主要起参谋作用。

在提倡计划生育前，一般的核心家庭是 7～10 人，三代同堂的家庭是 9～12 人；提倡计划生育后，一般的核心家庭是 3～4 人，三代同堂的是 5～6 人。

（二）家庭关系

家庭关系是指基于婚姻、血缘关系而形成的一定范围的亲属之间的权利和义务关系。家庭关系依据主体为标准可以分为夫妻关系、亲子关系和其他家庭成员之间的关系。

在八里坪村，每个家庭成员在家庭中的关系都是平等的，长幼有序，按辈分称呼，互相敬重，家庭关系很平和。家庭成员和睦相处，偶有争执，也属正常。通常，父亲是一家之长，负责安排和参与一家人一年四季的生产活动，管理家庭财产，子女的教育、婚姻，以及对外的人际关系、人情往来；母亲主要负责一家人的衣食住行、家务和参与家里的生产劳动。若父亲早逝，则由母亲或儿子管理家事。也有少数家庭例外，如父亲性格内向、不擅交往，母亲的性格外向开朗、人缘好的家庭，往往由母亲做主。当然，总体上还是民主型的家庭居多，处理家庭事务，夫妻总是要商量的，子女大了，子女的意见也不能忽视。

（三）家庭经济管理

中华人民共和国成立以来，我国的广大农村经历了土地改革、互助组、初级社、高级社、"大跃进"、人民公社、生产队、家庭联产承包责任制等改革，农村经济在改革开放以前较贫弱，广大农民在"不患寡而患不均"的年代，生产积极性不高，粮食产量上不去，集体副业收入低，吃穿都成问题，过着较清贫的日子。这时期家庭经济的管理较简单，集体分配，除了粮食，年终每家每户分到的"红钱"都不多，存款很少或没有，一年的花销必须精打细算。因为经济困难，人们的衣、食、住、行比较简单，投入不

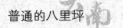

多，家家户户如此，八里坪村亦是如此。

十一届三中全会以后，1979 年，八里坪村实行家庭联产承包责任制，田地到户，自行管理，调动了农民们的生产积极性，粮食产量大幅增加，有的家庭实行多种经营，家庭经济收入明显增加，农民的生活逐渐富裕起来了，家庭经济管理的内容也逐渐丰富起来。

首先，夫妻俩要对全家一年的生产经营活动和预期收入、支出进行策划、安排和实施。

其次，家庭实行经济民主，收支公开。家庭经济不管由夫妻哪一方掌管，都实行民主合作，夫妻双方共同安排家庭收支。在大项的收支方面，如出售粮食、家畜，购买化肥、电器、家具等，须夫妻双方事先商议，确定买卖价格范围，或看物议价，统一意见；小项收支则不一定商议，单方可自行决定，如卖菜、卖家禽，购买农具、小孩的衣物及油盐酱醋等。

家庭经济的管理，最核心的是钱（即家庭收支）的管理。一般情况下，核心家庭夫妇谁当家谁理财，如有存款，存款单通常是丈夫的名字，钱的存入或支出均由丈夫经手，但妻子也知道家里的存款数额和收支情况，夫妻双方对家庭的收支具有同等的决定权。三代、四代同堂的家庭，爷爷、奶奶的意见具有参考价值。

（四）财产继承

在农村，家庭财产主要包括住房、存款、牲畜、粮食、家用电器、承包地的使用权等，财产继承往往与赡养老人或处理老人的善后紧密联系在一起。谁承担了赡养老人的责任和在处理老人善后中负担相关费用，谁就有权利继承老人的财产。这是八里坪村沿袭的传统。当然，如果弟兄较多，在弟兄分家时，老人就基本上将财产分割清楚，弟兄共同赡养老人和平均承担老人善后的相关费用。

独子家庭由独子继承所有财产。上门女婿如将老人赡养至辞世并处理好相关善后事务，上门女婿就有权继承所有财产。嫁出去的女儿，虽然法律上规定与其兄弟有同等的继承权，但在八里坪村，没有任何一家嫁出去的女儿回来争财产继承权的。传统上，嫁出去的女儿都不与娘家兄弟分家产。

第三节　风俗习惯

一　生活习俗

衣、食、住、行是人类最基本的生活内容，不可或缺。人类的一切生产活动都是围绕着衣食住行来开展的。

（一）饮食

八里坪村村民的日常主食主要是自种的大米、玉米，辅以薯类、豆类、面食类等。20 世纪 80 年代以前，八里坪村民的主粮是玉米，大米产量不高，平时大米吃得不多，只有在逢年过节的时候才能吃上大米饭，或家中有人生病，病人、身体虚弱者或婴幼儿可吃大米饭或大米稀饭。

20 世纪 90 年代中期以后，随着杂交稻的广泛推广，稻谷产量大幅度提高，村里 70% 以上的人家大米自给有余。由于村里农户的经济条件逐步好转，少数自产大米不够全年吃的人家开始到市场上购买大米来吃，因此，玉米逐渐

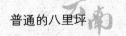

退居次要地位。近年来，村里所有人家已经以大米为主食，玉米主要用作猪及其他牲畜、家禽的饲料，已不再成为人们的日常主食。

正常情况下，村里人家每天吃 2~3 顿，农忙期间农活重时吃 3~4 顿。早点除外，每餐三五个菜不等。肉食不一定每餐都有。逢年过节，菜肴要丰盛一些。

1. 玉米食法

玉米在当地叫玉麦或包谷，分为饭玉麦和糯玉麦两种。

饭玉麦在青嫩刚灌浆时可以烧着吃和煮着吃，成熟晾干后，收存于房屋楼上通风处。吃时将玉麦人工脱粒，用石磨推成细面，用筛子将玉麦面筛一筛，把玉麦皮和粗的部分隔离开，然后用适当的冷水将细面拌潮湿，放到木甑里蒸，待蒸到一定的时间后，倒到小簸箕里捣散、冷却，叫"翻甑"，再浇上适当的冷水拌匀、堆放，稍许再蒸。蒸到水蒸气猛上，甑盖边缘滴水一会儿即可。这样做出来的玉麦饭松散清香，营养丰富。玉麦饭又称为"面面饭"、"面饭"。将玉麦饭与大米饭混合，亦非常好吃。现在，玉麦饭也仅是偶尔吃一两顿而已，以玉麦饭为主食的人家已经没有了。

玉麦面的加工主要是人工用石磨磨成，俗称推磨。石磨安放在一个木箱上面，木箱称为磨箱。磨箱用来堆放推出来的玉麦面。推磨用的工具是一根长约一米五六的曲杆或直角杆，曲杆弯头或直角杆头适当削细削圆，以可以插到磨把上的圆孔里会转动为宜。曲杆或直角杆的尾端安上一根长约 1 米的小圆木做把杆，把杆的两端用绳子拴着吊起来，与曲杆或直角杆呈 T 字形，推磨的人扶着把杆用力将磨朝顺时针方向推动，玉麦粒被磨成面后推出，撒落于磨箱内。石磨不是每家都有的，没有磨的人家要将玉麦拿到有磨的人家去推，有磨的人家都很友好，从不为难来推磨的人家，有空时还帮着一起推，体现了互相帮助的精神。以玉麦为主食的年代，每户人家每隔两三天就要推一次磨。20 世纪 70 年代末 80 年代初期，八里坪村有了机器磨面机，人工石磨逐渐被取代。

图 4 - 1　八里坪村传统手工磨（2009 年 2 月 14 日，李和摄）

糯玉麦在青嫩刚灌浆时烧吃和煮吃味道最好。或将刚灌浆的糯玉麦粒加少许冷水磨成稠糊状，用从青玉麦包上切割下来的壳包成梯形，放到甑子里蒸，蒸熟后即成为青糯玉麦粑粑，软软的，鲜甜可口，如再加放少许白糖或糖精则更好吃。糯玉麦成熟晾干后，将糯玉麦粒磨成粒状，用冷水浸泡四五天左右，捞出控干，用甑子蒸熟，再用碓舂成粑粑，即糯玉麦粑粑，一般过中秋节和春节时才做。近年来，做糯米粑粑的多，做糯玉麦粑粑的少了，甚至不做了。

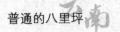
2. 大米食法

稻谷收获脱粒后，晒干收存于房屋楼上通风处。20世纪五六十年代以前，稻谷脱壳主要是用小磨或大磨推后再用碓舂，然后再用簸箕将壳或米糠簸出。20世纪60年代，镇粮管所建在八里坪村，从此，村里农户的谷子就拿到镇粮管所用碾米机脱壳。近10年来，大多数人家都有一台小型家用碾米机，十分方便。大米的做法主要是煮前用水将大米淘洗，浸泡二三十分钟左右，然后煮至2/3熟，捞出控汤，用甑子蒸熟即可，或将大米煮成稀饭，或用铞锅煮、焖。20世纪90年代初，村里已有少数人家使用电饭煲煮饭。2000年以后，大部分人家都使用电饭煲煮饭，铞锅、甑子已很少用了。

3. 粑粑

粑粑是村民们喜爱的食品，从性质上分有饭、糯两种，从品种上分有大米做的和玉米做的两种。通常，饭米做的称为饵块，糯米做的称为糍粑。

（1）饵块的做法和储存

将粑粑米淘洗后，用水浸泡七八个小时，然后用木甑生蒸至八成熟，倒出捣散冷却，再用水浸泡，称为"养水"。数小时后，捞出控干，再用木甑蒸熟，趁热舀到碓窝里用碓舂细，取出再用手使劲翻揉，做成方形或圆形，平放在簸箕或其他干净的平面上，待冷却后即可切成块状或丝状，烧、煎、煮吃皆可。储存方法有两种：一是舂好两三天后，将饵块用刀切片或切丝风干，可存放三五个月，吃时用水浸泡五六个小时即可煮吃；另一种是舂好两三天后用器物装起来盖好，切忌风吹，待表面出现红霉点或黄霉点后，放入缸或大盆内，用水浸泡，经常换换水，可存放三五个月。吃时捞出清洗，切丝、切片均可。

在大米较少的年代，有的人家将粑粑米和白色饭玉米分别磨成面，玉米面用细筛子去皮，然后将米面和玉米面拌匀，用水拌潮，揉细，用木甑蒸熟，再用碓舂，做法与饵块一样，只是不宜久存，口感亦无大米做的好。

（2）糍粑的做法

将糯米用水浸泡 1 小时左右，捞出控干，用木甑蒸熟，趁热用碓舂细，取出用手翻揉，做成圆形，放在事先准备好的垫有干净的芭蕉芋叶或撒上花生面或酥子面的簸箕内，或平板上。储存方法与饵块的第二种一样，吃法可用火烧，可用油煎、炸。

（3）吊浆粑的做法

有的人家还做吊浆粑。做法是：将糯米或糯玉麦用水浸泡，糯玉麦浸泡的天数要更多一些，两三天换一次水，然后将其用小石磨推成浆，装入干净的布口袋吊起来，下用一个大盆接浆汁，直至浆汁滴干为止。待浆汁沉淀水清后，将水倒掉，余下的米浆沉淀物即可做成粑粑，较细腻，特别好吃。

4. 肉食

改革开放前，受各种条件的限制，八里坪村群众的肉食较少。改革开放后，土地承包到户，调动了群众的生产积极性，农业生产搞上去了，粮食大幅度增加。有了粮食，群众家里养的猪比过去多了。多数人家养猪，主要是为了过年吃和解决一年的肉食和油的问题，少数人家在猪价合适的时候出售以贴补家用。八里坪村农户平时的肉食以猪肉为主，猪肉主要是杀年猪时储备下来的腊肉和油炸肉。做腊肉存放较方便，因此，绝大多数人家都将猪肉做成腊肉，做油炸肉的少。有的人家在过节时偶尔到镇上买点新鲜的猪肉来吃。肉食不一定每一天、每一顿都吃，但在农忙、过节、家里来亲戚时，吃得相对多一些。腊肉可以用水炖、煮，熟后切片，蘸着水吃，也可以与红豆一起炖、炒，加点青菜或大白菜，别有一番风味；油炸肉可切片用碗蒸，亦可切片用青辣椒或蒜苗炒，味道特别好。特别值得一提的是，无论是腊肉还是油炸肉，其肥肉部分均肥而不腻，老少皆宜。有亲戚来访，偶尔也杀鸡吃。

下面对腊肉和油炸肉的做法作简单介绍。

腊肉、腊猪脚的腌制：宰杀年猪后，将猪腿、猪肉分块用食盐腌7天后取出，吊晒水分，然后挂于室内烧地火塘的上方，长年累月地烧火烘烤、烟熏，腊肉、腊猪脚被烘烤得很黄，时间长了，则被烟熏得很黑，这样制成的腊肉、腊猪脚可存放一两年以上不变味。由于董干地区一年四季气温偏低，这一带农户自制的腊肉、腊猪脚都油而不腻，香醇可口。

图 4－2　村民家中所挂的腊肉（2008 年 1 月 17 日，李和摄）

油炸肉的做法有生炸和熟炸两种。

生炸：杀年猪后，将猪肉分块，用适量的盐腌3～4天后取出，用清水将盐水洗出，切成长10厘米、宽8厘米左右的肉块，放入油锅里炸黄捞出，冷却后装入坛子，将微热的猪油倒入坛内，以把肉淹没为宜，吃时将肉块取出切片，蒸、炒皆宜。只要有油淹着，存放两三年不变质，且味道如初。

熟炸：杀年猪后，将猪肉分块，用适量的盐腌3～4天后取出，将肉块置于热水中洗净，切成长10厘米、宽8厘米左右的肉墩，放入锅里用水煮，煮至筷子可穿透猪皮即可，捞出控水，再放入油锅里炸黄捞出，冷却后装入坛子，将微热的猪油倒入坛内，以将肉淹没为宜，吃时将肉墩取出切片，蒸、炒皆宜。只要有油淹着，一两年内不变质，味道如初。

5. 蔬菜

八里坪村农户自种的蔬菜主要有白菜、青菜、金白菜、萝卜、青蒜、韭菜、瓜类、豆类等，蔬菜主要种在房前屋后和离家较近的地里。部分人家在赶集时也到镇上购买些蔬菜来食用。村民几乎家家户户都自制咸菜，如豆豉、卤豆腐、酸辣子、酸腌菜等。

（二）服饰

中华人民共和国成立前后，八里坪村男子头包帕子，上穿对襟纽扣衣衫，下穿大裆长裤，不系裤带，脚穿布鞋。20世纪60年代以后多穿胶鞋，夏天多穿塑料凉鞋。青年妇女喜穿蓝、绿、红色布料。"文革"期间，销往农村的布料多为花布、毛蓝咔叽、的确良等，其中，的确良是档次较

图 4-3　菜地（2008 年 8 月 2 日，李和摄）

高的布料。年轻人最喜欢穿的颜色是天蓝色。布料凭票供应，较为紧缺，有布票也不一定买得到；再说，那时生活困难，大人、小孩的衣服、裤子多有补丁，农村有句俗话叫做"笑脏不笑烂"。一套打有多处补丁的衣服可能变成"传家宝"，即哥哥姐姐穿小了，弟弟妹妹接着穿，直至不能再穿为止。过年添置新衣服，一般只给最小的买。过年穿新衣服成为小孩一年到头的企盼。这时期的衣服多是买布料到缝纫店量身缝制，式样较单一，多为中山装、四暗袋。20 世纪 80 年代，村民仍有穿补丁衣裤的。20 世纪 90 年代以后，随着经济的发展，生活条件的改善，青年男女多穿涤卡、毛料等，有补丁的衣服基本不穿了。随着制衣业的发展，镇上出售衣服、裤子的商店、摊点越来越多，布料、花色、式样繁多，应有尽有，价格不等，村民们可根据自己的经济承受能力自由选择。年轻的父母也经常给自己的小孩添置新衣服。男、女青年不做农活或逢年过节

时多穿夹克、牛仔裤、皮鞋；上了年纪的妇女上着斜对襟
黑、蓝布衣，系围腰，包头巾，下穿大裆裤，脚穿刺绣花
鞋；老年男子多着蓝色中山装，穿解放牌胶鞋，戴青蓝色
帽子。现如今，由于经济发展，交通发达，群众获取信息
便捷，内地、城市流行的衣服式样能够很快流行到边境地
区，八里坪村群众的衣着式样基本与内地一致了。

（三）居住

八里坪村在中华人民共和国成立前后一直都是茅草房，
20世纪60年代开始出现瓦房，直到包产到户以后，茅草房
才逐渐减少。村民居住的房屋，一般人家普遍是三格、两
层楼瓦房，木头、人字间架结构，砌50~80厘米高、60厘
米宽的石头为基础，称为"石脚"。用潮湿的泥土在"石
脚"上春成墙，宽度40厘米，直至与茅草屋面或瓦屋面相
接。一楼用木板分隔，正堂屋用作一家人的公共活动室、
会客室兼吃饭的场所。两边为主人和孩子的房间、厨房。
二楼亦用木板分隔一两个房间，用作孩子的房间或客房，
其余的地方堆放粮食和杂物。一、二楼都设有通风兼采光
用的窗子。窗子都不大，两开窗，因此，一楼的房间采光
都不太好。一楼的地板，有用泥土夯平的，也有用沙、石
子、石灰混合铺平的。近年来，多数人家已经用沙、石子、
水泥混合浇灌地板，经久耐用。20世纪80年代，有的人家
开始用红砖砌大门正面的墙，左、右两面和正后面还是泥
土春的墙。20世纪90年代，村里开始有了红砖房，土墙房
逐渐被红砖房取代。2008年，新农村建设，大多数人家将
房屋翻新，有的人家还新建了砖混结构的房子，村里的居
住条件大大改善。据统计，到2008年年底，八里坪村农户

住房以砖混结构为主，其中上村 50 户人家中有 30 户居住砖混结构住房，有 20 户居住砖木结构住房；下村 40 户人家中有 20 户居住砖混结构住房，有 20 户居住砖木结构住房。

图 4-4　八里坪村的老房子（2008 年 1 月 21 日，李和摄）

图 4-5　新时期的砖混房（2009 年 2 月 13 日，李和摄）

（四）出行

董干镇是麻栗坡县距县城、州府最远的乡镇，沿途山高坡陡，道路奇险。20世纪60年代以前，人们出行都是步行，物皆为人背马驮。20世纪60年代才有车载客拉货；80年代以前，从镇上发往县城、州府的客车一天一趟对开，且是大货车代替客车载人，车上无座位，人只能站着，因路况不好，车速较慢，到州府文山往往要坐两天的车。20世纪80年代初，每天发往县城的40座大客车仅有2趟对开，时间是每天上午6：30和8：30，发往文山的亦是2趟对开的大客车，时间是每天上午6：00和7：00，错过这个时间就很难有车出入，只能等到第二天了。因此，路程稍远的外出者须提前一天到董干镇购买车票、住宿，外出十分不便。1996年，中巴车开始取代大客车营运，每天发往县城的客车是4趟对开，发往文山的是3趟对开，时间上亦相对间隔开。20世纪90年代末基本开通到各村委会的公路。在此之前，未通公路的村委会，运输货物还得靠肩挑马驮，十分不方便。

到2008年年底，到县城的中巴车有5趟共10辆车对开，到文山的有3趟6辆对开。此外，从富宁方向到麻栗坡县城和西畴县城，每天各有2趟对开，富宁到董干、铁厂，每天亦是2趟对开。马崩到文山，1趟对开，富宁县的田蓬到文山，1趟对开。这样，每天共有28趟中巴车在董干镇的区域来回运输（麻栗坡10趟，文山6趟，马崩2趟，田蓬2趟，富宁8趟），还有通往各乡镇自由营运的微型面的几十趟车，基本能满足群众的出行需求。2005～2006年，通往县城的公路全部铺成了柏油路，交通条件大

图 4 - 6　董干镇车站一角（2009 年 2 月 13 日，李和摄）

大改善，外出十分方便。

中华人民共和国成立后到改革开放前，八里坪村群众出行，主要是走亲访友，或者到附近的集市赶集，只有极少数人到县城、州府办事、游玩。但限于交通和交通工具，外出十分困难，能有自行车的人家已是很了不起了。改革开放后，农村包产到户，责任到人，充分调动了八里坪村农户的生产积极性。农户们在做完自己责任田、责任地里的农活后，剩余时间越来越多，于是，部分劳力有富余的人家开始做起了生意，外出的人也越来越多。个体营运应运而生。村里已有 3 户人家购置了营运车和农用车，有些年轻人骑上了摩托车。

（五）八里坪村的风俗

1. 月子酒

月子酒又叫弥月酒。在八里坪村，夫妇婚后生育第一个小孩，在月子期间，满 10 天或 15 天、20 天左右，根据自家的经济状况，要办月子酒，一般办 3 天，3 桌、5 桌至 10 桌不等。产妇生下小孩后，男方家的至亲好友要带上母鸡、鸡蛋、红糖、糯米或糯米面去看望产妇和小孩。办月子酒这天，男方家的亲朋好友、左邻右舍以及女方家（俗称后家）的亲友前来庆贺。外婆家来的客人主要是结婚时来送亲的人，一般男的都不来，主要是上了一定年纪的妇女和小孩去。她们带的礼品主要是背带、小片、衣裤、猫头帽、虎头鞋之类，还有鸡蛋、红糖、糯米等物品。亲朋好友中有送小衣小裤、布料的，也有以钱代礼的。亲友与小孩见面，争相抱一抱，看一看，说些吉利、祝福的话语，逗笑、取乐。下午，男方家要煮糖鸡蛋、糖汤圆、甜白酒等招待亲朋好友，然后是三天四顿饭，一般是五六桌。宴席散时，主人家要给远方的客人每人几个红鸡蛋带回去。第一个小孩办得隆重些，家庭经济条件宽裕的，每个小孩都办，家庭经济条件差的，只办第一个，且范围小，桌数少。

2. 办周岁

俗称抓周。在八里坪村，小孩满 1 周岁时，要请男女双方的亲朋好友、左邻右舍来家里做客，客人带着礼物（也有以钱代礼的）来庆贺。外婆家来做客的还是做月子酒的那些客人。办周岁这天，孩子从头到脚，里里外外换个全新，被称为"小寿星"。抓周前要先敬献祖宗，祈求祖先在天之灵保佑孩子快快长大，无灾无病。然后在堂屋正中铺一张席子和一床毯子，席子上摆放肉、红鸡蛋、粑粑、笔、算盘、秤、葱、蒜、书、钱、柴等物，葱、蒜、柴、钱用红纸条贴好，抱孩子来坐在毯子

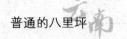

上，任由孩子去抓，一般抓三种东西即可。肉、蛋、粑粑之类代表生活主体；笔、算盘、葱、蒜、书之类代表智力；钱、柴之类代表本领。通常以抓笔、算盘、葱、柴、书为好，但不论抓到什么，主持者都会说得好上加好，例如抓着粑粑、蛋、肉之类，主持人就说："孩子以粮为纲，抓住根本。"而旁边的人却说："这个孩子贪吃。"主人家亦不在意。抓着笔就说："孩子今后字写得好。"抓着书就说："孩子以后读书努力，学习好。"抓着葱就说："孩子长大聪明透顶。"尽是恭维话、吉利话，主人家满心欢喜，客人笑不绝口，整个场面洋溢着欢乐的气氛。抓周一般只办第一个孩子，但经济宽裕的人家，个个孩子都办。

周岁生日之后，孩子一般都不过生日，村里有一句俗话叫做"大人生日一顿肉，小娃生日一顿打"。

3. 杀年猪

杀年猪是村里最喜庆的日子之一。猪一般养一年或一年半即杀。在八里坪村，家家户户都养猪，视家庭条件，有的养得多，有的养得少。"文革"期间，养猪要交给国家，主要交给镇上的副食品公司，由副食品公司屠宰后供应市场，凭票购买。群众过年杀一头年猪，要交一半给国家，自己只能留一半，以此类推，即自己家要杀一头猪过年，首先必须交一头大小相当的猪（一般不低于90斤）给国家，多杀多交。交猪给国家是杀年猪户必须完成的任务。只有首先完成了国家规定的任务（以当地食品公司收猪时出具的票据为证），农民才能杀猪过年，同时还要上交相应的屠宰税（由几毛、1元、2元、3元到5元、10元，2005年国家免除了农户的屠宰税）。

改革开放后，市场也逐渐放开了，国家不再对市场肉食的供应进行干预，农民养的猪可以自由处理。现今八里坪村农民养猪，一是为了卖钱，贴补家用；二是为了过年自己吃。大部分家庭杀年猪，将猪油和肉加工后存储起来，可以管一年的油和肉食，平时很少到镇上去购买猪油和鲜肉。进入农历腊月以后，村里有的人家就开始杀年猪了，杀年猪的日子主要集中在腊月十五日至二十七日之间。杀猪的人在一天之内是杀单不杀双，如果一家人要杀两头过年猪，则要请两个杀猪的人来杀。家家户户都要杀年猪，有的杀一头，有的杀两三头不等。2008 年春节前夕，我们在采访中，碰巧遇到八里坪村的农户杀年猪，看到农户家堂屋里大堆的新鲜猪肉，心里确实为他们高兴。

4. 吃杀猪饭

杀年猪是农户家的一件大事。杀猪前，要将杀年猪的日子事先告知亲朋好友，邀请他们到时来家里吃杀猪饭。杀猪的这一天，主人家还要再去请亲朋好友来吃杀猪饭。主人家要将猪身上最好的肉、肝脏和排骨等拿来炒或炖、煮招待客人，以显示主人家的热情好客。单位上或是街道上的亲朋被请来吃杀猪饭，一般要带些礼品（如水果之类的东西）送给主人家，双方不免客气一番。本村寨的亲朋来吃杀猪饭则不必送礼物。吃杀猪饭，亲朋好友聚集一堂，大家在一起边吃边喝边交流，其乐融融，这是农村人增进亲朋好友情感的最好的方式之一。我们在调研过程中，也亲身感受到农家请吃杀年猪饭的热情与乐趣。

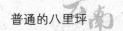

图 4-7　调查组在村民家中吃杀猪饭（2008 年 1 月 22 日，李和摄）

5. 抢清水

大年初一是新的一年的开始。八里坪村有抢清水的习俗，村民把抢清水叫做"抢银水"，就是凌晨至天亮前去水井里挑水，去得越早越好，最好是第一个去挑水，谁家第一个挑到水，谁家一年的运气就最好。因此，夜间 12 点一过就有人挑着水桶，打着火把、电筒，拿着三炷香、纸钱去挑水。到了水井边，先点香、烧纸，祈求神灵保佑，把香插好，然后才挑水。大家都争先恐后地去挑水，俗称抢清水。现在用自来水，抢清水的习俗已逐渐淡化、消失了。

6. 大年初一进财

大年初一这一天，家家户户都希望能有一个好的开端，特别希望能进财。于是，村里的一些小男孩就会早早地象征性地抱几根柴（财）来敲门，意在给主人家送"财"来。

"童子送财",主人家会非常高兴,第一个来敲门的给红封,第二个给鞭炮,第三个就不给了,所以,小孩都力争第一。陈明清说,2008年春节大年初一凌晨,夏宗田家的儿子就来敲门了,边敲边说:"大爹!大爹!快开门,我给你'送财'来了!"他接连敲了很多家的门,一早上得了70多元钱的红封。

7. 拜年

拜年分为拜外婆家、新婚拜年和拜干爹干妈三种情况。

拜外婆家。每年的大年初二开始要到外婆家、舅舅家拜年。拜年的礼物是一块腊肉、两个饵块粑粑或糯米粑粑。外婆家或舅舅家要给拜年者拜年钱。拜年是对外婆家感恩的一种表现,只要外公、外婆还健在,就年年去拜年。

新婚拜年。新婚第一年,要拜娘家,也要拜结婚时来送亲的所有人家,家家都要拜。礼物一般是一块肉、两个饵块粑粑。第二年以后一般只拜娘家和已分家另过的哥哥、弟弟家。三年以后比较随意,可拜可不拜,但只要爹、妈还健在,一般都要去拜年,去看看老人家。

拜干爹、干妈。过年期间要带着孩子到干爹、干妈家去拜年。礼物有肉、粑粑,也有的加上烟、酒、茶等礼品。一般拜三年,三年之后就随意了。

8. 请春客

八里坪村春节期间有请春客的习俗。大年初二至初八期间,亲戚间互相请客吃饭,这也是亲戚间互相走动、联络情感的重要方式之一。现在大家生活好了,而且请客要做很多菜,很麻烦,因此,请春客的也渐渐少了。

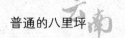

9. 起房盖屋

起房盖屋是一家人的大事，主人家要提前计划，准备钱，备木料，选地基。选地基要请地理"先生"用罗盘正方位。木料主要是购买来的杉树。房子一般盖土木结构的三格两层茅草房或瓦房。中梁的选择最重要。这根梁，主人家要精心挑选，可向亲朋好友栽种的杉树中挑选，亲朋好友都很乐意帮忙，无论选到谁家的杉树，盖房的主人都封一个红封给杉树的主人作为礼金。砍的时候，砍前三斧要念口诀，即"一砍山中王；二砍主人用你做中梁；三砍主人幸福万年长"。做中梁的树抬回来后要看管好，不能让人从上面跨过，如果有人不小心从上面跨过，主人家会很不高兴，还得另选。

盖房要请"先生"选择吉日吉时，"先生"用主人一家的生辰八字推算出盖房的吉日吉时，主人家将日期告诉亲朋好友，届时来帮忙。一面请木匠做屋架，一面平整屋基。建房日子到了，亲朋好友、寨邻一起来帮忙。屋架搭起来后，最重要的要数上中梁了。将中梁提前几天用红膏纸泡水染成红色，在中梁中间凿一小洞，用红布包五谷杂粮填塞于小洞内。用3～5个锑币及一块红布镶于中梁正中。梁的两头用绳子拴好，屋架上有两个十八九岁以上的小伙子准备将中梁拉上去安好。在已立好的柱、梁上贴"吉星高照"、"姜太公在此，诸邪回避"等红纸条幅。选一只大公鸡，灌点酒后交给木匠师傅。吉时到，木匠师傅先将鸡冠刺破，用鸡冠血点在梁上，边点边高声念："鸡血点梁头，代代儿孙侯；鸡血点梁尾，代代儿孙当县委！"点完后，将鸡站立在梁上，并高声喊道："上梁！姜太公在此，诸邪回避！"放长长的鞭炮，屋架上的两个小伙拉绳子，梁的两头还有两个小伙帮着抬梁上楼梯。这时，木匠师傅又高声念道："一踩步步高升；二踩二红有喜；三踩三山淘银；四踩四季发财；五踩五子登科；六踩禄位高升；七踩七星高照；八踩八方来财；九踩福禄寿喜进家门；十踩十全十美！"

梁上好后，木匠师傅上到屋架上，象征性地朝下抛撒两样东西：第一是撒混有锑币的五谷杂粮，边撒边念：一撒东方甲乙木，主人金银堆满屋；二撒南方丙丁火；三撒西方庚申金；四撒北方壬癸水。其意主要是为主人家祈求风调雨顺、四方来财、平安幸福。小孩在地上争捡锑币，大人则在一旁起哄，目的是图个高兴、热闹。第二是抛撒粑粑，叫"抛梁粑"。抛撒粑粑时，男主人要面朝屋外跪地，双手将后衣拉起成衣兜，接住木匠师傅抛下的最大的那一块粑粑。当粑粑抛下时，大人、小孩都争抢粑粑，意在热闹。主人家将做好的粑粑分给帮忙的人吃。

新房建起来后，主人家还要择日举行搬家仪式，请"先生"或年长的老人来帮忙"打扫"新房，驱逐邪魔，之后即正式搬家使用新房。

10. 烤茶

在董干八里坪村，人们喜欢喝烤茶，也喜欢用烤茶来待客。家有老人或上一定年纪的人家，一年四季几乎烤茶不断。家里来客，必定围在火边烤茶喝。农忙时晚上烤，农闲时白天、晚上都烤。喝烤茶是老祖宗传下来的习俗，起于何时，无从查考，但这里的人们都有一种感觉，喝烤茶出门干活或走远路，很少口渴。于是，久而久之，喝烤茶便成为民间的一种习俗。

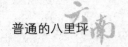

烤茶很有讲究。烤茶用的小罐子有铜罐、铝罐、陶罐等。陶罐便宜，使用者较多。烤茶时要先将烤罐烤热、烤烫后才将适量的茶放进罐里，置于火边烘烤。烤茶时，要随时照看，要经常抬起罐子摇晃、翻颠，让茶的受热程度尽量均匀。茶要烤香，烤成黄马蜂色后，将开水倒进罐里，继续烤，待煮沸三四分钟，即可倒入杯子里喝。烤茶时不能烤得太过，烤过了就不能喝了。

装茶水的杯子是饮酒用的小陶瓷杯，一般只倒1/3杯，喝时要小口小口地喝，而且要趁热，冷了会变成土色，就不能喝了。烤茶的颜色深黑，涩味浓重，偶尔带点苦味，烤得好的茶喝后有甘甜回味。一罐烤茶可倒十二三杯，之后颜色逐步变淡，茶味也不足了。这时，就换茶重烤。

倒茶时，第一杯茶要先敬老人，其次是客人、家人。亲朋好友来访，喝烤茶是尊敬客人的一种表现。大家围坐火边，细品茶味，边喝边聊，气氛特别融洽。

11. 以酒代水待客

董干八里坪村的人们，热情好客，有亲朋好友来访，必定热情招待。朋友或客人落座后，边烤茶边喝白酒边聊天，其乐融融。饮酒时不吃菜，喝完一杯再倒，能喝的接着喝，叫"喝冷淡杯"。客人喝得越尽兴，主人越高兴。如此待客习俗形成已久，家家如此。

12. 其他风俗及禁忌

正月十四，给水果树放水。给水果树放水时要献饭，通常是两个人一起去，一个用刀在树干上不规律地轻砍几刀，一边砍一边问："你结不结?"另一个回答："结!""你掉不掉?""不掉!""你生不生虫?""不生!"等。砍完后，将饭填塞在树上被砍的刀口里。

二月初一至初三，是白龙会、毛虫会、土蚕会忌日，这几天都不动土，不能到地里做农活，否则，以后田地里的害虫会很多，危害庄稼。生产队年代放假休息，人们利用这几天或玩，或走亲串戚，或找柴、讨猪食等等，一定不能到田地里去做农活，至今如此。

过去，女人不犁田地。据说，女人犁田地，牛会流眼泪。现在，男的大部分外出打工，在家的妇女大部分承担起犁田、犁地的农活重任。

妇女生孩子的第一天，碰到有不知情的外人来家里，主人家要用剪刀剪下来者的一点裤脚，称为逢生。

生小孩后要到外婆家报喜。生男孩要抱一只母鸡去报喜，生女孩要抱一只公鸡去报喜。外婆家来吃月子酒时亦要拿相反的鸡来，即生男孩拿母鸡来，生女孩拿公鸡来。

父、母带未满周岁的孩子外出到路程稍远的地方走亲串戚，白天要在孩子的额头上或脸上涂擦少许锅底黑灰，叫做"擦花脸猫"，在背孩子的背带上插桃叶、茅草或拴剪刀、小刀；夜间走路要点燃一炷香抬着走，其目的都是辟邪，让邪恶鬼魂远离孩子。

婴、幼儿衣裤、小片等洗后晾晒在屋外，在太阳落山之前一定要收回家，不能晾在房外过夜，否则，孩子穿了会生病，面黄寡瘦。

小儿夜哭不止，用红纸写上"天皇皇，地皇皇，我家有个夜哭郎，君子过路念三遍，一觉睡到大天明"，多写几张，然后把它张贴到显目的地方，比如路边的电线杆上、墙壁上、道路交叉口处，让过路的人读一读、念一念，小孩夜间就不再哭闹了。自己不会写字的，可以叫别人帮忙

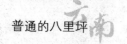
代写，自己再拿去张贴。

怀孕及坐月子期间的妇女也有许多禁忌。

怀孕期间的妇女，不得坐在别人家的大门门槛上或横跨在别人家的大门门槛上，否则，被视为不吉利，该孕妇将被认为不懂规矩，不懂礼貌，甚至会被主人家咒骂；不得进入办喜事的人家，不得参加别人的结婚典礼，更不得到新人的房间去走串，否则，会被视为不吉利；不能去看正在坐月子的产妇，否则会将产妇的奶水采走，使婴儿无奶吃，如果碰到这种情况，产妇家就要到该孕妇家讨点盐或米汤之类的食物来给产妇吃，产妇才会有奶水，该孕妇则会被视为无知。

产妇坐月子期间不得出大门，不得在神桌前站或坐，因为身子"脏"。生孩子40天内不得到邻居家串门，否则，主人家不高兴；不得洗冷水，否则，以后手、足关节会疼；头不得被风吹着，否则，以后会经常头疼；不得吃辛辣和生冷食物，否则，以后胃会经常疼。

二 传统节日

（一）春节

春节俗称过年，是农历正月初一，又叫阴历年。这是我国民间最隆重、最热闹的一个传统节日。春节的历史很悠久，它起源于殷商时期年头岁尾的祭神祭祖活动。按照我国农历，正月初一古称元日、元辰、元正、元朔、元旦等，俗称年初一。到了民国时期，改用公历，公历的1月1日称为元旦，把农历的一月一日叫春节。

春节到了，意味着春天将要来临，万象复苏、草木更新，新一轮播种和收获季节又要开始了。人们刚刚度过寒冷的冬天，早就盼望着春暖花开的日子，当新春到来之际，自然要充满喜悦、欢天喜地地迎接这个节日。

在八里坪村，进入腊月以后，人们就开始逐步为过年做准备。

1. 备过年柴

即准备过年期间煮饭和烧地火、烤火用的柴和树疙瘩。董干地区冬季气温较低，冬天室内烤火是每家每户必需的。因此，春节前的相当一段时间内，家家户户都要为过年期间储备相当数量的干柴，以便春节期间有更多的时间去娱乐和走亲访友或接待亲友的来访。柴要到3公里以外的石山或林子里砍杂木柴，路途远的用马驮，近处用人力搬运。近年来，附近的石山封山育林，砍柴较困难。有栽用柴林村子的农户将柴运来八里坪村或镇上出售，八里坪村的部分农户平时就向他们整车地购买以备过年时用。

图4－8　过年柴（2010年1月24日，李和摄）

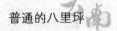

2. 舂粑粑

舂粑粑是家家户户必需的，尤其是有小孩或小孩较多的人家，舂粑粑更热闹，其高兴程度仅次于杀年猪，它能让人提前感受到春节的气息和乐趣。节前十二三天左右，家家户户开始舂粑粑。20 世纪 80 年代中期以前，村民用碓舂粑粑，互相换工，4 个人在碓尾用脚舂，1 个人在碓头掌控碓窝里的粑粑，叫做"拨粑粑"，2 个人负责在桌面上翻揉粑粑并做成方形或圆形。舂粑粑时，舂碓的人要由慢渐快，让粑粑米逐渐舂细黏在一起，快时要越快越好，这时碓会发出很有节奏的响声，附近都能听到。拨粑粑的人要在碓头抬起的一刹那时间内翻动粑粑，力争让粑粑的每一部分都舂细，舂均匀，技术要求较高，必须反应敏捷。舂好时，拨粑粑的人高叫一声："好！"或"得！"舂碓的人就立即踩住碓尾，让碓头高高扬起，拨粑粑的人从碓嘴上取下粑粑交给翻揉者。有时，拨粑粑的人为调节气氛，显示自己娴熟的技艺，在粑粑已经舂细可以取下时，不告知舂碓的人，趁碓头抬起的刹那间，迅速从碓嘴上将粑粑取下，让碓舂一个空碓，引得大家哄堂大笑。舂粑粑那几天，一家接一家地舂，舂粑粑的人常常累得大汗淋漓。20 世纪 80 年代中期以后，开始用机器加工粑粑，虽然很方便，很省力，但很多乐趣也随之没有了。这几年，市场上出现了一些加工粑粑的专业户，任何时候都有粑粑供应，村里人都嫌舂粑粑烦琐、费时，干脆到市场上去买，需要多少买多少，更方便了。因此，相对现在的小孩来说，用碓舂粑粑的时代已经成为历史。

3. 采购年货

节前 10 天左右，家家户户都要购置年货。年货主要有烟、酒、糖、茶、水果和其他干货，为小孩子添置新衣、新帽、新鞋，准备过年时穿。

4. 贴春联、门神

同全国各地一样，贴春联是八里坪村过年时的传统习惯。春联即对联或对子，以前多是请人帮写，会写的人家自己写，现在大多数人家都到集市上购买，大小不一，样式繁多，内容丰富，人们根据所需和每一道门的位置选择不同内容的春联。家里的每一道门都要贴对联，有的牛圈、猪圈门上也贴对联。贴春联寓意新的一年中家庭平安、六畜兴旺、五谷丰登、招财进宝、国家兴旺发达等，表达了对即将来临的新的一年的美好愿望。贴春联一般都在大年三十这一天，这一天贴上的春联，将一直保持到它们自然脱落或退色为止。每年春节，家家户户的门上都贴上鲜艳的红底黑字的春联，给过年增添了喜庆的气氛。

为了祈求一家人在即将来临的新的一年里福寿康宁，八里坪村同样保留着过年贴门神的习惯。据说，大门贴上两位门神，一切妖魔鬼怪都会望而生畏。在我国民间，门神是正气和武力的象征，所以，门神永远都怒目圆睁，手里拿着各种传统的武器，随时准备同敢于上门来的鬼怪战斗。现在市面出售的门神多为唐代的猛将秦琼、尉迟敬德和三国时期的关羽、张飞像。这几位神人貌相都十分怪异凶狠。古人认为，相貌出奇的人往往具有神奇的禀性和不凡的本领。他们虽然相貌狰狞，但是心地正直善良，捉鬼擒魔不仅是他们的责任，而且是他们的天性。有他们把守大门，一切鬼怪都不敢入门危害家人。农户的大门，通常都是两扇对开，所以门神总是成双成对的。门神与对联同时贴，同样保持到自然脱落或退色

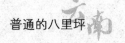

为止。

5. 吃年饭

春节是个欢乐祥和的节日，也是亲人团聚的日子，离家在外的亲人在过春节时都要回家欢聚。大年三十这一天，一家人所做的就是忙晚上的吃喝。杀鸡、炸酥肉（鸡蛋、面粉、猪肉混合搅拌后用油炸）、烀肉、炖骨头、煮猪头等等。下午三四点以后，献猪头和猪尾巴（猪尾巴要割成碗口大，俗称割碗口），寓意有头有尾；未杀猪的人家献刀头（约长 10 厘米、宽 8 厘米、高 7 厘米的猪肉），开始敬神、接天地，并祈求来年养的猪又肥又大又顺顺利利，燃放鞭炮，过年的气氛由此开始。下午 5 ~ 7 点，家家户户一桌桌丰盛的晚餐做出来了，一般在 8 ~ 12 个菜，以荤菜为主。吃饭之前，先敬献列祖列宗，祈求祖宗保佑来年一家人身体健康、平安幸福、风调雨顺、万事如意。小孩对着饭桌叩头，燃放长长的鞭炮。一家人围着桌子吃团圆饭，无论男女，能饮酒的都要饮点酒，过年气氛推向高潮。

过年放鞭炮已成为村里的习俗。刘万福老人说，中华人民共和国建立前，无钱买鞭炮，就把老哇藤捣碎，用绳子穿起来，用力在地上正反方向使劲甩，就会发出响声以代替放鞭炮。

6. 守年、发压岁钱

大年三十夜，又叫除夕，也叫团圆夜。在这新旧交替的时候，守年是最重要的年俗活动之一。村里有句俗话叫做"三十的火，十四的灯"，意思是大年三十晚要烧一堆地火，意即红红火火；年三十晚上献饭时神桌上点亮的灯要一直点到正月十四日送年为止。因此，除夕晚上，家家户户都要烧一堆旺火，希望来年红红火火，兴旺发达，全家老小一起围坐火旁，熬年守岁。村里的习俗是"三十晚上烧的疙瘩最大，来年养的猪最粗（即大）"。是夜，长辈要给小孩发压岁钱。一家人欢天喜地，其乐融融。20世纪80年代中期以后，中央电视台每年除夕夜都播放春节联欢晚会，于是，除夕夜看"春晚"成为村里人们最高兴的事。深夜12点一过，即烧香点烛接天地，村里鞭炮响声此起彼伏，预示着新的一年开始了。

7. 大年初一吃素、玩耍

大年初一天一亮即用抢来的银水煮茶、煮斋饭敬献神灵。敬献神灵的糯米饭或煮汤的糖粑粑，称为"糯斋"。碗筷要擦洗，不能沾一星半点油荤，否则就是对神的不敬。这一天，要将吃饭的碗、筷擦洗干净，全天都要吃素，表示虔诚。当然，现在吃素的主要是老年人，年轻人不信这一套，多数不吃或很少吃。

大年初一这一天，村里的人们都放开地玩，玩扑克、打陀螺、跳绳，到部队营部打篮球，搞游园活动等等，尽情玩耍。前几年，大年初一跳狮子，到部队里跳，到每家每户的门口跳，以表示狮子来贺，给主人家拜年，主人家很高兴，给红封、饵块粑粑，收到的礼物很多。陈明清村长说，他跳狮子头，狮子头重达60斤，给主人家拜年时，要向主人家三鞠躬，狮子头不能落地，否则，主人家不高兴，难度很大，一天下来，手酸腰痛，很辛苦，但组织者占了红利的绝大部分，参与者积极性不高，后来就不跳了，很遗憾。

8. 大年初二打牙祭

俗话说："年三十接天地，初二打牙祭。"大年初二清

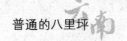

晨，家家户户都要杀一只大公鸡，煮至半熟，整个敬献财神，意即接财神进家，祈求财神保佑在新的一年里做生意顺顺利利，财源广进。因此，村里人都很看重打牙祭，家家户户都要杀鸡敬献，燃放鞭炮。

这一天，人们开始拜年，走亲串戚，外出游玩。家家户户都要到已故亲人的坟上看看，将在家里准备好的饭、菜、酒、糖、粑粑、水果等带到坟地，给过世的老人拜年。特别是在近三年内有老人去世的人家，要去给新坟扫墓，敬献水果，在坟前吃一顿饭。

大年初一至初六，这几天是春节活动最热闹的时间。人们停下一切农活，走亲访友，娱乐玩耍，直到正月十四送年过后，春节才算真正结束。

9. 送年

从大年三十至次年正月十四日为传统的春节。在过春节期间，八里坪村的人们很少到田地里劳作，大多数走亲串戚或在家里休息、娱乐，村里的讨亲嫁女亦多选择在春节期间进行。这是一年难得的农闲时间。到正月十四日这一天晚上，家家户户都要做一顿丰盛的美味佳肴敬神、献祖宗，燃放鞭炮，一家人围在一起吃一顿饭，亦很隆重。这一天俗称送年。年一送就意味着春节的结束，新一年的劳作就要开始了。

10. 春节禁忌

在八里坪村，春节期间特别是大年初一，有很多禁忌，祖辈相传。

大年三十晚不扫地，不外出倒垃圾，否则会破坏来年的财运。

大年三十，绳子、竹竿不要乱放，要收好，否则，大年初一看见绳子、竹竿，以后上坡会遇到蛇。

大年三十给小孩的压岁钱初一不能用，即"初一不出财，初二、初三滚进来"。

正月初一不揭甑盖，若揭了甑盖，以后苍蝇多，还会飞到甑子里。

正月初一、十五不开正门，不准女的进正门，如果有男孩进来，被认为很吉利，即"进财"，只要有男的进过门后就可以一天都开着。

正月初一、十五不得吹火，吹火庄稼会火风（即无收成）。不得烧粑粑（烧粑粑有可能吹火），同样担心玉麦会火风。

正月初一烧火煮饭，不得敲灶内的火柴头，否则，犁地时犁头会常断。

正月初一，老人不叫孩子起床，靠自己醒、自己起，否则，老人叫孩子起床，跳蚤会跟着一起起来，在新的一年里，跳蚤会特别多。

正月初一，妇女不得做针线活，否则，虫子会钻进庄稼、粮食里。

正月初一不得扫地，如果大年初一扫地，以后风大，会损害庄稼，玉麦会火风。

正月初一，女人不能进别人的家，只能在门外玩。男人、小孩不限。

正月初一要吃豆面、花生面裹的汤团，如果不吃，在新的一年里，家里养的鸡下的蛋会很小。

正月十六不做农活。这一天是老鼠嫁女的日子，不能动土。否则，你动它一天，它动你一年，会遭鼠害。

正月二十祭风雨，不挖地，否则，这一年的风会很大，

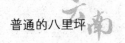

庄稼会被吹倒。

（二）清明节

三四月份，春暖花开，万物复苏，天清地明，正是春游踏青的好时节。利用这个时间，为已故先人扫墓，追思先人的业绩，成为中国城乡人们一年一度的祭祖活动。祭祀先人体现了后人感恩先人、不忘祖宗的道德意识，是中国传统孝文化的体现。

在八里坪村，人们把清明节祭祖叫做"献饭"。清明节期间，择一日子，带上纸钱、香、坟标（用白色长条棉纸打成铜钱状，顶端凿一小孔拴线，中间用红纸条封好）到已故先人的坟前，点三炷香，烧三张纸钱，到坟头上插一条坟标。插上坟标，以示此坟还有后人。如果前来插坟标的人越多，就说明此坟的后人越兴旺。一般情况下，所有先人的坟前都要去烧香、烧纸、插坟标，并清除坟前、坟上及周围的杂草。坟前不献饭、菜，因为坟多且路程又远，如献饭、菜，一天是完不成的，但新坟要敬献水果。

清明献饭这天，家家都会做一顿相对丰盛的晚餐，有的人家还会邀请近亲及好友来家里吃饭。吃饭前，先敬献列祖列宗，点香、烧纸钱，献饭者会口念已故先人的称呼、姓名，叫他们回来吃饭。献饭毕，要将所献之饭菜一样取一点放在一个倒有清水的碗里，然后反手泼出去，口念无儿无女，无人照管的亡人来吃水饭了，这叫做泼水饭。水饭主要是泼给那些无儿无女，即无人献饭的亡人吃。之后，一家人及亲朋好友围坐吃饭。

清明节献饭的祭祖活动在八里坪村人中代代相传。

关于清明献饭，人们流传着这样一句俗话："二月清明莫上前，三月清明莫落后"，意即如果清明节在农历二月，不要早早地去上坟，如果清明节在农历三月，不要太迟去上坟。

（三）端午节

农历五月初五日，俗称"端午节"。端是"开端"、"初"的意思，因此，初五又称为端五。农历以地支纪月，正月建寅，二月为卯，顺次至五月为午，故称五月为午月。"五"与"午"同音，"五"又为阳数，故端午又名端五、重五、端阳、中天、重午、午日。

端午节这天，八里坪的群众要挂菖蒲、艾蒿，吃粽子，喝雄黄酒。据说，吃粽子是为了纪念屈原；挂菖蒲、艾蒿和喝雄黄酒，则是为了辟邪。古人认为"重午"是犯禁忌的日子，此时五毒（蝎、蛇、蜈蚣、蜘蛛、蟾蜍）尽出，因此端午风俗多为驱邪避毒，如在门上插或悬挂菖蒲、艾蒿等。菖蒲为水生草本植物，它狭长的叶片含有挥发性芳香油，有提神通窍、健骨消滞、杀虫灭菌的药效。菖蒲叶片呈剑形，象征祛除不祥的宝剑，插在门口可以辟邪。所以方士们称它为"水剑"，后来的风俗则引申为"蒲剑"，可以斩妖邪。艾，又名家艾、艾蒿，它的茎、叶都含有挥发性芳香油。它所产生的奇特芳香，可驱蚊蝇、虫蚁，净化空气。艾为重要的药用植物，中医学上以艾入药，有理气血、暖子宫、祛寒湿的功能。民间以为，艾蒿代表招百福，又是一种可以治病的药草，插在门口，可使身体健康。

端午节的前一天即五月初四，家家户户就忙活了，挂

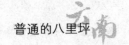

菖蒲、艾蒿，泡糯米，洗粽叶，准备拴粽子用的线或将棕树叶水煮后撕成条备用。粽叶，有的是自种的，有的是从集市上购买的，有的是从山林里采集来的。粽子分大、小两种。小的包成三角形、方盒形，有二三两至5两重；大的用一个竹筒导米，包成柱状形，大约1斤重，称为"马脚杆"。粽子包好后继续泡在水里。吃过晚饭后开始煮粽子，小的煮2个小时左右，大的要煮几个小时。第二天即五月初五一大早，要先将粽子敬献列祖列宗后才能吃。好的粽叶包出来的粽子，有一股粽叶的清香味，特别有味道。

端午节这天，人们吃粽子，吃蚕豆芽，吃桃子、李子。晚饭吃得较丰盛，杀鸡，买新鲜猪肉，做手工鸡蛋面，包饺子、包包子，有的人还到山上去挖草药来与鸡一起炖吃。在当地，端午节又名"撑伤节"。据说，这一天，无论怎么吃都不会被撑着，而且吃什么都是"药"。这一天上山找到的草药最好，治病最有效果。

在计划经济年代，由于经济条件普遍不好，人们平时吃的东西很有限，有什么好吃的都要集中到逢年过节时，因为内容比平时丰富，又是年节，很容易多吃，所以会被"撑"着，但端午节这天不会。现在生活好了，"撑伤节"的"意义"也随之淡化了。现如今，吃粽子也不受季节的限制，只要有粽叶，想什么时候包粽子吃都可以，只是会少了一种节日的味道。

在八里坪村，端午节这一天，不做活，更不能拿绿色的植物进家，否则，虫子会多。

（四）七月半

农历七月十四日，俗称"鬼节"，为古老传统的祭祖节日。节日活动从农历七月初一开始，直到七月十四日晚结束。

在八里坪村，农历七月初一清晨，大多数人家开始接祖回家过节。接祖仪式主要是在堂屋的供桌上点一对蜡烛、焚香，在桌上摆放供品，如水果、糖食、罐头、茶水等食品，口念列祖列宗、已故先人回家来过节，并烧纸钱。自此，每天早、中、晚供奉茶、饭，直到七月十四日晚送回为止。每顿献的饭、菜不一定都很丰盛，吃什么献什么，在吃饭之前先敬献祖宗。已接祖回家过节的人家，如果一顿不献饭，就会被认为是对列祖列宗的怠慢和大不敬。也有的人家不接祖，不接祖的人家，就不用天天献饭了，认为省去了很多麻烦，但最后一天（即农历七月十四日）是一定要献饭的。

农历七月十四日这天是送祖日，即是"鬼节"的最后一天。这一天，村里家家户户都要装包烧给祖先，做一顿丰盛的晚餐敬献祖宗。装包时，要在包上写上收者和送者的名字以及相应的称呼、包的数量和地址，再把纸钱、冥币、"金银元宝"、纸质小衣服、小鞋、小帽等装入包内，用糨糊封好口。晚餐，家家户户必杀一只雄壮的大公鸡，用鸡血淋包，意即让鸡变成"马"，为先人驮包驮钱回阴间。献饭时，敬请列祖列宗来吃饭，口念要列祖列宗保佑一家人幸福平安、诸事顺利，尤其是保佑小孩学习进步，小孩对桌叩头。献饭毕，一家人围桌就餐。晚饭后，在房前屋后或路边选择一块平地，先将所有的包堆放在一

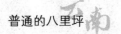
起，烧点散钱将香点燃，再把已燃的香插成一个圆圈，将包围在中间，意即外姓人等不得入内"抢钱抢物"，然后点火烧包。一边烧一边口念已故先人的名字，叫他们来拿自己的"钱"、"物"去用，并警告别的鬼魂不得来抢。烧包毕，泼一碗事先准备好的水饭。"鬼节"至此结束。

村里平时献饭烧的纸钱和装包用的纸钱，传统的做法是买回草纸分刀数裁好，先将一刀纸放在木墩上，用半圆形、铜钱样大小的凿子（农村叫钱铳），左手拿钱铳放在草纸上，右手用木榔头对准钱铳一下一下地敲打，每敲一下，就移动一下钱铳，钱铳在草纸上留下半圆形状，再倒过来敲一次，草纸上即留下铜钱的形状，这就是纸钱。一般认为，用钱铳打出的纸钱更能体现出对先人的真情。因此，村里年长的人或是上了一定年纪的老人，至今仍然是自己敲打纸钱。

近年来，随着经济的发展，人们对七月半的祭祀活动越来越重视，祭祀用品已成了商家赚钱的一大门类。每年的农历七月上、中旬董干镇的街天，专事祭祀用品出售的商店以及街上的地摊上摆满了纸钱、金银"元宝"、各种面值的冥币、各种彩纸以及布做的小衣服和小鞋帽，以满足不同层次的人们的购买需要。特别值得一提的是，阳间为阴间印制的各种冥币，数额巨大，面值从 10 元、50 元、100 元至千元、万元乃至千万元、亿元不等。活着的人们为了让已逝去的先人在阴间有钱花，生活过得丰足些，尽量购买大面值的冥币装包。接近七月十四日的这几天，购买的人们拥挤如潮，商家赚得盆满钵满。七月十四日（或十五日）晚上，全国各地不知要烧掉多少纸钱、冥币和金银

"元宝"。如果阴间真有银行，不知道要怎样存放这些"钱财"？烧掉的这么多"钱"是否真能使离去的亲人在阴间过上富足的日子，在世的人们当然无法得知，俗话说"心诚则灵"，这恐怕只能是人们对逝去的先人的一种心意而已，更是活着的人的一种自我安慰罢了。

诚然，给逝去的亲人烧包烧纸，有些迷信的成分，但祖宗传下来的这一节日，实际上还是蕴涵着丰富的道德和伦理内涵的。这是对已逝去的亲人的一种感激和怀念，是人类亲情的一种延续。亲人活着的时候，我们可能有不孝顺或照顾不周的情况，因此，在给已逝去的亲人献饭、烧纸的时候，口中念叨几句，也许能求得心理上的一种平衡。然而，鬼节这一天，从山野到街道，到处火光闪耀，烟气缭绕，纸灰飞扬，造成环境的污染，有时还会酿成火灾，造成不必要的损失。

（五）中秋节

中秋节是我国的传统佳节和主要节日之一。根据我国的历法，农历八月在秋季中间，为秋季的第二个月，称为"仲秋"，而八月十五又在"仲秋"之中，所以称为"中秋"。因节期在八月十五日，所以又称为"八月十五"、"八月半"；中秋节月亮圆满，象征团圆，因而又叫"团圆节"。

在八里坪村，每逢八月中秋，也有拜月或祭月的风俗，家家户户都要为过节准备月饼、南瓜子、葵花子、核桃、花生、板栗、水果等食物。出门在外且离家又不算太远的人们，只要不被事务缠身，必定会在节日前或节日当天赶回来与家人团聚。"八月十五月儿圆，中秋月饼香又甜。"

月饼被当做吉祥、团圆的象征，是中秋佳节必食之品。在经济困难时期，八里坪村部分人家吃的"月饼"是自己用青糯玉麦磨浆后做成的粑粑，俗话说："八月十五，拿粑粑献月亮。"那时，市面上出售的月饼不多，能买到月饼吃是一种奢侈。改革开放后，生产月饼的商家多了，月饼的种类也多了，吃月饼已不再稀奇。月饼发展到今日，品种更加繁多，风味各异。广为人们所喜食的京式、苏式、广式、潮式及云南生产的火腿月饼等由经销商运到镇上出售，应有尽有。中秋节日夜，一家人在祭月之后，品饼赏月，吃着瓜子、核桃、花生、板栗、水果等食物，谈天说地，尽享天伦之乐。

三 丧葬与禁忌

（一）丧葬

1. 棺木的准备

八里坪村实行棺木土葬，棺木称为"大板"、"棺材"，现在都漆上黑漆，因此又叫"黑漆棺材"。改革开放以前，只有经济条件稍好一点的人家才能给老人漆棺材，经济条件差的葬素板。老人到了一定的年纪，子女就要为老人准备好棺木，因此，有的棺木买回来后往往存放七八年乃至十几年。

2. 落气

老人病危，子女昼夜不离地伺候，亲朋亦相继来探视、守候。家人要为病危老人准备后事，即老人死后入殓时穿的衣、裤、鞋、帽以及垫的棉絮、盖的被子等，一律要新的。老人"落气"，子女"接气"，呼喊死者，痛心大哭。老人落气时要放一挂鞭炮，烧纸钱，然后为其剃头、梳洗、穿戴，在正堂屋搭一简易床，头朝内、脚朝外停放。床下点一盏灯芯香油灯，为死者照明通往阴间的路，称为"照路灯"。守灵者要经常给照路灯添加香油，不能熄灭。子女、儿媳要为死者披麻戴孝，请村里一能干之人为总管，帮助安排料理丧事。同时请"先生"根据死者的生辰属相查看历书，确定入棺、掩盖、起榇、出殡、下葬等时辰，请地理先生看阴地，选择风水好的地方下葬。

3. 赶信

出殡时间确定后，请村里 1~2 人去向至亲报丧，称为"赶信"。如果死者家的至亲较多且东、西、南、北相距较远，"赶信"的人要分成几个小组分别去通知。过去因交通不便，通信不发达，且亲戚一般都居住在农村，所以赶信的人都是步行去的。现在通信发达了，都使用电话通知远方的亲朋。

4. 帮忙

从老人去世到出殡，子女天天轮流在棺木前守孝，丧事由总管安排帮忙的人料理。老人死后，村里的人都来帮忙，并安慰死者家属，来帮忙的人都要送点礼。为了更加有序地帮助死者家属料理善后，八里坪村成立了"红白事理事会"，有会长、副会长各 1 人，骨干成员 12 人，他们负责组织帮忙的人做好各项工作。会长、副会长即是总管、副总管，他们先将死者起榇、出殡的时间张贴出来，再将来帮忙的人进行分工，一般分为家里和野外两个大组，哪个人做什么全部写清楚张贴在死者家的大门口，让来帮忙的人一目了然，久之则基本固定下来，以后家家如

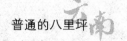

此。家里组主要负责丧事期间的伙食，又分为赶信、登记礼金、采买、拣菜洗菜、厨师、烧火、煮饭、抬菜、摆碗和收、洗碗等小组，各小组指定一名负责人。野外组分为抬棺木、挖墓穴和垒坟小组。在死者的阴地选择好后，垒坟组提前一两天将碑、垒坟所需的石头、沙、石灰或水泥、砖等运至坟地备用。如果通往坟地的道路不好走，他们还要修整一下道路。挖墓穴小组则在出殡前一两个小时到达选择好的坟地挖墓穴。出殡时，抬棺木组将装有死者的棺木抬到安葬处，大家一起将坟垒起来。有组织的分工协作，使各项工作有条不紊地进行，为死者家属减轻了负担和压力。

附：八里坪村红白理事会人员名单

会长：代朝光　　副会长：陈明清

成员：谭志福、冉光华、刘代明、刘昌芳、冯再兰、龙宗梅、柯昌洪、夏宗育、杨代菊、文发强、姚仁斌、张太林

5. 入殓

老人死后，帮忙的人要用炼松香淋棺木内部，以起到密封的作用。人死当天，按"先生"看好的时辰将死者入殓，盖棺停放。若死者生前镶过"金牙齿"，入殓时要将之取出，死者身上不能带有金属的东西入棺。棺木前悬挂一魂幡，安放一张小桌子，上面摆放死者的灵牌、香炉、香、纸钱、供品，点燃一对蜡烛，下放一火盆烧纸钱。前来吊唁的亲友即在魂幡、灵牌前磕头、烧纸钱。

6. 吊纸

吊纸即吊唁。老人死后，亲友特别是同姓亲戚要来给死者烧香烧纸，抚慰死者家属。前来吊唁的亲友拿一把香、

几刀纸、一封鞭炮，先放鞭炮，再给死者上香、烧纸钱、磕头、包孝帕、送礼。孝帕由专人负责发、包。孝子、孝媳要在灵堂棺木两侧跪拜回礼。

7. 上祭

出殡的前一天，后家（媳妇的娘家人）、嫁出去的姐妹、女儿、女婿、侄女、侄女婿等来上祭。上祭时，抬大钱、祭幛的在前开路，距死者家100米左右开始放鞭炮，直至死者家门口。孝子要出门跪迎，孝媳在灵堂内跪拜回礼。上祭送大钱、祭幛、果品、礼金等。上祭者要向死者上香、烧纸钱、磕头、包孝帕。

8. 超度亡魂

出殡的前一天晚上，死者家要请先生念经，为死者超度亡魂，请神开路。孝子、孝女要绕棺虔诚跪拜，反复多次，直至深夜。

9. 出殡

出殡这天早晨，按"先生"看好的时辰将棺木移出家门，停放在室外，称为起榇。孝子守候在旁。棺木上盖一床大红毯子，抬棺的大杠上放一只用酒灌过的大红公鸡，叫占材鸡。棺木上放一小袋粮食，重5~10公斤，包谷、玉米均可。出殡时，一人在前撕、撒买路纸钱开路，抬大钱、祭幛、金童玉女的紧随其后。棺木的前后各有一名男子拉着一根绳子。孝子在棺木前，头戴三灵冠及孝帕，手扶绳子，长子捧灵牌，次子执引魂幡，弓腰送行。孝女在棺木后，手扶绳子，亦弓腰送行。前后各有一人放鞭炮。因对死者的不舍，亲属沿路痛哭不已。

10. 搭桥绕棺下葬

送殡队伍在行进途中要为死者搭桥，即行进到一定的

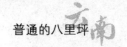
路程或遇桥，送殡男女要一个跟一个地面朝来的方向（即相反的方向），跪、扑在地上，让死者的棺木从上方经过，称为搭桥。一般要搭两三次桥。

绕棺又叫"回灵"。送丧队伍行进到中途一宽阔地点时停下棺木，由先生敲钹引带孝子、孝女绕棺正反各三周，先生边绕边念念有词。绕棺毕，孝子下跪向帮忙的人磕头致谢，即返回家中，到家时要洗手。之后，抬棺木的人抬着棺木到坟地按时辰下葬，垒坟。

当晚，要烧擦汗布。死者落（咽）气时，家人用一块事先准备好的白棉布为其擦汗，到死者下葬的当晚将擦汗的白布烧毁。

11. 送火赴山

火对于人类来说是至关重要的，死人也不例外。安葬好死者后，要连续三天给死者送火。第一天即在垒好坟的当天，主人家在死者的坟前烧一堆火给死者，并告诉死者第二天到半路上来取火。第二天傍晚，死者家属到距坟地半路远的地方烧一堆火，一边念叨死者来取火，一边告诉死者明天来家门口取火。第三天傍晚，死者家属在自家门口附近烧一堆火，一边念叨死者来取火，一边告诉死者火已经送完了。

安葬死者后的第三天早上，死者的家属、至亲要带着香、蜡烛、纸钱、饭菜等到死者的坟前献饭，在新坟上添点土，插一挂坟钱，又叫挂青。如果坟前的月台未做好，可以修补一下月台，在坟前煮一顿中午饭吃，俗称"赴山"。

至此，整个丧葬的过程结束。

（二）守孝

老人死后，家人要为死者守孝三年。三年内，不得起房盖屋，不得栽茄子（意即不得让下一代"缺子"），要在死者的忌日给死者烧纸钱、献饭。正大门的对联，老人辞世时贴白色的，对联的意思要围绕思念亡人的悲痛心情来写，满一年后就可以贴红色的了。

为已故长者守孝，大体经历以下程序。

头七：死者死后满 7 天，家人要给死者烧纸钱，叫烧"头七"。

三七：死者死后满 21 天，家人要给死者烧纸钱，叫烧"三七"。

五七：死者死后满 35 天，家人要给死者烧纸钱，叫烧"五七"。

七七：死者死后满 49 天，家人要给死者烧纸钱，叫烧"七七"。

百天：死者死后满 100 天，死者的至亲要到死者家来，与死者的家属一起到死者的新坟前煮饭吃，给死者烧香、烧纸钱、献饭。

周年：死者死后满一周年，死者的至亲要到死者家来，与死者的家属一起给死者烧香、烧纸钱、献饭。死者家要杀一只羊，做一顿饭菜招待客人，一般有三四桌。

三年：死者死后满三年，死者的至亲要到死者家来，与死者的家属一起给死者烧香、烧纸钱、献饭。死者家要做一顿饭菜招待客人。

至此，为死者守孝三年的程序基本结束。古人说："丧三年，常悲咽；居处变，酒肉绝；丧尽礼，祭尽诚；事死

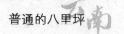

者，如事生。"（《弟子规》）为死者守孝，寄托了活着的人对死者的哀思。

"文革"期间，由于"破四旧"，移风易俗，一切丧事从简，家家户户如此。现在，八里坪村多数人家丧事相对俭朴，不请唢呐、锣鼓、花灯幺妹，更没有大的排场。

近年来，各地农村办丧事有攀比和铺张之风，唢呐、锣鼓队、花灯幺妹等有三四批，最隆重的最后两天二三百桌属正常，表面上很气派、很排场，但结果却加重了死者家属的经济负担。农村有句俗话说："死人不吃饭，家当去一半。"令人深思。

（三）禁忌

忌猫从死者的身上经过。据传说，猫身上带有静电，人死后停在堂屋内，如果猫从死者身上或装有死者的棺木上经过，死者或棺木就会站立起来，十分吓人。因此，守灵者一定要严防猫进入灵堂。

老人辞世，戴孝帕者忌进入他人家内。如戴孝帕者因事一时忘记自己有孝在身而进入他人家内，这被认为会给该户主人家带来不好的运气，误闯者要向该户主人家赔礼道歉，在该户主人家的大门上拴一块红布，放一封鞭炮，叫做"挂红"。

从老人辞世到下葬后的一段时间内，其亲属不得进入他人家，否则会被视为给他人家带来不好的运气，主人家会非常不悦。

四　民间传说

（一）地名传说

1. 董干地名传说之一

壮语"董"指坝子，"干"指黄果树，"董干"意为黄果树坝子。很早以前，董干是一个出产黄果的地方。随着时间的推移，或是气候变化的缘故，或是黄果产量低而不种，而今，黄果已不复见了。

2. 董干地名传说之二

在彝族俫支系的语言中，"董"即是"干"，"干"即是"董"，皆为打架之意。据说，很早以前，董干及其周围居住着彝族的俫支系和汉族，汉族和该民族关系紧张，常常打架，俫人常说，你不要惹我，惹我我就"董你"，意思就是"干你"、"打你"，董干因此而得名。

3. 八里坪地名传说之一

一箭射八里。传说很早以前，有一个很有名的地主叫王正东，经常在今八里坪一带练兵射箭，据说他一箭射了八里，八里坪因此得名。

4. 八里坪地名传说之二

董干一带是石灰岩岩溶地形，山连着山，很难找到一块像样的平地，八里坪一带算是比较平坦、相对宽敞的平地了。传说，有一个久居山区的人从大山里走出来，路经此地，认为此地很平坦，于是脱口而出："太平了！太平了！"因此，当地人原想将此地改名为"太坪"，但因被邻近今铁厂乡的一个小村子先叫"太坪"了，所以未能如愿。后有人估计此地的平地有 8 里左右，于是就将此地改名为

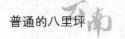

"八里坪"。

(二) 消水洞传说

消水洞即落水洞，据刘万福老人和下村代朝光村长80多岁的岳父冯定理老人讲述：传说，在八里坪西北，距八里坪约2公里处有一个大坪，住有人家，其中有一户白姓人家很富有，养有家兵，被称为白兵馆。在白兵馆的附近有一座山，山下有一个落水洞。白姓人家养有一群鸭子，白天将鸭子赶出去放在落水洞一带，晚上再将鸭子赶回来，久后发现，鸭子屙出来的屎都是金子。也有的说是白姓人家杀鸭子吃时，在鸭胃里发现有碎米粒大小的金子。于是，白姓人家即断定落水洞一带有金矿，当即组织人员到落水洞开采金子。有一天，落水洞内冒出两个铜罐大的眼睛，并且还放光，白姓人家以为此地有"妖怪"，于是请来一个"先生"，并用漆好的棺材板塞进洞里，企图"破邪"。不料，从洞里钻出一条粗大的蟒蛇。蟒蛇出来后，山崖垮下来将洞填了。白姓人家的主人受到惊吓，回来后即死了，白姓人家自此衰败，家兵散了，同寨的人也搬走了，水洞从此消失。据代村长的岳父说，年轻时他们在这一带耕种时还挖到过墙砖。

(三) 俫支系搬家传说

很早以前，在董干、八里坪村一带居住的是俫支系（彝族的一个支系），虽然发展缓慢，但还是很富裕。后来，汉族不断涌入。汉族聪明，发展快，逐渐排挤了俫支系，俫支系在这一带居住不下去，就往山后搬家。董干、八里坪原来都有龙潭出水供给人们用，俫支系搬走时，俫支系中的巫师用锅将龙潭罩住，然后念口功将龙潭封死。俅支系搬走后，龙潭就不再出水了，其目的就是要使汉族在这一带无法立足。据村计生员万洪亮说，在现今镇派出所的背后就有这样一个龙潭，1958 年时还挖过一次，但没有挖到水。

（四）盐巴洞传说

八里坪不产盐。有人前往越南背私盐，回来时被官府缉私队缉拿，无法逃走，于是就将所背之盐扔在一个山洞里。时间长了，盐即融化入地。后来，有人在这一带放羊，羊发现山洞里的土有咸味，就啃食之。放羊人很好奇，用嘴尝土，有咸味，于是以为此地有盐，就到村里叫人来开采，结果无盐，而盐巴洞却因此得名。

第五章 民族与宗教

第一节 民族关系

一 民族及其分布

麻栗坡县是少数民族聚居地区，境内居住着汉、苗、壮、瑶、彝、傣、蒙古、仡佬 8 个主要民族，总人口 273136 人，其中，少数民族人口 109322 人，占总人口的 40%；农业人口 251111 人，占总人口的 92%。少数民族中，壮族 32859 人，占少数民族人口的 30.1%；苗族 45954 人，占少数民族人口的 42%；瑶族 19317 人，占少数民族人口的 17.7%；彝族 5442 人，占少数民族人口的 5%；傣族 2833 人，占少数民族人口的 2.6%；仡佬族 1178 人，占少数民族人口的 1%；蒙古族 1315 人，占少数民族人口的 1.2%；其他民族 424 人，占少数民族人口的 0.4%。除蒙古族外，其余 6 个世居少数民族在越南边境地区均有分布，属跨境而居的同一民族，语言相通，习俗相同。民族民间传统节日多姿多彩，有彝族倮支系的"荞菜节"、瑶族传统的"盘王节"、苗族的"花山节"、壮族的"花街节"等，都各具特色，民族风情浓郁。

　　董干镇居住着汉、壮、苗、彝、仡佬、蒙古、瑶、傣族 8 个民族，其中，汉族 6046 户 23919 人，占总人口的 51.04%，少数民族 22950 人，占总人口的 48.9%。人数较多的民族有壮族 937 户 3971 人、苗族 3644 户 15776 人、彝族 657 户 2703 人。

　　至 2008 年年底，八里坪村共有农户 90 户 353 人，居住着汉、彝、蒙古、苗等民族，其中，汉族占了 99%。八里坪村本无其他少数民族，彝族、蒙古族、苗族均为近几年娶进村来的媳妇，因为少数民族人数极少，她们的着装及其生活习性已全然随了汉族，没有了本民族的特点。

二　各民族和睦相处

　　在麻栗坡县境内，历史上，尽管各民族的语言、风俗习惯不同和心理素质有异，但各民族总以和睦相处、友好往来为主流，共同发展边疆民族经济，加上相互通婚，共同建立了宽容和谐的民族关系。然而，由于历史上治理边疆民族地区的土司实行民族压迫政策，故意挑起民族矛盾，在麻栗坡地区曾发生过民族纷争和民族械斗，造成较深的民族隔阂。

　　中华人民共和国成立以来，国家十分注重协调和处理各民族间的关系，各民族和睦相处。在边疆边境少数民族聚居的麻栗坡县，县委、县政府认真贯彻落实党的民族政策和国家的民族法律法规，始终把民族工作作为事关全局、事关发展、事关稳定的大事来抓，从而促进了全县少数民族和民族地区经济社会的发展。董干地区的各民族和睦相处，共同发展，共同为边疆边境地区社会经济的发展作出了积极的贡献。

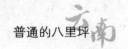

八里坪是个以汉族为主体的村寨，离镇政府所在地很近，公路穿寨而过，其他民族经此过往较为频繁。村寨周围主要居住着苗族等少数民族，由于长期与周边的少数民族相处，他们对少数民族的风俗习惯比较了解，因此，他们尊重少数民族的风俗习惯，与周边村寨的各少数民族相处融洽，从未发生过任何矛盾与纠纷。村里其他民族虽然很少，但并不歧视，一视同仁。村民们与娶少数民族为妻的人家的关系都不错。

三　处理民族关系的基本经验[①]

稳定、和谐、发展是边疆边境地区民族工作的核心。在长期的民族工作实践中，麻栗坡县积累了丰富的处理民族关系的基本经验。

（一）强化责任意识，加强对民族团结稳定工作的领导

麻栗坡县县委、县人民政府十分重视加强对全县民族团结进步工作的领导，始终把民族团结进步工作作为首要任务来抓，坚持建好队伍、完善机制、规范管理，进一步健全了组织管理体系，有效地推进了民族工作的规范化、系统化和法制化。一是加强领导。成立并根据人员变动及时调整充实县民族宗教工作领导小组，将县级26个部门纳入领导小组成员单位，进一步整合了全县民族工作力量，为民族工作的顺利开展提供强大的组织领导基础。建立县

---

① 本节内容参考了麻栗坡县民族宗教局提供的《麻栗坡县民族宗教工作相关情况》（2008年1月21日，第3～9页），有删改。

级领导"五个一"联系制度，即全县副县级以上实职领导干部每人联系一个重点民族村、一名老党员、一名宗教界代表人士、一户贫困户、一家民营企业。坚持每年召开一次民族宗教工作专题会议，定期听取民族工作领导小组的工作情况汇报，认真研究解决民族工作中出现的新问题、新情况。二是健全组织机构。进一步健全完善了县、乡、村三级民族宗教管理体系，乡镇党委、政府成立民族工作领导小组，明确分管领导，配备民族工作兼职人员，确定村委会文书为村级民族工作信息员，构建起横向覆盖县级各有关部门，纵向贯穿县、乡、村三级的民族工作网络，促进党的民族政策在基层更好地得到贯彻落实。县委、县人民政府从县、乡抽调一批懂政策、会做思想政治工作的干部充实到统战、民族工作部门，努力提高职能部门做好新形势下民族宗教工作的本领。三是加强少数民族干部队伍建设。在每次换届和领导班子调整时，注意选拔党性强、政绩突出的少数民族干部进入各级领导班子。同时，对少数民族干部严格要求、严格管理、严格监督、强化培训，使少数民族干部培养选拔工作制度化、规范化。在全县少数民族群众比较集中的乡镇和县直有关部门都安排了一定数量的少数民族干部担任正副职领导。积极推荐少数民族干部和宗教界人士担任各级人大代表和政协委员，充分发挥了少数民族干部在经济社会发展中的参政议政作用。四是积极推行民族团结目标管理责任制。层层签订目标管理责任书，进一步加强民族团结，维护社会稳定，有效地促进了全县民族地区和各少数民族的发展进步。各乡镇、各部门齐抓共管、密切配合、形成合力，共同推进民族团结目标管理责任制在全县范围实施。全县各民族和睦相处，

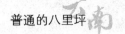

民族地区各类矛盾纠纷明显下降，社会治安逐步好转，各类影响民族团结、社会稳定的矛盾纠纷和群体性事件得到及时调处，改变了过去一些地方在民族团结稳定工作方面平时过问少、研究少，遇到问题时相互推诿、上交矛盾等种种弊端，进一步巩固和发展了麻栗坡各民族平等、团结、互助的社会主义民族关系，为全县营造了民族团结、社会稳定的良好环境，为麻栗坡经济社会发展奠定了良好的基础。

（二）强化宣传教育，增强各民族的法制和团结意识

麻栗坡县地处边疆，多民族杂居，各民族经济发展不平衡，对民族团结和维护边疆社会稳定很不利。多年来，麻栗坡县不断地加强党的民族宗教政策和国家民族宗教法律法规的宣传教育，增强各族群众的民族团结意识和法制观念，采取切实有效措施开展民族团结教育宣传。一是把宣传教育与贯彻执行党的民族宗教政策相结合，将民族、宗教政策和相关法律法规编入《麻栗坡县农民常用法律法规知识读本》，分发到村委会和村民小组，并通过举办民族节日和民间节日活动，如苗族"花山节"、瑶族"盘王节"、彝族"荞菜节"等，由县民族歌舞团组织编排民族、宗教法律法规文艺宣传节目，深入边境地区和民族聚居区进行文艺演出，寓教于乐，收到了显著效果。二是把宣传教育与干部培训相结合，制定了《麻栗坡县干部教育培训计划》，每年在县委党校举办少数民族干部培训班，进一步加大对少数民族干部的培养力度，并组织县级机关副科级以上领导干部集中学习《中华人民共和国民族区域自治法》

及民族宗教政策，邀请专家对立法意义、主要内容等进行专题讲解和辅导。三是把宣传教育与提高少数民族素质相结合，在县五套班子、民族乡、边境村委会中订阅《中国民族》、《中国民族报》、《今日民族》等报刊，极大地丰富了少数民族地区的业余文化生活。四是把宣传教育与为少数民族群众办实事相结合，县委、县人民政府领导经常深入基层走访慰问，及时解决少数民族群众在生产生活中遇到的困难和问题，让他们真切感受到党和政府的关怀和温暖。通过多渠道、多层次、全方位地开展宣传教育活动，进一步提高了全县广大干部群众对党的民族政策和国家民族法律法规的认识，使他们充分认识民族团结、社会稳定的重要意义，不断巩固和发展平等团结互助的社会主义民族关系。

（三）强化纠纷调解，确保各民族和睦相处

麻栗坡县紧紧围绕"团结、稳定、发展"这一主题，不断加强对民族地区"热点"和"难点"问题的调查研究，积极排查影响民族团结稳定的各种隐患，努力化解民族民间矛盾纠纷，坚持把矛盾问题解决在萌芽状态、处理在基层。一是狠抓矛盾隐患调研。县委、县人民政府每年都要组织统战、民族宗教、司法等部门在全县范围内开展影响民族团结稳定的矛盾纠纷和隐患的排查调处专题调研，通过采取走访、座谈等多种形式，较系统地掌握全县影响民族团结的矛盾纠纷和隐患，并进行深入分析，积极研究排查调处的办法和措施。二是加强边境稳定信息收集上报工作。政法、国保、民族宗教等职能部门切实加强沟通联系，适时了解和掌握全县范围内影响民族团结的矛盾纠纷和隐

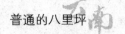

患，做到早发现、早介入、早化解，切实把各种矛盾隐患解决在萌芽状态；认真收集全县范围内影响民族团结矛盾纠纷和隐患信息，为科学决策提供可靠依据。由于矛盾纠纷排查调解工作抓得紧、抓得实，全县近年来没有出现一起因民族宗教问题引起的群体性事件，民族地区各族群众团结和睦，社会和谐稳定，为各民族加快发展营造了良好的社会环境。

（四）强化少数民族干部培养，提高少数民族干部干事创业的积极性

麻栗坡县从改革和发展的实际需要出发，全面加强少数民族干部队伍建设，大胆提拔、重用少数民族干部，为他们在各条战线上发挥作用创造了良好的环境。县委将少数民族干部的培养计划列入全县干部培养发展规划，明确规定了要在60%以上县直各部门领导班子中至少配备1名以上少数民族干部，在乡镇党政领导班子中各配备1名以上少数民族领导干部，在猛硐瑶族乡的领导干部中，少数民族干部的比例达50%以上。这些举措，大大激发了少数民族干部干事创业的积极性，对推动边境地区的和谐稳定起到了积极的作用。

第二节　宗教信仰

一　当地宗教概况

麻栗坡县境内宗教种类主要有佛教和民间原始宗教两大类。佛教信仰并不普遍，有信徒20余人，其活动场所为

县城观音庙，已经向州民宗委申报确定为正式宗教活动场所。民间原始宗教分布于汉、壮、苗、瑶、彝、傣、蒙古、仡佬等民族，主要以灶神、门神、堂神、龙神等形式存在，因信仰不一，种类繁多，其人员没有具体的数字。除佛教和原始宗教外，麻栗坡县还有部分人员信仰道教和基督教，但信教人员从未在宗教管理部门登记，具体人数不详。①

图 5 - 1　村民家中堂屋所供奉神位（2008 年 1 月 19 日，李和摄）

在很多情况下，汉民族的宗教信仰中，如果只注意到制度化的宗教信仰是远远不够的，汉民族民间社会中非制度性宗教信仰（或为民间信仰、原始宗教）是非常突出的现象。八里坪村虽地处边疆少数民族地区，但汉民族的传统文化保留得较为完整，而且很少受其他少数民族的影响。据调查，八里坪村的群众虽不信仰制度化宗教，如基督教、

---

①　参见麻栗坡县民族宗教局《麻栗坡县民族宗教工作相关情况》，2008年 1 月 21 日，第 1 页。

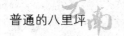

佛教等，但他们崇拜天地，信仰神灵，家家户户的堂屋正中都供奉祖先牌位和灶神，即"天地国亲师位"、"司命灶君神位""某氏宗亲香席"等，神桌下供奉本宅土地神。所供奉的偶像或圣物中，祖先牌位最多，其次是财神、灶王爷，再次是佛像、观音、菩萨。部分村民家中也有供奉毛泽东、周恩来等革命领袖的画像。家里拥有耶稣像或十字架的均未见到。

图 5 - 2　集市上的香火销售商贩（2008 年 1 月 21 日，李和摄）

除上述祖先、神灵、偶像信仰之外，八里坪村村民（主要是中老年人）还相信一些巫师、巫术，且其意识深处还存在着符咒、风水、命相等迷信观念。所以，不少人家的堂屋里或门框上还贴着或挂着消灾去难的"符咒"、"照妖镜"等。据了解，有少数村民当遇有祭祀、生病、赶鬼等，仍然会去请巫师、巫婆。同时，八里坪村村民亦十分注重"风水"。当地村民认为，只要村落、房舍、宅基、墓地风水好，就会人畜平安，子孙发达。故村里大部分人家建房屋、选墓址都必须先请风水先生看地。另外，婚姻、建房、吊唁等活动中，"命相"、"八字"观念亦较深，要相符，不能相克，否则会有灾祸。

二　宗教活动

八里坪村既无教堂庙宇，亦无"神山"、"龙树"。村民的祭拜活动场所仅限于家中，人们崇拜天地，敬畏神灵，追思祖宗。逢年过节，必定在祖先牌位前烧香、烧纸、献茶、献酒、献饭，祈求神灵和祖先保佑。

献饭、进香等一般都是在室内，也有在室外的，但较少。献饭时口念列祖列宗及已故先人的称呼，请他们来吃饭、喝茶，烧些纸钱，点几炷香，三五分钟即可。只有老人生病在送医院途中或是在外过世的人家，在室内献完后还要再到大门外献一次，献完后要泼水饭。

至于对菩萨及其他神灵的祭拜与祈求，与内地无异。

综合调查访谈情况，我们可以看到：

1. 八里坪村的宗教信仰主要是泛化宗教信仰部分，大部分村民都是泛化宗教信仰者，其居民是以多神崇拜为主，家中各位神明偶像较多，这也表明他们是民间信仰的信徒。泛化宗教的影响力超过制度化宗教的影响力。据调查，村民都没有阅读宗教刊物或报纸的习惯，也没有浏览过宗教网站、听法讲经等，其民间信仰主要来自祖辈相传或熟人之间的交流，没有通过媒体传播渠道学习的。

2. 民间信仰是八里坪村村民宗教信仰的主体，民间信仰发达主要表现在崇拜偶像较多，以及对民众生活影响较大等多方面。日常生活中来自媒体方面的宗教信息很少，

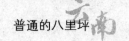

民众对于宗教的社会功能大都持积极的看法。

3. 八里坪村村民相信因果报应与运气，因而多呈从善之态，并有积极进取之心。

4. 对祖宗的追思与祭拜、对神灵的敬畏与乞求，是村民生活中的重要内容，亦是一种习惯的继承。

第六章　文教卫生

第一节　教育事业

一　麻栗坡县教育发展概况

（一）麻栗坡县教育发展历程

麻栗坡县地处祖国西南边陲，4000 多年前就有大王岩崖画和岩腊山崖画，以及新石器时代的小河洞遗址。虽然其文化历史悠久，但由于设治较晚，教育开发滞后，又是一个集"老、少、边、穷、战"为一体的国家级贫困县，尽管生存繁衍在这片热土中的人民渴望着知识、期盼着教育，然而由于受制于诸多因素，全县教育事业总是步履蹒跚、举步维艰，直到党的十一届三中全会之后，教育才得以长足发展。

早在乾隆五十年（1785），麻栗坡县大坪镇白铜厂就创办了县内的第一所私塾，至 1933 年，私塾增到 106 所。1897 年，马波人张藻发动群众捐资助学，兴办马波初等小学堂。民国元年（1912）后，小学堂改为小学校，分初、高级两等。为解决县内师资紧缺问题，1930 年起相继创办

169

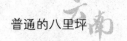

董干等5所简易师范学校。1945年，简师校长唐兴贤呈请云南省教育厅批准，将麻栗坡区立师范学校改为麻栗坡对汛特别区立初级中学。

1950年，县人民政府接管小学105所，有教职工250人，学生9500人；初级中学1所，有教职工19人、学生96人。到1957年，全县有小学143所、学生11681人、教职工371人。随着教育的稳步发展，至1966年，全县小学增至336所，有教职工535人、学生20756人；普通中学2所，有教职工49人、学生542人；农业中学5所，有教职工27人、学生290人。"文革"十年，学校停课闹革命。复课后，盲目提出"读小学不出村，初中不出大队，高中不出公社"的口号，至1976年，全县中学增到57所131班，有学生5095人（其中高中836人）、教职工267人；小学640所，有学生30577人、教职工616人。

在中越边境战争期间，麻栗坡县在忙于参战支前的同时，又想方设法发展教育，绝不让战区的孩子因为战争而耽误接受教育，"帐篷小学"就是最好的见证。自1979年中越边境战争以后，边境一线126所学校不同程度遭受越军炮击，其中有11所中弹，师生伤亡27人，校舍被毁而停课，教学工作受到严重影响。为保卫祖国的尊严和领土完整，全县师生积极投身于拥军支前，为参战部队设立茶水站20个，腾出住房17640平方米，运送木材53000斤，运送弹药266箱，擦炮弹700发，抢运伤员烈士42人，洗血衣12211件，为伤员输血15830毫升，捐款献物价值人民币1.1万余元，写慰问信2340余封，组织师生到战地慰问部队。师生们还参加掩埋烈士遗体，有的教师直接配属部队打穿插。在拥军支前中，涌现出11个先进集体，有17位师生受嘉奖或记功。年仅 7 岁的麻栗坡县杨万乡长田小学学生杨兴州自发参战支前，他的英雄事迹及背炮弹的背箩被陈列在北京的军事博物馆，成为新一代青少年热爱祖国的见证。真可谓"十年战争，十年奉献，十年牺牲"。

1980 年贯彻"调整、改革、整顿、提高"的方针，调整压缩高中，停办小学附设初中班，重新布局一区一校初级中学，充实和加强小学基础教育，普及初等教育，抓好成人教育，使全县教育事业进入一个新的发展时期。1993年起，着力抓普及六年义务教育，使全县教育事业又迈上新台阶。

2002 年以后，根据《国务院关于基础教育改革与发展的决定》、《国务院关于进一步加强农村教育工作的决定》，在抓好巩固和发展"普六"的基础上，举全县之力，攻"普九"之坚。至 2003 年年底，全县有各级各类学校 375所，其中教师进修学校 1 所，职业高级中学 1 所，完全中学 3 所，初级中学 13 所，完小 123 所，初小 31 所，教学点197 个（含一师一校 124 个），幼儿园 6 所（含私立幼儿园1 所）；有教学班 1548 个，在校学生 43885 人，其中普通高中 1728 人、普通初中 13200 人、职业高中 524 人、小学26258 人、在园（班）幼儿 2175 人；小学适龄儿童入学率99.64%，巩固率 99.58%；初中阶段毛入学率 95.77%，巩固率 97.38%。"普九"工作于 2003 年 10 月顺利通过省人民政府检查评估，教育部 2004 年 1 月认定公布麻栗坡县为"普及九年义务教育县"，全县提前一年完成省人民政府的"普九"规划目标。经过 3 年的不懈努力和教育资源的进一步优化，至 2006 年年底，全县有各级各类学校 327 所，其中教师进修学校 1 所，完全中学 3 所，职业高级中学 1 所，

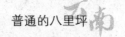

初级中学 13 所，完小 120 所，初小 7 所，教学点 173 个（含一师一校 80 个），幼儿园 9 所（含私立幼儿园 4 所）；共有校舍建筑面积 275709 平方米；有教职工 3291 人，其中专任教师 3106 人，教师学历合格率分别为高中 75.1%、职高 75.38%、初中 87.77%、小学 95.09%、幼儿园 100%；有在校学生 45299 人，其中普通高中 3018 人、职业高中 448 人、普通初中 11086 人、小学 26787 人、在园（班）幼儿 3960 人；小学适龄儿童入学率 99.78%，巩固率 99.44%；初中毛入学率 96.89%，巩固率 98.56%；高中毛入学率 27.27%。全县人均受教育年限为 6.17 年。

"普六"、"普九"之后，县委、县人民政府确立了"教育为本"和"科教兴县"、"人才强县"战略，全县各级各部门和社会各界积极参与，全县教育事业蓬勃发展，硕果累累，为各大中专院校输送了上万名合格新生，为建设边疆培养了大量人才，推动了全县科技进步、经济发展，维护了社会和谐稳定。

（二）麻栗坡县教育改革与发展

1979 年以来，经过 20 多年的改革与发展，麻栗坡县教育事业取得了巨大的历史性成就，为边疆的经济建设培养了大批人才，各级各类学校的办学条件有了不同程度的改善。但是，由于诸多因素的制约，麻栗坡县教育的总体水平仍然落后于全省、全州。

2003 年 8 月，省委、省人民政府把文山州确定为全省教育综合改革的试点地区。乘此东风，麻栗坡县成立了由县委书记任组长，县长任第一副组长，县委、县人民政府分管教育的领导任副组长，相关 16 个单位部门的主要领导为成员的教育综合改革工作领导小组，全面负责协调、组织、领导麻栗坡县的教育改革工作。

改革并不是一帆风顺的。教育综合改革工作领导小组对全县的教育工作进行了广泛深入的调研，认真分析麻栗坡县教育中存在的问题，查找症结。由于全县基础差、底子薄、财力弱，教育发展面临很多困难和问题。到 2003 年年底，全县人均受教育年限仅 5.14 年，比全国低 2.46 年，比全省低 1.16 年；九年义务教育普及率仅为 83.81%，比全国低 11.49 个百分点，比全省高 5.81 个百分点；高中毛入学率只有 16.49%，比全国低 30.41 个百分点，比全省低 11.41 个百分点；教育的落后已经成为制约全县经济发展的最大障碍。针对教育落后的现状，在全县教育系统范围内开展了深入的教育改革大讨论。通过大讨论，大家清醒地认识到：要解决麻栗坡县教育落后的现状，最终的出路在改革，最大的希望也在改革。只有不断推进体制创新，下决心消除阻碍教育发展的体制性障碍，才能激发新的教育发展活力。但是，在麻栗坡县这样一个财贫民困的边境县搞改革，怎么改？来自基层的调研表明，从上至下，都存在着三大思想障碍，即不愿改、不敢改和不会改。"不愿改"，是改革将会使相关职能部门和学校领导失去人事权、财权，校长坐不成"铁交椅"，教职工要丢掉"铁饭碗"，吃不了"大锅饭"；"不敢改"，是改革风险大，难度大，改革一旦失败，弄不好就会丢掉"乌纱帽"；"不会改"是改革既要大刀阔斧，又要遵循教育发展规律，不知从何下手。还有一个担心是"钱"从哪里来。

针对教育落后的现状和来自不同方面的阻力，县委、县人民政府首先从解决各级各部门主要领导的思想认识入

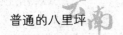

手，及时召开了 16 个单位、部门主要领导参加的会议和全县教育工作会议，认真学习省委、省人民政府和州委、州人民政府关于深化教育改革的重要讲话精神，并在全县教育系统多次开展了教育改革大讨论，引导教职工解放思想，找准教育落后的症结，下大决心进行教育改革，促进教育的大发展。在找准了症结，理清了思路，明确了方向的前提下，县委、县人民政府要求各级各部门、教育系统全体干部职工要始终保持良好的精神状态和昂扬向上的改革锐气，带头弘扬"三敢"精神：一是敢于"试验"。敢于实践，锐意改革，大胆探索，不唯书、不唯上，只唯实，只要是不违反政策法规、不违背教育规律的事，都可以大胆地试验。二是敢于"闯路"。要敢为天下先，不因袭前人，不照搬照抄，亦步亦趋，只要符合"三个有利于"的标准和"三个代表"重要思想的要求，看准了的事，就要敢于去干、去闯，为全县的教育改革闯出一条新路。三是敢于"冒尖"。要当实干家，不当评论家，急流勇进，迎难而上，只要有利于教育事业健康发展，有利于满足人民群众对教育的需求，有利于提高国民综合素质，就要大胆地改革，大胆地实践。绝不能故步自封、不思进取。尤其对基层的探索性实践，要大力支持而不横加指责，对实践中的新举措，要热情鼓励而不评头论足，对探索中出现的某些问题，要热诚帮助而不简单批评，做到先干不争论，先试不评论，实践作结论。由此，全县上下统一了对教育综合改革工作的认识，树立了改革信心，形成了教改大气候。于是，县委、县政府趁热打铁，及时部署。根据《国务院关于进一步加强农村教育工作的决定》、《云南省人民政府贯彻落实〈国务院关于基础教育改革与发展的决定〉的意见》、《中共文山州委、文山州人民政府关于印发〈文山州深化教育综合改革试点工作实施方案〉的通知》精神及要求，从 2004 年开始，在全县掀起了教育改革与发展的热潮。

按照《麻栗坡县深化教育综合改革工作实施方案》，结合县情，对公开竞聘校（园）长采取先城区后乡镇，分"两步走"的工作思路具体开展工作。2004 年，全县公开竞聘产生了县一小、县二小校长，对报名人数未达规定要求的县一中、县民中、县职中、董干中学、县幼儿园校（园）长由组织重新考查聘用。2005 年，全县撤销乡镇中心校，成立乡镇中心学校，对辖区内中小学、幼儿园、成技校实行统一管理；通过公开竞聘产生了 11 位乡镇中心学校校长，对报名人数未达要求的马街乡中心学校校长由组织进行考查聘用；同时针对县一中、县职业高级中学校长岗位空缺的实际，面向全县公开竞聘产生了县一中、县职中校长；在公开竞聘产生校长的前提下，全县教职工全员参与聘用（竞聘）上岗，进一步搞活用人机制，完善了管理体制。

2004 年，在已创办的民办"小精灵幼儿园"的基础上，积极营造宽松环境，制定优惠政策，吸纳和引进社会资金开办了"麻栗坡中英越文幼儿园"，投资者投资近 400 万元，建成了规模较大、设施齐全、有档次的民办公助幼儿园。此举得到社会的广泛赞誉，开创了全县民办教育工作的新局面。

为保证麻栗坡县教育改革工作的顺利进行，巩固已经取得的成果，县委、县人民政府专题召开扩大会议，及时传达 2005 年 4 月云南省教育综合改革试点工作文山现场会会议精神，认真组织学习了省委书记白恩培同志、原省委副书记丹增同志、省人民政府吴晓青副省长在文山教育综

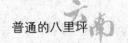

合改革试点工作现场会上的重要讲话精神。县教育局及时召开了局机关全体干部职工和县直学校、乡镇中心学校校长、主任会议，传达文山现场会议精神，明确全县教育综合改革工作的目标任务、要求，并组织相关人员实地考察、学习试点县砚山、文山两县的改革经验。

2005 年 8 月，县委、县人民政府一次性辞退全县所有代课教师，并根据有关规定一次性计发被辞退代课教师生活补助费。2005 年，根据全县各级各类学校教师缺编情况，结合县情，制定优惠政策，面向全国公开招聘大学本科毕业生充实高中教师队伍；同时，制定了公开招聘初中、小学缺编教师方案，报名参加全县公开招考小学、初中教师岗位的中师、大专生共 1631 人，共招考聘用 357 位大中专毕业生充实教师队伍。2006 年 8 月，通过公开招考"特岗"教师 80 名，引进大学本科毕业生 70 名和公开招考师范类中专毕业生 30 名充实到教师队伍。自 2004 年以来，全县共吸纳了 190 位大学本科毕业生充实到教师队伍，公开招考聘用 677 位大中专毕业生到教育系统工作，切实加强了教师队伍建设。

"十五"期间，全县共争取到各级各类教育专项资金 2416.3 万元，重点实施"二期贫义工程"、"危改工程"、边境口岸学校项目、"希望工程"、外交部挂钩扶贫、上海市闸北区对口帮扶、国际国内友人捐资建校等项目，改扩建学校 34 所，建筑面积 48326 平方米；共争取到"希望工程"及贫困学生专项救助资金 179.37 万元，累计救助贫困学生 8776 人次。同时，按照"以提高办学效益为目标，集中办学为方向，需增则增、宜并则并"的原则，全县共收缩校点 81 个，进一步优化教育资源配置，为全面提高教育教学质量提供更为可靠的硬件设施保障。通过制定优惠政策，吸引社会资金建成了占地面积5290平方米、建筑面积3860平方米、活动场地1608平方米、绿化面积1260平方米、总投资370.65万元、设施较为完备的民办公助"麻栗坡县中英越文幼儿园"，有力促进了麻栗坡县幼儿教育事业的发展。

教育综合改革进一步激活了学校的管理体制，如县一中、县民中、县一小、县二小、董干中学等校进一步规范了学校内部分配机制，提高了教职工工作的积极性，办学效益日趋显现。全县在继中考连续11年获全州八县第一的前提下，"十五"期间，在抓好实施"普九"工作的同时，狠抓教育教学质量的提高，特别是高中教育有较大发展，教育教学质量稳步提高。2002年高考，县一中理科考生杨芝强以666分的优异成绩获全州第一、全省第四名，被清华大学录取。2004年、2005年、2006年，麻栗坡县一中高考上线率分别为67.3%、70.79%、74.74%，分别荣获全州八县各完中第一名、第二名、第一名。2006年，全县报名参加高考870人，其中普通高考721人，比上年增加247人；职高报考人数149人。普高上线人数454人，比上年增加156人，上线率63.23%（获全州八县第一名），比上年提高0.36个百分点，其中县一中上线219人，上线率74.74%，比上年提高3.95个百分点；全县高考600分以上人数7人，比上年增加5人，县一中考生黄俊以600分高分突破全县高考文科600分大关，在县民族中学2005年高考600分以上考生为零的前提下，2006年有4人突破600分大关；本科上线259人，比2005年增加68人，其中重点本科上线40人，比2005年增加15人；艺术类考生上线41人，比2005年增加11人。高考成绩有较大突破。与此同时，全县中考成绩也有了大幅度提升，2006年中考成绩获全州5

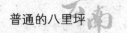

个非课改县第二名。

麻栗坡县的教育改革是成功的，它革除了教育发展中的弊端，不断地朝着健康向上的方向发展。历时 3 年的教育综合改革实践也证明了：只有改革才能焕发出教育新的活力，只有改革教育工作才能得到创新，只有改革教育才能得到长足的发展，改革是教育发展的不竭动力。①

二 董干镇教育的基本情况

2007 年，董干镇有各级各类学校 61 所，其中完全中学 1 所，在校学生 1832 人；初级中学 1 所，在校生 500 人；幼儿园 1 所，在园幼儿 93 人；有小学 58 所，在校生 4691 人，其中完小 17 所、在校生 3032 人，初小及教学点 41 个、在校生 1659 人。全镇已建成现代远程教育站点 14 个。

董干镇的"普九"工作于 2003 年 10 月通过了各级人民政府的检查评估验收，2003 年 11 月后，全镇的"普九"工作步入了巩固提高阶段。在学生入学率和巩固率的提高问题上，镇中心校校长黄太文同志作出了极大的努力，为全镇"普九"工作的巩固提高作出了积极的贡献。2006 ~ 2007 年，全镇小学的入学率达 99%，初中的入学率达 95% 以上，小学的辍学率控制在 1% 以内，初中的辍学率控制在 3% 以内，顺利通过了各级人民政府的复查年审。

三 中小学教育

（一）董干小学

八里坪村无学校，村里的适龄儿童都到距八里坪 3 公里

---

① 根据麻栗坡县教育局提供的资料整理。

的董干小学就读。村里 50 岁上下年纪的人大多都在董干小学读过书。2008 年，八里坪上、下村有 24 个孩子在董干小学读书。

董干小学位于董干镇上，始建于光绪五年（1879），至今已有 100 多年的历史。在这 100 多年中，历经沧桑，几经变革，从一所私塾学校发展成为一所完全小学。学校占地 4333 平方米，平均每个学生占地 11 平方米，校舍面积 2578 平方米，生均 6.6 平方米以上。全校共有 12 个教学班，有学生 393 人；有教师 24 人，其中男 14 人、女 10 人，中级职称 15 人、初级职称 9 人。

董干小学十分重视抓教学质量，注重学生素质能力的培养，学校秉承"让家长放心，让社会满意，让学生成才，以学生全面发展为基础，为学生终身发展打基础"的办学宗旨，育人成效显著。1987～1991 年小学升初中考试连续 4 年获取全县乡镇中心校第一名。1992 年至今，教学成绩居全县乡镇中心校前列。仅 1995 年至今，获上级表彰的教师达 108 人次；师生有 192 人次获上级各种表彰和奖励，其中国家级 10 人次、省级 21 人次、州级 38 人次、县级 82 人次。学校先后被评为县"先进党支部"、"教育先进单位"、"县教育教学先进学校"、"云南省红旗大队"、"雏鹰大队"、"云南省文明小学"。2002 年 4 月正式被认定为云南省一级三等示范小学。2000～2006 年连续 7 年被评为董干镇全面质量管理先进单位。

董干小学在其发展史上写下了光辉的一页，得到了各级领导和社会的认可。

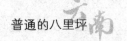

（二）董干中学

董干中学在董干镇上，又名麻栗坡县第二中学，是全镇唯一的一所完全中学。

董干中学始建于1950年春，是办学历史较久的县直属中学，前身为麻栗坡县初级中学董干分校，1958年6月，经县人民政府批准，正式命名为"麻栗坡县第二中学"。学校于1971年开始招收高中生，成为完全中学。1996年经省、州评估，认定为"云南省二级完全中学"。校园环境幽雅，丹桂飘香，绿草如茵，是一个读书育人的好地方。校内教学区、生活区、活动区布局合理，校园文化氛围浓郁，具备良好的学习、工作和生活环境。在各级党委、政府和教育主管部门的关心支持下，学校经过近几年的大规模改扩建，至2008年，学校占地面积已达50余亩，建筑面积近19000平方米。

图6-1　董干中学（2008年1月17日，李和摄）

截至 2008 年，学校有教职工 136 人，其中专任教师 134 人，有高级教师 7 人，一级教师 20 人。教师绝大部分来源于师范类学校，素质较好。学校机构健全，人员配备到位，领导班子团结，保证了学校各项工作的正常运转。同时，学校进一步规范了内部分配机制，提高了教职工工作的积极性，办学效益日趋显现。

2008 年，全校共有 34 个教学班，其中高中 13 个班、初中 21 个班；在校生 1878 人，其中高中学生 472 人，女生 195 人、少数民族生 128 人；初中学生 1406 人，女生 638 人、少数民族生 628 人。

董干中学重视改善办学条件。在办学经费十分紧张的情况下，仍然想方设法添置教学设备。至 2008 年，学校拥有多媒体教室 3 个、多功能报告厅 1 个、170 台高配置微机的计算机网络教室 4 个，按省二类标准建成的理、化、生实验室 3 个；校图书室藏书 3 万余册，各类报刊上百种；有可供学生进行体育活动的 200 米环形跑道运动场、足球场、篮球场、排球场等场地，有体操房 1 个，美术画室 4 个，钢琴、电子钢琴、电子琴、手风琴等配套齐全的音乐练功房 1 个。

董干中学在多年的办学实践中，结合校情实际，摸索出一条发挥学生特长的人才培养途径。学校坚持以"细心观察、发现特长、提供条件、发展特长、全面发展、展露才华"为育人策略，大力加强对音乐、体育、美术特长生的培养，着力将董干中学打造成特长生实现大学梦想的摇篮。学校把具有音乐、体育、美术特长的高中学生分类集中起来，分别组织相应学科的教师进行对口辅导，积极鼓励特长生报考高校的相应专业。近些年来，从该校走进大

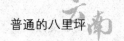
学殿堂的音、体、美特长生共有 100 余人之多。2005 年有 25 人考上大专院校,其中本科有 9 人;2006 年有 27 人考上大专院校,其中本科有 7 人。2007 年有 20 人考上大专院校,其中本科有 11 人。2008 年有 40 人参加考试,共有 37 人专业上线,其中体育专业有 25 人,音乐专业有 5 人,美术专业有 7 人。这一"特色"培养,既提高了该校的高考上线率,又使特长学生学有所用,为社会作出了积极的贡献。

董干中学虽地处边境,但由于师生的勤奋努力,提高了教学质量,增强了对学生的吸引力。据 2005 年《麻栗坡县年鉴》载:"2005 年 4 月 24 日,针对董干中学高考报名人数多、学生家庭困难、交通不便的实际,组织高考体检专业人员到董干为高考学生进行体检,实行'送检到校',为考生及考生家庭减轻经济负担 1.8 万余元。"[1] 该校领导表示,由于该校不具备地理位置优势,只能靠优质管理、靠质量来吸引学生,二中人有信心办好二中。

四 中小学教育中存在的问题及建议

在与董干中、小学教师的座谈中,我们深深地被这些长期坚持在边疆边境地区从事一线教学的教师们的敬业精神所感动,并深切地感受到在边疆边境地区办教育的艰难,有诸多自身无法解决的困难在困扰着他们,制约着地区教育的发展。

董干地区的中小学教育主要存在以下问题。

(1)办学经费紧张。就董干地区来说,学校教育仅靠

---

① 《麻栗坡县年鉴》(2005 年版)县教育局辑录资料,第 7 页。

财政按人均拨款，基本能维持办公经费，但学校基础设施部分的经费投入不足，教学设备老化，无力更新，现代化教学手段跟不上，教改受限制，危房改造难度大。

（2）教师不稳定，上调频繁。以董干中学最为突出。因为学校地处边远，条件差，教师的收入低，除工资外，没有其他来源，福利不好，再加上生源质量难以保证，教师虽然付出了艰辛的劳动，但却很难看到好成绩，因此，教师很不安心，有关系、有能力的都往县城调，平均每年调走五六人。2000年以来，平均每年调走教师10人左右，仅2007年就调走了12人。董干中学已成为县城一中、民族中学的教师培训基地，成熟一个走一个。教师频繁调走，对教学质量的影响很大，给学校的管理带来很多不便。

（3）高中生源萎缩，生源质量得不到保障。以前初中升入高中属于选拔入学，有分数线控制，即初中毕业生参加全省统一的高中升学考试，达到规定的录取分数控制线才能升入高中就读，部分学生因成绩太差上不了录取线而不能升入高中。近几年来，董干中学的初中生升入本校高中，虽有升学考试，但因生源较少，升学率几乎是100%，已经没有了升学"门槛"。然而即便如此，高中的生源还是太少，因为很多初中生毕业后都不愿再读高中，老师甚至要到初中毕业生家里去动员他们来上高中。即使在读的初、高中学生仍有流失，如入学时有200人，至毕业时要流失40~50人。高中的流失情况是，高一流失10%~20%，高二5%，高三1%~2%。学生流失后的主要去向是打工。

由于董干中学地处偏远，距离县城又较远，地理区位优势受限，因此，不要说别的学校毕业的成绩好的初中生

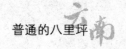
不愿来董干中学就读，就连本校毕业的成绩好的初中毕业生都被县城一中、民族中学千方百计地招走，董干中学在招生优势上明显不如县城一中和民族中学；况且，二中的招生都是在县城一中和民族中学挑选之后录取，因此，到董干二中来读高中的多是成绩平平的初中毕业生。在这样的条件下，二中的生存条件极其艰难，能取得今天的成绩实属不易。

（4）受"读书无用论"的影响。学生及其家长对升学教育认识存在误区。边境贫困地区的农民供一个中学生、大学生是非常不容易的，如果高中毕业不能升入大学，或是大学毕业后找不到工作，他们认为就没有回报，所有的花费就是浪费。与其花钱供孩子读书后找不到工作，还不如早早让其回家劳动或去打工以减轻家庭经济负担。

（5）村民外出务工，对子女教育缺失。董干地区山高坡陡，属典型的山区农业经济，靠种养殖业增加收入十分缓慢和微薄，于是，为增加收入，年轻力壮的青年男女和青年夫妇纷纷外出打工挣钱。仅在八里坪村，打工潮兴起后，每年都有20多人长期在省外打工，有夫妻一同外出打工的，也有举家外出打工的。夫妻外出后，孩子自然交托给年迈的父母照管，其结果，本身都还需要年轻人照管的爷爷、奶奶仅仅管得了孩子的温饱而顾不了督促孩子的学习，导致家庭教育缺失。孩子在接受教育期间，缺少父母的教育和影响，造成了孩子成长过程中无法弥补的遗憾。这是一个在打工经济产生后普遍存在的社会问题。

董干地区教育中存在的问题，应是边疆边境地区教育中存在的共性问题，它关系到边疆边境地区民族文化素质的提高，关系到边疆边境地区政治、经济、文化的发展和巩固。

类似的问题如果长期得不到解决，将会更加拉大边疆边境地区与内地的差距。因此，各级政府在高度重视的同时，采取了有效措施，改善边疆边境地区教育的条件和环境。

一是国家进一步加大对边疆边境地区教育事业经费的投入力度。边疆边境地区财困民穷，地方政府虽然努力，但财力有限，目前主要还是靠国家财政的投入。边疆地方政府亦要借国家西部大开发之机，积极争取教育项目立项，争取教育发展资金，努力改善办学条件，缩小边疆边境地区与内地的教育发展差距，使教育在改变边疆边境地区贫困面貌中发挥应有的作用。

二是改善边疆边境地区教师的福利待遇，使他们能够安心边疆教育。针对董干中学教师频繁调往县城的现实，如何采取措施稳定边境线上的一线教师，使他们能够安心边疆边境地区教育值得思考。在座谈中，大部分教师表示，如果能改善教师的福利待遇，多数教师还是能稳定下来和留下来的。在边境少数民族地区从事教育教学工作是非常辛苦的，要在这里奉献一辈子更不容易。因此，国家应对在沿边境一线乡镇从事教育教学工作的教师，采用增加补贴的形式，提高他们的工资待遇；对长期在边境沿线乡镇从事教育教学的教师，退休时由国家给予一次性相应的奖金，这将能够激励教师们安心于边疆边境教育工作。

三是为保证董干中学高中部的生源及其质量，要加强对初中学生的升学教育，对其家长做耐心细致的说服工作。贫困地区的初中毕业学生不愿读高中，究其原因，多数首先是因为贫困使这些家庭在孩子的教育问题上力不从心，其次是受当前就业压力的影响和受打工潮的影响。孩子能读到初中毕业，多数家庭已是倾其所有，苦苦支撑，再继续升学，家庭经济负担重、压力大。初中生毕业后主要是去打工。打工潮对初中学生的影响最大。相当一部分学生及其家长认为，与其读高中考不上大学或大学毕业找不到工作后再去打工，还不如初中毕业就出去打工，一来可为家里减轻负担省点钱，二来比高中毕业或大学毕业后再去打工要多积累几年的打工经验，多挣几年的钱。但他们却没有认识到，初中、高中、大学毕业打工挣钱的起点、档次和后劲是不同的。前者看似多挣了几年的钱，但毕竟受文化层次的限制，后劲不足，路子不宽；而高中、大学毕业生看似耽误了几年的时间，但就因为多接受了几年的教育，文化层次相对较高，甚至接受过专业和技术培训，思路较活，即使是去打工，适应能力、发展后劲都要比初中生强得多，就业路子更宽，所谓"磨刀不误砍柴工"就是这个道理。因此，学校教育要对学生及其家长多进行这方面的宣传。

在招生方面，学生、学校都应具有同等的选择权利。董干中学的朱国良副校长建议，全县的中学实行划片招生，相对固定生源和质量，这对二中的办学才显公平，二中的教学质量绝对不比别的学校差。这应是一个可行的建议。

四是打工族一定要把子女的教育问题放在首位。贫困固然可怕，但孩子的教育被耽误更可怕。一旦孩子成为文盲，贫困的恶性循环将继续在孩子一代的身上延续。因此，董干村委会王兴权支书在谈到打工对孩子的影响这一问题时语重心长地说："对孩子的照管是一个大问题。打工，虽然经济收入有了一定的增加，生活得到了改善，房屋也修得漂亮了，但要管好孩子，特别是对孩子的教育一定要管好，不要因为打工而耽误了孩子的教育。因为孩子的教育一旦被耽误，或是孩子因此违法犯罪，将会毁了孩子的前程。这是多少钱都弥补不了的。"要知道，父母对孩子的教育和影响，是爷爷、奶奶、老师和社会所不能替代的。

五　关于代课教师的问题

2005 年以前，董干镇的中学和小学都有一定数量的代课教师。在董干镇，代课教师代课时间最长的有 20 多年的工龄，最后被辞退了。董干中学的代课教师最多时 4 人，学历有高中、自费专科。代课教师到转公办或清退时的月工资只有 180~210 元。代课教师长期在边境贫困地区从事一线教育教学工作，在国家师资紧缺的年代，他们付出了自己的青春和热血。他们和公办教师干一样的工作，但工资却不到公办教师的 1/8，他们为边疆边境地区教育事业的发展辛勤耕耘，默默奉献。

2005 年 8 月，在麻栗坡县委、县人民政府的领导下，对全县的代课教师进行了转公办和清退。县委、县人民政府在地方财政非常困难的情况下，一次性辞退全县所有代课教师 304 人，并根据有关规定一次性计发被辞退代课教师生活补助费。因此，麻栗坡县的代课教师作为一个社会问题在 2005 年 8 月终结。对代课教师在地方教育中所起的作用，麻栗坡县委、县人民政府、县教育局都给予了高度评价，认为"代课教师是全县中小学教师队伍的重要组成部分，为推动全县基础教育事业的发展起到了重要作用。广大代课教师忠诚党的教育事业，长期扎根边远农村、山区、少数民族地区教书育人，工作中，恪尽职守，乐于奉献，为全县的农村教育和两个文明建设作出了应有

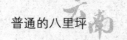

的贡献"①。县委、县人民政府在决定辞退代课教师的同时，制定优惠政策，引进应届大学本科毕业生90人到教育系统任教，公开招考录用354名大中专毕业生到教育系统工作，从而加强了教师队伍的建设，进一步优化了教育资源配置，稳定了学校教育教学工作。

第二节　医疗卫生

2008年，董干镇辖区有2所卫生院，即董干卫生院和新寨卫生院。建有董干、长槽、白沙杠、者挖、普弄、马坤、马林、马崩、麻栗堡、永利、嘎啊、回龙、新寨、马波、董来、马龙16所乡村卫生室，有医生35人、乡村医生32人。卫生院的医、护人员均为专业学校毕业，基本能满足辖区内人民群众的一般就医需求。

八里坪村无医疗点，看病、打针、拿药都到镇卫生院。镇卫生院距离该村仅1.3公里。

新中国成立以来，董干、八里坪一带未曾出现过特殊疑难病种，均为普通常见病。

一　董干镇卫生院

（一）沿革及基本情况

董干镇卫生院始建于1953年，时有职工3名，病床6张。1956年县卫生科拨款3万元，建土木结构房屋392平方米，20世纪70年代又扩建330平方米砖混结构房屋。

---

① 麻栗坡县教育改革与发展资料，文山州麻栗坡县教局提供，2007年2月，第17页。

1962 年更名为麻栗坡县第二人民医院，1965 年改为董干中心卫生院，1987 年再次扩建 1023 平方米砖混结构房屋。

建院初期，年门诊 903 人次，到 1993 年工作人员从建院初期 3 人增至 28 人，门诊量增至年 18500 人次，临床可开展一般下腹部手术及妇产科剖腹产等手术、五官科及眼科检查、治疗。2003 年核定编制 32 人，2007 年有干部职工 19 人，其中主治医师 4 人、医师 2 人、助理医师 3 人、检验医士 1 人、放射医士 1 人、药剂师 1 人、护师 2 人、护士 4 人、后勤 1 人；2008 年有职工 28 人，其中在册职工 24 人、临时执业助理医师 3 人、临时清洁工 1 人。专业技术人员执业登记：主治医师 5 人、医师 4 人、医士 6 人、护师 7 人、护士 2 人。有病床 30 张，承担着 16 个村委会 46555 人和周边 2 万人的卫生、保健、预防等任务，并负责指导 16 个村卫生室的业务工作。执业范围：预防保健、中西医内科、妇产科、妇幼保健、儿童保健、普外科、医学检验、医学影像、计划生育。卫生院还开展全镇公共卫生工作、预防防疫工作、妇幼保健工作。基本医疗服务包括中西医内科、儿科、妇科、产科、外科诊治。普外科开展下腹及各部位中小手术，如肠切除吻合术、阑尾切除术等。卫生院管理较为规范，全院职工的工作积极性较高。

至 2008 年，卫生院占地面积已达 10.2 亩，建筑面积 2536.4 平方米。其中，业务用房 1023.2 平方米，职工住宅 539.84 平方米，食堂用房 155.2 平方米，会议室及仓库用房 338.16 平方米，危房 480 平方米。2007 年 6 月新建成医技综合楼并投入使用，总建筑面积为 2100 平方米，共三层楼：一楼为门诊部；二楼为住院部；三楼左侧为办公区，右侧为医疗区，结构功能齐全，大大改善了医疗办公条件。

全院科室及病房设置有西医诊断室、妇产科诊断室、急诊室、化验室、放射室、B 超室、治疗室、分娩室、办公室、财务室、药房、正副院长办公室、防疫科办公室、保健科办公室、口腔科、医护办公室、内儿科病房、外科病房、妇产科病房、温馨病房等。

大型医用设备有：200 毫安 X 光机 1 台，半自动生化分析仪 1 台，产床 1 张，手术床 1 张，黑白 B 超 1 台，尿十项 1 台，空气麻醉机 1 台，牙科光固机 1 台，显微镜 2 台。

（二）存在问题

（1）卫生院无救护车。遇紧急情况需要及时解救伤、病人员时极为不便，急需配置。

（2）医疗器械不足，不能满足人民群众的更高就医需要。

（3）资金投入不足，基础设施配套不能满足需要。

在访谈中，宗祥进院长诚恳地表示，希望各级政府、社会各界继续关心、支持边境地区董干镇卫生院的发展，并能给予资金和医疗设备扶持，以帮助卫生院解决自身难以解决的困难，董干镇卫生院将一如既往地为边境地区的医疗卫生事业作出贡献。

二 新农合开展情况

董干镇地处山区，地瘠民贫。新农合开展前，由于看病花费较高，一般人家很难负担得起，因此，群众看病就医难度较大，很多人是小病挺、大病拖，能不进医院就不进医院。有人甚至请巫师到家里驱鬼治病，或找江湖郎中看病，其结果，花了钱，病不但未治好，有的反而因耽误治疗时间，病情加重，以致断送了性命。

为解决群众看病难、看病贵、生病害怕进医院的现状，国家对农村医疗进行了改革，实施新型农村合作医疗保障机制（简称新农合）。按新农合规定，农民人均每年交费10元，生病到指定医疗点就医后，无论住院与否，均能按相应比例报销一定的治疗费用。这一举措大大减缓了农村群众患病治疗后的医疗费用负担。

麻栗坡县于2006年11月正式实施新农合制度。该制度实施以来，很大程度上解决了全县农村群众看病难、看病贵的问题，使参加新农合的农民得到了实惠。

2006年，董干镇总人口为10573户45433人，其中外出务工人员为8150人，占总人口的17.9%，有贫困户7719户32277人，占总人口的71%，人均纯收入1330元。自然资源匮乏，山高坡陡、居住环境恶劣，基础设施落后，交通不便、信息闭塞，财困民穷是董干的客观现实。2006年收缴2007年度新型农村合作医疗参合费，通过全镇干部职工及各村委会干部的共同努力，截至2006年12月21日，全镇参与新农合的农民仅有11099人，占总人数的24.4%，远远未能完成县里下达的85%的任务。其中，董干村委会总人口2943人，参合人数为1300人，参合率为44.2%，是全镇参合人数最多的。可以看出，新农合在董干镇的起步是艰难的。造成这一局面的原因，一是在新农合运作初期，存在着人力不足的问题，办理合作医疗证的工作量较大，致使办证工作滞后，使参加新农合的部分农民群众未能及时领到合作医疗证，未能按时按规定报销，使部分群众对新农合持怀疑态度；二是有少数农民对不生病每年也要交10元钱很不理解，甚至采取不配合的态度，这给新农

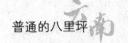

合工作的开展增加了一定的难度；三是贫困面太大，缴纳参合经费贫困户有压力，这也是参合农民少的重要原因。因此，政府尚需充实工作人员，加大对新农合的宣传力度，使这一工作的开展真正能给更多的农民群众带来实惠。

新农合实施以来，麻栗坡县人民政府不断调整报销比例，增强了参加新农合的吸引力。2008年出台的补偿方案规定，补偿分为门诊补偿和住院费用补偿。门诊不设起付线，村级处方值控制在25元（含25元）以内，县、乡两级控制在35元（含35元）以内，每人每年报销封顶线为200元。门诊报销比例，村级为35%，县、乡级为30%。住院起付线，县内乡级定点医疗机构为30元，县级定点医疗机构为100元；县外及县级以上医疗机构为300元；持农村特困户救助证、农村残疾证及享受低保的农民和农村独生子女及其父母四类参合人员，住院不设起付线。住院补偿比例，县内乡镇级别为70%；县级为60%；县外为35%。参合农民每年住院最高补偿（即封顶线）为15000元。持农村特困户救助证、低保户证、农村残疾证的农民和农村独生子女及其父母四类参合人员，每人每年住院最高补偿为18000元。孕产妇住院分娩补偿，乡镇级单胎顺产住院分娩限价为400元，县级单胎顺产住院分娩限价600元。正常单胎住院分娩限价是指产妇住院分娩期间发生的一切直接费用，包括床位费、护理费、检查费、化验费、手术费、药品费、新生儿治疗费等。剖腹产手术及难产按照住院费用补偿报销比例执行。不住院分娩的不予补偿。通过降低住院起付线、提高住院报销比例和封顶线，使参合农民得到了更大的实惠，有效缓解了农村群众看病难、看病贵的实际困难。同时，鼓励孕产妇住院分娩，在保证母婴安全，降低母婴死亡率方面起到了积极作用。

据"麻栗坡县 2008 年上半年新农合运行情况报告"通报，董干镇 46657 人，参加新农合的人数是 36657 人，参合率 78.57%，是全县参合率最低的乡镇，而参合率最高的是猛硐乡，参合人数 13429 人，参合率 95.58%。因为两个乡镇的总人口数相差悬殊，所以按参合率来排序定成绩并不公平，但抛开这一问题来看，董干镇仍有 1 万人未参加新农合，除去部分外出打工人员无法联系外，在家未参加新农合的人数仍然不是一个小数目，这说明董干镇的新农合工作仍需要付出巨大的努力。尽管如此，与 2007 年度相比，已经有了显著的进步。

董干镇卫生院院长宗祥进在谈到新农合时兴奋地说，新农合实施两年多来，效果相当好，老百姓真正享受到了实惠，相信医学的人越来越多，主动到卫生院看病的人也越来越多了，镇卫生院拥有 30 张病床，经常是住得满满的。参加新农合的群众也很踊跃，过去挨家挨户地做工作，催交 10 元合作费用，嘴皮都磨破了，群众还不一定参加，有的工作人员还被群众辱骂。现在，群众通过报销减轻了负担，得到了实惠，愿意参加新农合的群众越来越多，大部分群众自己主动来交钱，效果非常好。

八里坪村的绝大多数群众积极支持新农合工作的开展。到 2008 年年底，上村参加农村合作医疗 129 人，参合率 65.82%；下村参加农村合作医疗 118 人，参合率 75.80%。[①] 自参加新农合以来，参加者大部分都受益了，群众普遍反映较好。2008 年上半年，八里坪村有两户人家

① 麻栗坡县董干镇新农村建设信息网。

在红河州开远市人民医院做手术，一家花了六七万元，一家花了 3 万元，因为参加了新农合，可以报销大部分费用。村支书王兴权很有感慨地说："如果不是参加了新农合，这两家人在经济上必垮无疑！"

表 6 - 1 八里坪村参加新农合部分群众报销情况统计表（2008 年 7 月）

单位：岁，元

姓　　名	性别	年龄	住院时间	住院治疗病症	金额	报销补助
姚泽仙	女	22	3 月 14 ~ 17 日	孕 40 周临产住院分娩	586.12	300
张洪坤	男	52	3 月 4 ~ 7 日	上呼吸道感染	271.81	133.09
李仁翠	女	73	4 月 6 ~ 8 日	上呼吸道感染	196.59	116.61
谭志春	男	46	4 月 1 ~ 9 日	胸椎结核并双下肢截瘫	727.90	488.53
杨万卫	女	28	4 月 19 ~ 20 日	孕妇住院分娩	400	400
丁启仙	女	51	3 月 28 ~ 31 日	上呼吸道感染	218.44	131.90
吴宗秀	女	48	3 月 26 ~ 28 日	泌尿系结石	164.77	94.34
张贵兴	男	76	3 月 4 ~ 10 日	前列腺增生并急性尿潴留	650.49	360.29
夏福成	男		5 月 6 ~ 11 日	上呼吸道感染	260.15	161.10
夏应香	女	67	4 月 27 日 ~ 5 月 2 日	高血压	289.14	181.37

注：此表数据由董干镇卫生院提供。

三　艾滋病的宣传与预防

艾滋病已成为全球严重的公共卫生问题和社会问题之一。我国自 1985 年首次报告艾滋病病例以来，艾滋病在我国的流行呈快速上升趋势。2003 年全国艾滋病流行病学调查结果表明：我国有艾滋病病毒感染者约 84 万人，其中艾滋病病人约 8 万例。

麻栗坡县自 2001 年首次报告艾滋病病例以来，每年均有数例艾滋病感染者报告。为有效地开展预防和控制艾滋病工作，董干镇制定了《董干镇艾滋病预防和控制工作实施方案》，成立了董干镇艾滋病预防控制协调领导小组和业务指导小组，负责领导和组织实施该项工作。

图 6-2　科技活动室外墙的防毒宣传（2010 年 1 月 24 日，李和摄）

在边疆边境地区，艾滋病的防治主要以宣传与预防为主。在镇人民政府的领导下，以镇卫生院牵头，各部门协作配合，做了大量的工作。2006 年艾滋病防治日，共发放宣传单 3000 份、宣传小册子 1000 份。全镇 16 个村委会都刷写了 3 条以上固定标语，大部分自然村在进村寨沿途的路壁上和村寨醒目的位置上，刷写了防治艾滋病宣传标语。发放每个村委会宣传画 20 张以上，防治艾滋病知识小册子发放到户（全镇农户达 70% 以上）。为使防艾禁毒工作在校

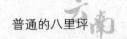

园内更深入地开展，镇防艾办要求辖区内2所中学每月至少安排一节防艾禁毒知识讲座，并利用好"五四"、"六一"等节日大力开展防艾禁毒宣传教育活动，在教师、学生中进行防治艾滋病和无偿献血知识教育，进一步提高青少年防艾拒毒意识，使师生知晓率达90%以上。艾滋病防治的重点对象是外出务工的农民。董干镇每年都要对外出务工的农民工进行艾滋病知识培训，以增强外出务工人员的自我防范意识。镇上大多数旅馆业和娱乐服务场所免费摆放了安全套和艾滋病宣传小册子。防艾宣传渐渐深入人心，增强了人们的防范意识。

图6-3　董干镇政府防艾宣传板报（2008年8月2日，李和摄）

董干镇始终把艾滋病和毒品问题作为影响全镇经济社会发展和稳定的重要问题来认识，专题召开了两次以防艾禁毒为主要内容的党委会议，并与16个村委会签订了

《2007年艾滋病防治工作目标责任书》，一级抓一级，层层抓落实的工作格局逐步形成。同时，为使防艾禁毒工作深入人心，董干镇团委认真协助董干镇防艾办，以国际禁毒日、世界艾滋病日及董干街天等为契机，大力进行防艾禁毒宣传。截至2007年7月，共发放宣传资料1万余份，张贴标语500余条，书写板报17期，出动宣传车6次。

四　计划生育

（一）董干镇计划生育工作概况

董干镇历届党委和政府都十分重视计划生育工作。镇政府内设计划生育办公室，有计生工作人员2人，计生助理员4人，负责全镇的人口与计划生育管理工作；建有镇计划生育服务所1个，人员编制4人，现已配有医务技术人员8人，实现房屋、人员、设备"三配套"，并发挥了"四功能"作用。村级设有计划生育宣传员，每村1人，全镇16人。

自1979年实行计划生育以来，根据国家、省、州计划生育政策及法律法规之规定，董干镇计生办始终围绕"控制人口数量，提高人口素质"，促进人口与经济、社会协调发展这一中心努力开展工作，整个工作经历了行政手段，过渡到"三为主"、"三结合"，现正逐步转向优质服务。通过20多年的不懈努力，到2007年年底，全镇人口过快增长势头得到了相应遏制，人口出生率从1979年的24.89‰下降到了11.1‰，计划外多孩出生率从4.93%下降到了0，人口自然增长率从1979年的12.46‰下降到4.5‰，为全镇经济、社会、资源、环境的协调发展创造了良好的

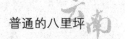

人口环境。

全镇 2007 年全年人口和计划生育任务指标完成情况：全年总出生人口 515 人，出生率 11.1‰，其中，计划内出生 503 人，计划生育率为 97.7%；死亡人口 304 人，死亡率 6.5‰，人口自然增长 211 人，自然增长率为 4.5‰，女性初婚 106 人。历年来采取各种节育措施 7823 例，其中男扎 49 例、女扎 523 例、放环 6880 例、针药 356 人，三术率为 79.6%，综合节育率 83.46%。在"奖优免补"工作方面，到 2007 年 12 月 30 日，全镇共办理农业人口独生子女父母光荣证 737 户，巩固好农业人口独生子女"奖优免补"工作，巩固率达 99%，取得了较好的成绩。

当然，取得这样好的成绩是来之不易的。在国家提倡计划生育的初期，董干镇计划生育工作的开展也和全国的许多农村地区一样，经历了一个比较困难的时期。在农村，最容易导致超生的主要是双女户家庭。由于农村群众"多子多福"、传宗接代的旧观念一时不易清除，因此，对国家提倡计划生育政策的重要意义不理解，超生、躲生、偷生现象屡禁不止。又由于我们的少数计生工作人员和个别分管领导在开展工作时急于求成，于是导致工作中方法简单、粗暴，往往与思想不通的农村群众形成对立。如果群众的超生、躲生、偷生一经查实，就要强制对产妇进行引产、结扎，并对其家庭进行经济处罚。对无力缴纳罚金的困难户，采取强行牵走耕牛、马匹、生猪等值钱牲畜，对超生户还不给予国家贷款、化肥赊销等优惠。这些强制措施虽然在短期内对违反国家计划生育政策的家庭起到了一定的遏制作用，让一些贫困的双女户家庭对超生望而却步，但毕竟造成了干群关系的紧张。在实行计划生育政策初期的一段时间内，计生人员到农村去做工作十分困难，群众不理不睬，甚至群体围攻计生工作人员的事件时有发生。其工作难度可想而知！工作虽难，但董干镇计生办的吴正学（男，苗族）同志一干就是二十来年，且从无怨言，至今仍在勤勤恳恳、兢兢业业地从事着这个事关国家"基本国策"的工作。随着国家改革开放的不断深入，国民经济大幅提升，人民生活水平不断提高，人均受教育的年限也在不断增加，农村群众的文化素质有所提高，群众的"多子多福"、传宗接代观念发生了变化。国家提倡的"少生优育"、"优生优育"的计生政策和一些与计划生育有关的口号，也在潜移默化地引导着农村群众的育儿价值取向，"若要富，少生孩子多种树"、"女儿也是传后人"等口号常见于村寨的墙壁上和公路边的石壁上。多年来，董干镇的计生工作人员走村串寨、挨家挨户做了大量的国家计划生育政策宣传工作，取得了可喜的成绩。20世纪90年代以后，全镇一对夫妇只生两个孩子（含少数民族）基本上得到了巩固，超生、抢生情况得到了有效控制。2000年以来，国家积极引导，提倡农业人口办理独生子女证，镇计生办抓住契机，乘势做了大量的宣传工作，截至2007年12月30日，全镇已办理农业人口独生子女父母光荣证737户，且巩固率达到99%，还有部分夫妇正在考虑办理独生子女证。这反映了边境地区农村群众积极响应国家的计划生育、"优生优育"政策的号召，生育观念发生了历史性的转变。这也是镇党委、镇政府对计生工作常抓不懈、各村民委员会干部的积极配合和广大计生干部共同努力的结果。

对于计划生育工作，镇党委、政府都非常重视，积极部署，抓得牢、抓得实。镇计划生育办公室主要与各村委

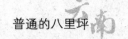

会联系，村委会、村小组做具体工作，层层把关，出了问题就找他们。在农村，计划生育工作的重点是已生了两个女儿的夫妇，即双女户。部分双女户人家都有再生一个男孩的想法。每个村委会都配有一名计划生育工作宣传员，他们平时走村串寨，挨家挨户了解情况，掌握村委会所辖自然村内育龄妇女的生育情况和人口出生情况。对婚后在计划内正常怀孕的妇女，他们要到孕妇家询问孕妇的情况并督促她们到乡（镇）卫生院或村卫生所进行定期保健检查；孩子出生后，还要教给她们一些护理和育儿知识，督促他们定期带孩子去打防疫针和吃药；一定的时间内要督促哺乳期妇女去放环或采取其他避孕措施。对不按规定间隔时间抢生、超怀的妇女，若发现及时，则去做该夫妇的工作，责令终止妊娠，及时上报村委会、镇计生办，以便共同采取补救措施。对不听劝告的抢生、超怀妇女，则传达国家的有关规定并配合上级部门执行相应的处罚措施。村计划生育宣传员是农村中第一线的计生工作责任人，他们虽然工资不高，但却责任重大，乡镇计划生育工作的成败，与他们的工作息息相关。镇政府制定了《计划生育宣传员管理制度》，对村计划生育宣传员提出了工作要求和规定了相应的奖惩办法，如"每月工作出勤率不得少于15～20天"、"每月走村串户一遍"，计生宣传员在一年内圆满完成各项工作任务，所在村民委无超生的，年终获奖1000元；计生宣传员由于工作不力，所在村民委出现超生2例者，扣除所有补助，并予以辞退。这一制度激发了村计生宣传员的工作积极性。

(二) 八里坪村群众生育观的变化

在国家执行计划生育前，八里坪村群众受传统的"多子多福"、传宗接代观念的影响，在儿女生育方面几乎未采取任何节育措施，顺其自然，一旦怀上，就自然生产，一家有五六个、七八个孩子很正常，老大和老七、老八的年龄相差二十来岁不足为怪。儿多母苦。大多数孩子较多的家庭，父母的负担特别重，家庭较贫困，生活质量较低。

自执行计划生育政策以来，由于国家大力宣传晚婚晚育、优生优育政策，提倡一对夫妇只生一个孩子。八里坪村的群众积极响应国家的计划生育政策，逐步转变生育观念，少生优育，一对夫妇只生育两个孩子。按规定，两个孩子之间的间隔年龄差距是4周岁。在村里，重男轻女也仅限于计划生育初期，特别是双女户家庭难免有些想法，现在，生男生女都一样，性别歧视已逐步弱化。30年来，全村仅有2户超生了2个女孩，一个生于1989年，另一个生于2007年，两个家庭都受到了相应的经济处罚，罚金800元（按规定应处罚1700多元，但因边境地区的农户都比较贫穷，故仅处罚一半左右），与内地的计划生育相比，属于非常稳定的村寨。妇女的节育方式一般是生育第一、二个孩子3个月以上采取放环至49岁。近年来，八里坪村群众对计划生育工作的认识已经有了很大的提高，育龄夫妇自觉遵守国家计划生育政策，自觉采取有效避孕措施。为了巩固计划生育成果，2008年，村里成立了"计划生育协会"，制定了《计划生育协会章程》，大力宣传国家的计划生育方针、政策，提高了群众实行计划生育的自觉性。在

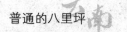

国家提倡农业人口办理独生子女证政策的感召下，截至2008年年底，董干村委会农业人口办理独生子女证的已有44户，其中八里坪村有3户，即柯昌学、夏宗德、姚仁兴三家。这是零的突破，是一个可喜的变化。按国家有关政策规定，办理独生子女证的农户，夫妇年满60岁以后，独子家庭和双女户家庭，国家每年补助600元生活费，独女家庭补助650元，无子无女户补助700元。农户办理独生子女证时孩子不满14岁的，年底一次性奖励1000元，每年享受10元的保健费。这些补助虽然不多，但对鼓励农业人口一对夫妇只生一个孩子还是很有积极意义的。

附：八里坪村计划生育协会人员名单及协会章程

会　　长：夏应香

副会长：姚达丽

成　　员：张国芬　张和柳　龙宗梅　曾成萍

计划生育协会章程

第一章　总　　则

第一条：八里坪村计划生育协会是在镇党委、政府的领导下，进一步动员社会各方面力量开展计划生育工作的群众团体。

第二条：协会承认麻栗坡县计划生育协会章程，在业务上接受县计划生育协会的指导。

第三条：协会坚持党的四项基本原则，贯彻执行党的计划生育方针、政策和任务，开展群众性的计划生育工作。

第二章　任　　务

第四条：团结与组织热心于计划生育工作的各界人士和志愿工作者，开展计划生育的活动，为控制人口数量，提高人口素质，促进社会主义现代化建设作出贡献。

第五条：开展计划生育的宣传、培训、咨询活动，宣传计划生育的方针、政策，普及人口理论、人口科学知识，普及避孕节育、优生、优育、优教知识，为群众服务，提高群众实行计划生育的自觉性。

第六条：提供有利于科技、妇幼保健、社会保障等方面的服务；与有关单位协作编辑出版计划生育方面的书刊和宣传资料。

第七条：与有关单位及计划生育群众团体开展合作交流活动。

第三章　机　　构

第八条：本会最高权力机构是会员代表大会，其职责是：制订、修改协会章程，决定协会方针、任务，选举理事会，审查理事会的计划和工作报告，决定本会其他重要事宜。

第九条：理事会是会员代表大会闭会期间的执行机构，其职责是：贯彻执行会员代表大会的决议；处理本会日常工作，制订协会工作计划，领导本会所属工作机构开展活动；召开会员代表大会、年会。

第十条：理事会由会员代表大会选举若干名理事组成，聘请名誉会长若干人，理事会选举会长一人，副会长若干人；秘书长一人，副秘书长若干人；常务理事会由理事会从理事中推选若干人组成，负责处理理事会闭会期间的重大事宜；秘书长、副秘书长在常务理事会的领导下，负责本会的日常工作。理事会由会长、副会长召集，每年召开一次，必要时可临时召集。理事会每五年改选一次，可连选连任。

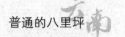

第十一条：本协会会址设在镇计划生育委员会内。

第四章 会 员

第十二条：会员分个人会员和团体会员。

个人会员：凡积极从事计划生育工作的专业人员和热心计划生育工作的各界人士，承认章程，本人申请，由会员一人介绍或单位推荐，经本会常务理事会批准，可成为个人会员。

团体会员：凡从事计划生育活动有关的组织和单位自愿申请，经协会常务理事会批准，可成为团体会员。

第十三条：会员享有本会的选举权和被选举权；优先参加本会举办的各种活动；对本会的工作有建议权和批评权。

第十四条：个人会员和团体会员有遵守本会章程和接受协会委托执行一定任务的义务；有积极学习和向群众宣传计划生育方针、政策和科普知识的义务；有参加协会活动，向本会反映群众意见和要求的义务。会员可以申请退会。

第五章 经 费

第十五条：本协会经费来源：主要来自政府和各级计划生育委员会以及有关部门的补助；个人或社会集体的捐赠；协会开展有偿服务的收入等。

第六章 附 则

第十六条：本章程由协会会员代表大会通过，并报镇政府备案。

第十七条：本章程解释权属镇计划生育协会理事会。

（三）产妇分娩

20 世纪 80 年代以前，八里坪村的绝大部分产妇都是在家里分娩的，一是因为多数人家较穷困，无力承担因住院分娩而产生的费用；二是群众住院分娩的意识不强，祖辈都是在家里分娩延续后代的，对在家分娩可能产生的危险认识不足，除非特殊情况，否则，一般不住医院。在家分娩，多是请本村有接生经验的妇女来接生，卫生条件不能保证，顺产则母子平安，皆大欢喜，如若遇到难产或大出血，则母婴生命难保。20 世纪 80 年代以来，国家加大了宣传力度，提倡、鼓励孕产妇住院分娩，并给予相应的补助。新农合实施以来，八里坪村的孕产妇都是住院分娩的。

表 6－2　八里坪村计划生育手术情况汇总表（每季度一次）
董干八里坪上村

单位：人

时间	总人口	育龄妇女	已婚育龄妇女	出生情况			本期施行计划生育手术情况							期末施行计划生育手术情况						死亡	迁入	迁出
				合计	男	女	合计	男扎	女扎	放环	取环	外用服药	人工流产	合计	男扎	女扎	放环	针药	外用			
2003.4	186	38	36											24			24					
9.28	188	38	36	2		2				1				30			30					
12.26	189	38	32	1		1								30			30					
2005.9	182	40	36	1	1									33			32	1		2		
2005.12	182	40	36	1	1		4				1	1	2	32			32					
2006.6	184	40	36	2		2								32			32					
2006.9	183	40	35	2		2					1			31			31				1	
2006.12	182	40	36	2		2	1			1				32			32				1	
2007.12	186	42	38	3	2	1	4			3			1	33			32	1				

表6-3　八里坪村计划生育手术情况汇总表（每季度一次）
董干八里坪下村

单位：人

时间	总人口	育龄妇女	已婚育龄妇女	出生情况			本期施行计划生育手术情况							期末施行计划生育手术情况						死亡	迁入	迁出
				合计	男	女	合计	男扎	女扎	放环	取环	外用服药	人工流产	合计	男扎	女扎	放环	针药	外用			
2003.4	161	41	32											25		2	23					
9.26	161	41	32				1			1				25		2	23					
12.26	161	41	32	1		1								25		2	23					
2005.12	167	39	35	2	1	1	2			1			1	29		2	27					
2006.12	167	39	35				1			1				27			27			1	1	1
2007.12	167	39	35				3			1	1		1	27			26	1		1		1
2008.6	167	39	35											27			26	1				

资料来源：此表数据由村计生员万洪亮提供。

（四）董干村委会计划生育宣传员万洪亮

就整个董干村委会来说，2003年12月至2008年12月的5年间，人口从2999人增至3030人，净增31人，其中有3户生了双胞胎。几年来的超生几乎为零，这与村委会干部尤其是村计划生育宣传员万洪亮同志的辛勤工作分不开。

董干村委会计生员万洪亮同志，男，汉族，1954年生。他自1984年接手村委会计生工作以来，由于工作出色，曾多次受到国家、省、州、县级的表彰。

1984年9月，正在建筑队从事工作的万洪亮，接到了村办事处的通知，立即赶回村里，接手做村里的计划生育宣传工作，从此成为村委会的计划生育宣传员。万洪亮同志走上计生工作之路后，忠于职守，尽心尽力。上任之初，他不辞辛劳，每天坚持走村串寨，很快就摸清了整个村委

图 6 - 4　董干村委会计划生育宣传员万洪亮
（2009 年 2 月 12 日，李和摄）

会的计生工作情况。同时，他坚持学习国家的计划生育政策文件，掌握了国家计划生育政策的法律法规，为日后做好计划生育宣传工作打下了良好的基础。

　　20 世纪 80 年代初期，正是我国执行计划生育国策之初，群众多子多福生育观念一时难以改变，对国家实行计划生育政策不理解，超生、超怀、抢生、躲生现象屡禁不止，并时常发生群众与计生宣传员敌对、冲突之事，计生宣传员也常被群众嗤之以鼻。这是做计生工作的最艰难时期。万洪亮同志深入到群众中，讲解国家的计生政策，做深入细致的思想工作。发现超怀家庭，他必定亲自登门，与他们拉家常、谈生活，然后再一步一步地讲国策、讲法律，讲超怀家庭一旦超生后将要面对的现实和困难，帮助他们看清自己一家即将要面临的艰难处境：即将缴纳的超生罚款，以后大笔的生活费用、教育费用等等，在贫困的山区农村，多生一个孩子，就要将一家人拉上漫长的贫困之路。思想工作不是一次就能做得通的，1 次、2 次乃至 8

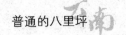

次、10次。有时,超怀家庭的夫妇远远地见到他来,就会
悄悄躲开,"扑空"是常有之事。但老万同志从未放弃过。
凭着对计生工作的责任与执著,经过多次反复登门、攀谈,
最终使超怀家庭放弃了超生念头,自觉到乡卫生院做引产、
节育手术。有一年,村委会所在地董干镇街道上有3个超怀
妇女,与老万是街坊邻居,其男人均外出打工,老万不知
费了多少口舌,3个妇女死活不肯去做引产手术,而且还说
了许多难听的话。但老万并没有知难而退,而是坚持劝说。
功夫不负有心人,她们最终还是做了引产手术,老万分别
到他们家去煮糖鸡蛋伺候她们,并组织人员为她们收割庄
稼。老万的妻子曾开玩笑说:"我坐月子,他都没有这样伺
候过我。"有时碰到辖区村寨家庭较穷困的妇女做人流手
术,老万还自掏腰包买红糖、鸡蛋给他们送去。1986年12
月22日,《云南日报》第一版刊登了彭兴等写的《麻栗坡
县合同制计划生育干部挑起工作大梁》的通讯,文中这样
报道老万的事迹:"董干镇计划生育宣传员万红(洪)亮,
不仅思想工作做到家,而且对到医院做节育手术的妇女关
怀备至。"那些不理解的妇女被劝说后去医院做人流手术,
老万去看她们,她们就用带血的纸团打老万,侮辱他,老
万都忍了。辛勤的汗水,换来了群众的理解。经过长期的
接触,老万豁达开朗的性格、为群众着想的一片真心感染
了群众,熟悉他的人都乐意与他交往。因此,老万的人缘
特别好,村寨的群众特别信任他,领导也信任他。老万也
常常协助镇计生办开展工作。有的村委会碰到钉子户、硬
骨头,汇报到镇计生办,镇计生办即派老万下去协助处理。
有一次,镇政府的某领导到另一个村委会去做一家超怀家
庭的工作,僵持了很长时间,最后,这个超怀家庭的男主

人直接点名要老万来解决。老万出马，问题解决了。老万做工作，敌对情绪再大的人家，他都是单枪匹马地去，从不让领导操心。由于老万的计生工作抓得紧、抓得实，25年来，他的辖区内几乎没有超生的，仅有少数抢生的。老万深有感触地说："我做计划生育工作，从来都是以人为本的，从来都未强制拉过任何人家的大牲畜，任何超怀户家庭也从未与我敌对过，更不用说打过架了。"

谈到做计划生育工作的甘苦，老万很感慨，很质朴。他说："计划生育是我们国家的基本国策，在基层做计划生育工作的确很辛苦，还要遭骂，且待遇又低。二十多年来，走村串寨，不知走了几万里路，磨破了多少双鞋子；工资一开始每月仅有几十元，现在每月也才有220元，不及抽烟人的一条烟钱。但是，我坚信一个道理，不做则已，做就要做到最好。"正是这样的信念，支撑着他走过了二十多年的计生风雨路。为了养家糊口，供一双儿女上学，老万白天赶转转街（指县城、乡镇轮流赶集）做生意，贩过药材，也贩过狗，晚上就有针对性地到村寨中做工作。他诙谐地说："晚上好找人。"个中的酸甜苦辣与艰辛是不难想象的。

接触了老万，我们也很感慨，他豁达开朗，乐观健谈，而且能讲一口流利的苗语。我们的基层工作正需要千千万万个这样的老万，他们是我们基层工作的中坚。

第三节　文化

一　学校教育

八里坪上、下村没有小学和中学。村里的适龄小学生

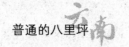

到董干村完小就读，中学生到董干中学就读。上、下村距离小学和中学都是 3 公里。2008 年，八里坪上村有义务教育在校学生 26 人，其中小学生 12 人、中学生 14 人，入学率均为 100%。八里坪下村有义务教育在校学生 22 人，其中小学生 12 人、中学生 10 人，入学率均为 100%。

二　文艺宣传

八里坪村组建有青年农民文艺宣传队。文艺宣传队由部分村民组成，平时利用农闲时间排练节目，逢年过节等参加村镇组织的文艺表演。"文革"期间，八里坪村文艺宣传队曾经到麻栗坡县城参加演出比赛，获得第一名。村民谈到这件事的时候，其骄傲、自豪之情仍不减当年。

八里坪村青年农民文艺宣传队现有队员 29 人，有队长、副队长各 1 人。2008 年，八里坪小康示范村建成后，宣传队有了固定的活动场所——八里坪村科技活动中心。

该村原无科技文化活动室，村内文艺宣传队的排演，往往在村内寻找一宽敞之地进行，极不方便。通过小康示范村建设，八里坪上、下村建了一个科技活动中心，共 3 间房，外加一个厨房和一个厕所，由上、下村共用。活动中心设有 2 个办公室兼会客室，办公桌椅 5 套，文件柜 2 套，分别配有电视机各 1 台，音响设备各 1 套，沙发各 1 组，饮水机各 1 台，分别为上、下村领导成员的办公地点，也是接待上级领导来村检查工作的汇报场所。活动中心的中间是一个能容纳七十来人的教室，配有 36 套桌椅，为村民学习、培训新知识、新技术提供了场所。教室内张贴有八里坪村建设小康示范村的相关指标和要求，让人们一入室便对全村的情况有所了解。八里坪村科技活动中心的建立，有助于村民科技文化活动的开展和素质的提高。

同时，为了加强对文艺宣传队的管理，八里坪村还专门制定了《青年农民文艺队工作职责》，由上、下村村长分别担任队长和副队长。文艺队丰富了群众的文化生活。

青年农民文艺队工作职责

一、负责本村文艺宣传工作，并以文艺演出形式来加强对党的路线、方针、政策的宣传。

二、加大地方特色文化的宣传，经常组织文艺演出。

三、长期保证有 8 个以上节目，每年新推出 2 ~ 3 个具有地方特色的文艺节目。

四、积极主动邀请上级部门专业人员来指导培训，提高节目质量，增强自身素质。

五、积极参与本村的各项工作，服从上级组织安排，遵守各项规章制度。

六、每季度向村党小组和团支部汇报一次工作情况。

农民文艺队成员名单

队 长：代朝光

副队长：陈明清

成 员：

宋玉梅	龙宗梅	韦学粉	陈廷发	姚泽仙
徐莲美	王 丽	张国永	刘自友	曾孝兰
陈明权	杨万香	王文吉	田应兰	陈明洪
段华梅	夏宗兵	韩世会	柯荣萍	刘兴菊
陈 琳	张和柳	骆弟竹	曾孝强	姚泽萍
秦登发	文发祥	杨代菊	姚泽贵	

第七章 新农村建设

党的十六届五中全会提出了建设社会主义新农村的重大任务。这是党中央从全局出发，总结经济社会发展经验，分析农村改革发展形势，按照全面建设小康社会的要求，高瞻远瞩、审时度势地作出的战略决策。新农村建设是一项惠及亿万农民、关系国家长治久安的战略举措，是我们在当前社会主义现代化建设的关键时期必须担负和完成的一项重要使命。

第一节　八里坪新农村建设规划

八里坪村虽地处董干镇至县城、州府的必经之路上，但进村道路凹凸不平，房屋破损严重，基础设施脆弱，脏、乱、差现象突出。为彻底改变这一状况，2008年春节过后，县委派工作组进驻八里坪村，具体组织实施新农村建设的各项工作，拉开了建设八里坪社会主义新农村的序幕。

工作组由州、县有关人员组成，组长由韦祖银担任，组员有季光庆、杨达明、李剑等。工作组立足八里坪村实际，在深入调查了解、充分论证的基础上，紧紧围绕中央提出的"生产发展、生活宽裕、乡风文明、村容整洁、管理民主"建设社会主义新农村二十字方针，结合村情做好项目建设规划。规划的重点一是加强八里坪村建设规划和环境整治，建设新农村；二是发展八里坪村各项社会事业，培育新农民；三是加强八里坪村民主法制建设和精神文明建设，倡导新风尚。其方法步骤是先易后难，逐步推进。

八里坪新农村建设的规划方案：

（1）建一个科技活动中心；

（2）硬化村内主干道；

（3）房屋新建；

（4）房屋改造及亮化；

（5）厩舍改造；

（6）建卫生厕所及洗澡室；

（7）沼气池建设；

（8）安装太阳能等项目。

（注：此方案现张贴于八里坪村科技活动中心内。）

第二节　相关建设工程的实施及效果

自 2008 年 4 月起，在各级党委、政府的正确领导下，驻村工作队多方协调，精心组织，与村民小组干部和全体村民一起，全力投入村建工作。通过干部和全体村民的共同努力，经过 210 天的艰苦奋战，完成了基础设施建设项目、经济发展项目、社会事业项目、生态建设项目等各项规划建设任务。共完成投资 301.95 万元，其中，申请上海援建项目资金 60 万元，群众自筹及以劳折资 241.95 万元，群众投工投劳 8656 个。

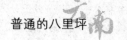
一 完成情况

（一）基础设施建设项目

基础设施建设项目总投资242.6646万元，其中，上海援建资金30.9346万元，群众自筹及以劳折资211.73万元。

图7-1 八里坪村科技活动中心（2010年1月24日，李和摄）

（1）建成总长450米、宽3.5米的混凝土进村主干道1条。

（2）建成宽1.5米的混凝土入户便道2300米。

（3）完成厩舍改造35间。

（4）堂屋亮化37户。

（5）亮化厨房70间。

（6）卫生厕所及洗澡室80间。

（7）新建及改造8立方米沼气池33口，配套灶具33套。

（8）建成 144.4 平方米科技活动中心 1 幢。建 245.2 平方米活动场地 1 个。

（二）经济发展项目

经济发展项目总投资 15.2 万元，其中，上海援建资金 2.7 万元，群众自筹及以劳折资 12.5 万元。

（1）种植核桃 250 亩。

（2）开展科技培训 4 期，有 300 余人参加。

（三）社会事业项目

社会事业建设项目总投资 4.3254 万元，全部由上海援建资金投资。

（1）建设 15 平方米男女各 2 蹲位卫生公厕 1 幢。

（2）购买科技活动中心配套设施桌椅 36 套、电视 2 台、音响设备 2 套、办公桌椅 5 套、文件柜 2 套、饮水机 2 台。

（3）制作标志牌 1 块、宣传展板 5 块、公示栏 2 块、永久性标语 3 条。

（四）生态建设项目

生态建设项目总投资 25.99 万元，其中，上海援建资金投资 10.07 万元，群众自筹及以劳折资 15.92 万元。

（1）完成封山育林 300 亩，植树造林 250 亩。

（2）完成节柴改灶 80 口。

（3）完成村内绿化 420 平方米，花池 11 个。

（4）安装太阳能 86 台。

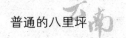

（五）村容村貌整治

村容村貌建设项目投资 13.12 万元，其中申请上海补助资金 5.77 万元，群众自筹及以劳折资 7.35 万元。

（1）房屋亮化 58 户。

（2）庭院亮化 49 户。

（3）垃圾桶 6 个，简易垃圾车 2 辆。

（六）基层组织及精神文明建设

开展创建活动和精神文明建设活动投资 0.1 万元；新建党支部、团支部各 1 个，培养入党积极分子 4 名，发展新党员 5 名，发展团员 12 名。树立"五带头"党员示范户 3 户。举办入党积极分子培训班 2 期 12 人次。组建青年、团员之家 1 个；成立敬老协会 1 个，发展会员 20 人；成立治保小组 1 个；建红白理事会 1 个；组建劳务输出协会 1 个；组建妇女之家 1 个；组建青年突击队 1 支；成立种养殖协会 1 个等。开展"十星级"文明户评选，投资 0.1 万元。以上全部由上海援建资金投资 0.2 万元。

八里坪小康示范村建设，按照项目规划和重点要求，完成了科技活动中心、村内主干道硬化、房屋新建、房屋改造及亮化、厩舍改造、卫生厕所及洗澡室、沼气池建设、堂屋及庭院亮化、太阳能安装等项目建设，大大改善了村民的居住环境，提高了生活质量，达到了预期的目的。

二 基本做法和取得的经验

（一）统一思想认识，明确经济发展思路

驻村工作队进村开展工作后，多次召开群众会，统一

思想，提高认识，帮助群众认识开展示范村建设的意义，不断改善生产生活条件，努力提高生活水平。提出以养殖、种植、劳务输出为主要经济发展方向，其中养殖以养牛、养猪为主，计划到 2009 年户均养牛 2 头以上、养猪 6 头以上，实现户均经济增收 1000 元以上。经济林果以核桃为主，计划于 2009 年户均达 4 亩以上，实现户均经济增收 1500 元以上。劳务输出计划于 2009 年实现对外输出剩余劳力 40 人次，实现户均经济增收 1 万元。

（二）制定规章制度，使驻村工作制度化

工作组从一开始就树立了严格资金管理、"百年大计、质量第一"的思想，工作队员严于律己，努力做到"四不准"，即不准参与任何形式的赌博活动；不准猜拳、酗酒闹事或因饮酒影响工作；不准向群众乱表态；不准在上班时间搞与工作无关的娱乐活动。队员必须做到有事请假、严格作息时间等，以此约束、规范每个队员的驻村行为。与此同时，逐步将各项建设项目任务分解落实到个人。各项建设项目务必做到建设前有计划、有资金概算，建设中严格掌控工程质量和时限，强化安全生产意识。工作队根据实际情况相应成立了资金物资管理组、质量保证组、宣传发动组、办公室、后勤保障组，并安排专人具体负责，形成了组员对组长负责、组长对副队长负责、副队长对队长负责的工作格局，最终确保了各项工作层层有人抓、有人管，并能抓好抓实，保证了项目的顺利实施。

（三）制定《项目规划实施方案》，排出日程表

为了确保八里坪示范村各项建设任务指标的完成，驻

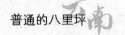

村工作队在村民小组的支持下，认真开展调查研究，摸清村情，找准存在的困难和主要问题，掌握第一手资料，在征求广大群众意见的基础上，以科学发展观为指导，紧紧围绕"基础设施建设项目、社会事业项目、生态建设项目、经济发展项目"4个方面制定了《八里坪示范村项目规划及实施方案》和《八里坪示范村产业发展项目规划及实施方案》，并排出了具体的工作日程和完成时限，这有力地促进了项目工程的整体推进和完成。

（四）广泛宣传、认真动员群众参与示范村建设

搞好示范村建设，人的观念是第一因素，群众积极性的高低是示范村建设成败的关键。为把八里坪示范村建设各项工作变成群众的自觉行为，变"政府要我干"为"我要干"，工作组深入群众，挨家挨户，做了大量的宣传、动员工作。八里坪示范村开始实施以来，为把建设示范村的意义、作用、目标、任务宣传到村、到户，使之家喻户晓，人人皆知，工作组把宣传群众、发动群众、组织群众作为示范村建设的一项重要任务来抓，先后走访群众100余次，召开村干部会议18次，召开村民大会8次。通过大力宣传发动，进一步统一了广大干部群众的思想认识，增强了群众参与示范村建设的积极性和主动性。

（五）认真实施"云岭先锋"工程，加强党的基层组织建设

自建设社会主义示范村工作开展以来，驻村工作队深深感到，要建设好项目容易，但要巩固好、发展好就很难，若没有组织和一定的经济基础作保证是不可能的。因此，

工作队与村党支部共同研究，提出了实施"云岭先锋"工程、加强党的基层组织建设、把八里坪"建设好、巩固好、发展好"的建设发展思想。其中，组织建设是保证，发展示范村经济是目标。

在工作中，为充分发挥党员的先锋模范作用，按照"五好"、"五带头"的要求，确定了2户党员示范户，并有意识地培养了5名发展对象，在工作中对他们严格要求，在生活中认真帮助他们，做好思想工作，号召他们积极参与示范村建设工作，这对于加强党的组织建设，巩固好党在农村的阵地，发挥好党员的先锋模范作用，带动农民发展生产，促进农村经济发展，增加农民收入具有重要的意义。示范村建设的实践证明，在农村第一线，加强党的组织建设，充分发挥党员的先锋模范带头作用，是完成各项工作的重要保证。

（六）抓好示范户，带动中间户，鼓励贫困户

工作队进村后，经过走访调查，发现群众"等、靠、要"思想依然严重，群众在猜想，这次工作队进村，他们是来搞扶贫的，是来建社会主义示范村的，我们到底能得到多少钱的补助？在示范村建设的初期，时间一天天过去，群众仍在等待，工作没有起色。在这种情况下，工作的阻力和压力都相当大。经过多次研究，工作队提出"两个为主、两个为辅"的办法，即公益事业建设以国家投入为主，群众投工投劳为辅；家庭建设以农户建设为主，国家补助为辅。这一提法，得到绝大多数群众的支持和拥护，但有极少数群众还在持观望态度。时间不等人，工作队多次召开村干部会议，研究工作方法，确定工作重点，把示范户

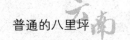
发动起来，先干先补助，不干不补助。通过采取这一措施以后，其他农户也紧随其后，纷纷行动起来，全力以赴地投入到各家各户的房屋建设中。对资金缺乏的农户，工作队一方面积极与信用社联系，请求给予信贷支持，同时给予这部分农户一定的补助倾斜。

通过示范村建设，八里坪村群众的基本生产生活条件得到了十分明显的改善，村民的发展意识得到提高，生态、美化意识进一步增强，公共卫生和农户庭院卫生明显好转，居住环境优美、舒适；村内拥有了宽敞的公共娱乐场所，全村的精神面貌和思想观念都有了明显的转变。

三 存在的问题及思考

八里坪示范村建设之所以能取得今天这样的成果，完全是由于各级各部门领导对八里坪村的关心和支持以及八里坪村群众的共同努力。但是，在走访中我们也了解到，八里坪示范村在建设中仍存在一些困难和问题，由此引发了我们的一些思考。

一是资金投入有限，改造不彻底。在八里坪示范村建设中，公益事业建设以国家投入为主，群众投工投劳为辅；家庭建设以农户建设为主，国家补助为辅。家庭建设项目部分，由于各个家庭经济收入不平衡，投入改造经费有多有少，再加上国家补助经费有限，致使少数贫困家庭未能完全按项目要求改造住房和庭院，未能完全达到预期的改造效果。

二是后续资金不足。示范村建设之初国家拨款和筹集到的资金全部用于示范村的项目建设，已经没有资金对示范村的后续发展进行再投入。因此，要巩固已取得的成果，使之持续稳定发展，任务还很艰巨。

三是示范村建设使大部分农户背上了债务负担。示范村建设，国家按规定投入一部分资金，这对于被选中的村寨来说，是一个极其难得的改善村容村貌和居住环境的机会。但是，由于财力有限，示范村的建设投入采取国家出一点、社会筹集一点、农户出一点的办法筹措建设资金。按照项目改造要求，农户投入的重点部分在新建住房、旧房翻新改造和庭院亮化等方面，其目的是改善农户的居住条件和环境。在八里坪村，大部分农户将多年来的积蓄全部投入，有的还借了五六万元的贷款或外债。因此，示范村建设验收后，多数农户实际上已经背上了不小的债务负担。

四是群众投劳有限。示范村建设施工主要采取群众投工投劳的形式完成。如今打工经济使八里坪村内年富力强的中青年男女基本上都外出务工，家里剩下的大多是年老体弱的老人和妇女儿童，加之示范村建设过程中正处于农忙季节，群众投入劳力有限，这在一定程度上给各项建设带来了难度。

五是缺乏对示范村持续发展的指导。示范村建成验收后，工作队的使命随之结束并撤离八里坪村。工作队驻村建设期间，曾经多次与村党支部、领导班子成员就今后八里坪村的发展思路进行过探讨，并提出一些设想，如因地制宜发展特色产业，确保小康示范村经济稳步发展，按照"打牢基础、产业跟上"的思路，积极引导群众因地制宜进行产业结构调整，发展特色经济，逐步形成村级产业化格局等，部分甚至还付诸实践，如已种植核桃 250 亩。但驻村工作队撤离后，这些设想、思路由谁来牵头，怎样组织实施便成了问题。

新农村建设是党中央提出的解决"三农"问题的战略举措,体现了党和国家对亿万农民的关心。在党中央"三农"政策的指引下,各级政府十分重视新农村建设,各地农村也积极投身到新农村的建设之中,广大农村掀起了建设新农村的热潮。近几年来,一座座新农村展现在我们眼前,给人眼前一亮的感觉。但是,新农村建设是否真正达到了目的?发展后劲如何?不得不令人深思。

新农村建设应是一个体系,而不能简单地理解为盖几间新房子或翻新一下旧房子,修一修进村的道路。通过调查,我们对新农村建设有如下思考:

第一,要实施新农村建设,就要深刻领会党中央关于新农村建设的深刻含义,认真学习党中央关于新农村建设的政策、文件,吃透精神,并用于指导新农村建设的工作实践。要明白新农村建设不是简单的"形象工程",做做样子,而是实实在在的惠农工程,是真正发展农村的新举措,必须抓实抓牢,将党中央的战略意图落到实处。

2005年10月,中国共产党十六届五中全会通过《十一五规划纲要建议》,提出要按照"生产发展、生活富裕、乡风文明、村容整洁、管理民主"的要求,扎实推进社会主义新农村建设。

生产发展,是新农村建设的中心环节,是实现其他目标的物质基础。建设社会主义新农村好比修建一幢大厦,经济就是这幢大厦的基础。如果基础不牢固,大厦就无从建起。如果经济不发展,再美好的蓝图也无法变成现实。

生活宽裕,是新农村建设的目的,也是衡量我们工作的基本尺度。只有农民收入增加了,衣食住行改善了,生活水平提高了，新农村建设才能取得实实在在的成果。

乡风文明，是农民素质的反映，体现农村精神文明建设的要求。只有农民群众的思想、文化、道德水平不断提高，崇尚文明、崇尚科学，形成家庭和睦、民风淳朴、互助合作、稳定和谐的良好社会氛围，教育、文化、卫生、体育事业蓬勃发展，新农村建设才是全面的、完整的。

村容整洁，是展现农村新貌的窗口，是实现人与环境和谐发展的必然要求。社会主义新农村呈现在人们眼前的，应该是脏乱差状况从根本上得到治理、人居环境明显改善、农民安居乐业的景象。这是新农村建设最直观的体现。

管理民主，是新农村建设的政治保证，显示了对农民群众政治权利的尊重和维护。只有进一步扩大农村基层民主，完善村民自治制度，真正让农民群众当家做主，才能调动农民群众的积极性，真正建设好社会主义新农村。

第二，新农村建设不能成为政府的形象工程。新农村建设的重点应是为农民寻找致富的路子，如果只是选村选寨建起来摆样子，就会劳民伤财，得不偿失，失去农民的信任。边疆贫困地区的各级政府在开展新农村建设中一定要结合本地区实际，不盲从、不攀比、不追求数量，建一个、稳定一个、发展一个，将有限的资金发挥更大的效益，真正让新农村建设起到示范作用。我们不应把示范村建设数量的多少作为考核地方政府的"政绩"标准，而应把已经建成的示范村的后续发展作为关注的重点。当然，这很可能会给地方政府在人力、物力、财力等方面带来新的压力，但是只要我们是真正为人民谋福利的，是为人民利益而作为的，只要我们在实际工作中坚持了实事求是的原则，认真把握好质和量的关系，这个问题就不

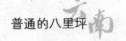

难解决。

第三，新农村建设绝不能成为增加群众负担的工程。新农村建设点多面广，国家资金投入有限，主要靠村寨农民投入改造，一旦建成示范村后，基本上没有后续资金投入了。没有一定经济基础的村寨和村民，是难以承担这笔费用的，一个边远贫困山区的农民家庭可能会因为示范村建设而背负几万元的债务，因此而建起来的示范村也只能成为掩盖贫困的摆设，是喜是忧，不言自明。各级政府在选择和审批示范村建设时要慎重，认真调查，要充分考虑该村寨农民的经济承受能力。因此，选择作为示范村的村寨，必须具备一定的经济发展基础，建成示范村后要有发展后劲，真正起到示范的作用。我们要按照邓小平同志"一部分人生活先好起来，就必然产生极大的示范力量，影响左邻右舍，带动其他地区、其他单位的人们向他们学习。这样，就会使整个国民经济不断地波浪式地向前发展，使全国各族人民都能比较快地富裕起来"①的指导思想建设示范村。目前，我国边疆山区的农村还很贫困，多数山区的农民只是基本上解决了温饱问题，在奔小康的道路上有先有后，因此，搞示范村建设不能一刀切，要遵循逐步推进的原则，不能让小康示范村建起来后即成为贫困村，影响群众的正常生活。

第四，新农村建设要有长远的发展规划。新农村建设是一个体系，绝不能急功近利，不是单纯地盖几间房子做样子，不是表面化的工作或面子工程，而是要真正帮助农村、农民寻找致富的路子，使之具有持久的发展后劲，真

---

① 邓小平：《邓小平文选》第 2 卷，人民出版社，1994，第 152 页。

正对周围的村寨起到示范作用。在边远山区农村，经济发展不上去，一切都是空谈。为此，在考虑新农村建设的时候，必须结合该村的实际情况，围绕农林牧副渔，因地制宜，为该村制定长远的经济发展规划，选准发展方向，发展特色产业，形成产业链向周围辐射。县、乡镇要紧紧围绕党中央提出的新农村建设二十字方针，成立相应的指导、检查、督促、落实机构，重在指导示范村的长远建设和后续发展，让已经建成示范村的农村、农民真正得到实惠。未建成新农村的村寨，政府要积极引导他们通过自身的努力发展村寨经济，打牢发展基础，而不是"等、靠、要"国家的投入，一旦通过自身的努力有所发展，再由国家助推一把，就能持续发展。

第五，示范村的建设，重在巩固和发展，要充分发挥村寨党支部的组织领导作用，村寨党支部要切实挑起领导村民致富的重担。村寨党支部是党在农村的基层组织和农村各项工作的领导核心，是当前带领群众致富的最直接的组织者，承担着组织和带领农民群众建设社会主义新农村的重要任务。群众看支部，看党员，看干部。村寨党支部有没有活力，是村寨能不能致富的关键因素。因此，必须加强农村党员领导干部队伍建设，积极培养在群众中有威望、有公心的党员和先进分子充实基层党组织领导班子，加强教育和培养，使他们能够按照"生产发展、生活宽裕、乡风文明、村容整洁、管理民主"的目标要求，积极组织发展乡村经济，千方百计增加农民收入，使新农村建设沿着健康的方向发展。

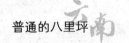
第三节　社会治安与社会稳定

社会治安、社会稳定关系民众安居乐业和经济发展。董干镇地处边境，历届政府都十分重视社会治安的综合治理，理清工作思路，明确工作职责，抓好工作落实。近几年来，董干地区的社会治安综合治理较好，基本上没有大的刑事案件发生，牛马丢失的现象也很少。前些年，在边境苗族居住地区有"门徒会"，经过近几年的打击，基本上没有了。"法轮功"流行的时候，镇上有部分"法轮功"练习者，多数是老年人参加，且参加者多数都不知道他们练的是"法轮功"，经教育后现在不再练功了。为加强对邪教的治理，镇党委专门发了《中共董干镇委员会文件董发〔2008〕42号关于印发〈董干镇开展无邪教乡镇创建活动实施方案〉的通知》，成立董干镇创建无邪教乡镇工作领导小组，由镇党委主要领导担任组长，以加强对边境地区邪教活动的惩治和防范。

八里坪既没有"门徒会"，也没有"法轮功"练习者。由于国家对邪教危害的宣传力度大，村、镇干部经常深入群众中走访、宣传，增强了八里坪村群众自觉抵制邪教的意识，使邪教在八里坪村没有生存的温床。

为进一步维护全村的社会稳定，防止各种违法犯罪事件的发生，八里坪村成立了刘万福为组长、陈明清和代朝光为组员的综合维稳领导小组，负责全村的安全、稳定工作；成立了调解小组，以调解邻里纠纷；成立了治安联防队，负责对全村的夜间巡逻，保护全村的人、畜和财产安全；制定了《村规民约》、《平安公约》，提高村民的法治意识；制定了《社会治安综合治理小组工作制度》、《治安管理领导小组工作职责》、《治安联防队员工作职责》，以保障社会治安综合治理工作的正常开展。

村规民约

为切实保障村民的合法权益，维护农村社会稳定，创造和谐有序的生产、生活环境，促进物质文明、政治文明、精神文明协调发展，按照自我管理、自我教育、自我服务、自我约束的原则，经本村村民会议讨论通过，特作如下约定：

一、社会治安

第一条　每个村民都要学法、知法、守法，自觉维护法律的权威和尊严，同一切违法犯罪行为作斗争。

第二条　村民之间应团结友爱，和睦相处，不打架斗殴，不酗酒滋事，严禁侮辱、诽谤他人，严禁造谣惑众，拨弄是非。

第三条　自觉维护社会秩序和公共安全，不干扰国家机关正常办公秩序，不阻碍公务人员执行公务。

第四条　严禁偷盗、敲诈，哄抢国家、集体、个人财物，严禁赌博，严禁替犯罪嫌疑人藏匿赃物。

第五条　严禁非法生产、运输、仿造和买卖爆炸物品；生产、销售烟花、爆竹，须经公安机关批准；捡拾枪支弹药、爆炸危险物品后，要及时上缴公安机关或村治保会。

第六条　爱护公共财产，不得损坏水利、交通供电、生产工具等公共设施，不得在村民居住区安装噪声大的机器设备。

第七条　不得在公路上打场晒粮、挖沟开渠、堆积粪土、摆摊设点，不得以任何理由妨碍交通秩序，不得违反规定搭乘货车。

第八条 不制作、出售、传播淫秽物品，不调戏妇女，自觉遵守社会公德。

第九条 严禁非法限制他人人身自由，非法入侵他人住宅，不准隐匿、毁弃、私拆他人邮件。

第十条 严禁私自砍伐国家、集体或他人的林木，不准在村附近或田边路旁乱挖、乱倒，严禁损害庄稼、瓜果及其他农作物，严禁牲畜吃庄稼。

第十一条 严格用水用电管理，未经批准，不准私自安装用电设施，要切实爱护水电设施，节约用水用电，严禁偷水偷电。

第十二条 认真遵守户口管理规定，出生、死亡要及时申报或注销；外来人员需要在本村短期居住的，应向村治保委员会汇报办理暂住手续。

二、村风民俗

第十三条 提倡社会主义精神文明，移风易俗，反对封建迷信及其他不文明行为，树立良好的社会风尚。

第十四条 喜事新办，不铺张浪费；丧失从俭，不搞陈规旧俗。

第十五条 不听、不看、不传播淫秽和反动书刊、音像制品。

第十六条 建立正常的人际关系，不搞宗派和宗族活动。

第十七条 搞好公共卫生，保持村容整洁，不随地倒垃圾、秽物；修房盖屋余下的垃圾碎片要及时清理，柴草、粪土按指定地点堆放。

第十八条　服从村镇建房规划，不扩占，不超高，搬迁拆迁不提过分要求；拆旧翻新，按国家现行有关法律法规及政策办理。

三、相邻关系

· 第十九条　村民之间要相互尊重，相互理解，相互帮助，建立良好的相邻关系。

第二十条　在生产生活、经营劳作、借款贷款、社会交往过程中，应遵循平等、自愿、互利的原则，自觉服从村委会安排不争水、争电、争农具，不随意更换、移动地界标志，发扬风格，小事不斤斤计较。

第二十一条　依法使用宅基地，老宅基地要严格尊重历史状况，新宅基地要按村、乡规划执行，不得损害整体规划和四邻利益。

第二十二条　村民饲养的动物、家畜造成他人损害的，动物饲养人或管理人员经济赔偿责任（由于受害人过错或第三人过错导致的除外）；无民事行为能力或限制民事行为能力的人给他人造成损害的，由监护人按有关监护制度规定承担经济赔偿责任。

四、婚姻家庭

第二十三条　全体村民要遵循婚姻自由、男女平等、一夫一妻、尊老爱幼的原则，遵循家庭美德，建立团结和睦的婚姻家庭关系。

第二十四条　婚姻自由，婚姻大事由本人做主，反对他人包办干涉，不借婚姻索取财物。结婚必须依法登记，严禁非法涉外婚姻和边民非法通婚。

第二十五条　自觉做到计划生育，提倡晚婚晚育，鼓励和提倡一对夫妇只生一个孩子。

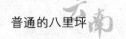

第二十六条　夫妻在家庭中地位平等，反对男尊女卑，反对家庭暴力，不准打骂配偶，夫妻双方和睦相处，共同承担生产、家务劳动，共同管理家庭财产。

第二十七条　不准遗弃、虐待老人。对单独居住丧失劳动能力无固定收入的老人，其子女必须共同尽赡养义务和给予精神抚慰，保证老人的吃、穿、住、医等基本生活保障。

第二十八条　父母（含继父母、养父母，下同）承担未成年或无生活能力子女抚养教育。不准遗弃、虐待病残儿、继子女和收养的子女。

第二十九条　对合法的遗产，子女有平等的继承权。

五、文化教育

第三十条　村民应当按时参加村小组、村委会组织的各种科技文化知识学习及会议，村民小组应当做好考勤记录；无故不参加的，除提出批评教育以外，缺一次出义务工2个（主要用于维修公共设施）；如果三次无故不参加的，村调解小组按违约处理。

第三十一条　每个家庭有义务保证其子女完成九年义务教育，凡十六岁以下少年儿童未完成九年义务教育，辍学务农或经商的，村委会及村民小组有权主动配合学校对家长进行批评教育，督促家长保障其完成学业。

第三十二条　鼓励村民为国家、社会培养有用人才。凡本村村民考取大专及其以上院校的，本组村民本着互帮互助的原则，自愿捐资助学，帮助其入学；村民小组有集体基金的，可用集体基金给予适当奖励。

六、土地山林

第三十三条　土地属国家、集体所有。村民所承包的责任田地，未经有关部门批准，不得作为非农生产及建房使用，违者责令其复耕。如不执行者，申请土地管理部门处理。由此造成的一切责任由当事人承担。

第三十四条　村民建房须本人提出申请经村民小组同意，交村委会上报镇国土资源管理所审批后方可按规划建盖。严禁少批多建或不批就建，如有违反，责令其自行拆除并恢复土地原状。

第三十五条　村民因发展种植、养殖业而需要租用集体土地的。须经村民小组同意，交村委会及土地管理部门审批按合同规定的地点和用途使用，不准将合同用地进行非法出租和转手倒卖，违者村小组有权报请村委会终止合同，收回土地使用权，不作任何补偿。

第三十六条　农户未经村民小组及村委会批准同意，不得私自乱开垦集体土地。私自开荒、开发使用集体土地内的果树、作物，国家征用时其补偿者归集体，村内公益事业使用时不作任何补偿。已经开发开荒的，应无偿退还给村民小组。

第三十七条　树立护林防火人人有责观念。村民在家及野外用火，引发火灾损失由当事人负责赔偿，情节严重者交司法机关处理，其他按《森林法》有关规定处理。

七、执行规定

第三十八条　本《村规民约》由村民委员会组织实施，并由村民会议授权村调解小组负责调处因违反《村规民约》而发生的纠纷。

第三十九条　村民调解小组调解因违反《村规民约》出现的纠纷，应按照平等自愿、依法调解和尊重当事人诉讼权利的原则进行。

第四十条　村民对调解小组主持下达成的调解协议应当自觉履行。

第四十一条　违反本《村规民约》的，给予过错人批评教育，并视情节轻重，收取过错方50元至200元的违约金；造成损失的由有过错的一方按照市场价或者重置价赔偿损失。村民因违反《村规民约》而交纳的违约金，村调解小组调解的由调解小组收取，全部用于公益事业。

第四十二条　本《村规民约》经过村民会议讨论通过于2008年10月30日开始实施执行，涉及的条款由村委会负责解释。未尽事宜由村民会议另行讨论决定。

平安公约

为切实加强邻里之间治安防范工作，保障邻里之间人生财产不受非法侵害，为农村创造一个和谐稳定的生产生活环境，促进物质文明、精神文明、政治文明的协调发展，经村民会议讨论通过，特制定本措施。

一、联防范围：邻里之间

二、职责、任务

1. 每个村民都要自觉学法、知法、用法、守法，自觉维护法律的权威和尊严，自觉同一切违法犯罪行为作斗争。

2. 村民邻里之间应团结友爱，和睦相处，相互帮助，建立良好的邻里关系，自觉维护社会秩序和公共安全。

3. 邻里之间经常开展治安巡逻检查，发现情况应及时互通信息，及时向有关部门报告。

4. 邻里之间经常开展安全防范检查，相互之间发现隐患及时指出整改。

5. 积极协调邻里相互之间发生的矛盾纠纷。

6. 相互之间发现人身财产权益受到不法侵害时，要及时报警，并积极配合围堵违法犯罪分子。

7. 本公约自全村群众讨论通过之日起执行。

社会治安综合治理小组工作制度

一、认真贯彻执行社会治安综合治理的方针、政策和上级有关文件精神。

二、部署、组织、指挥、协调村小组社会治安综合治理各项工作。

三、认真落实社会治安综合治理目标管理的各项措施。

四、全面了解掌握和综合汇集村小组巡防队治安联防活动开展情况。

五、认真检查督促各轮勤小组巡防队治安联防活动开展情况。

六、认真组织排查、调处村小组的各项矛盾纠纷，严防因纠纷调处不及时引发民转刑、群体事件及上访现象发生。

七、积极完成上级交办的其他事项。

治安联防队员工作职责

一、发现现行刑事犯罪嫌疑人和被通缉的犯罪嫌疑人以及有赃物依据的可疑人员，必须报告或依法扭送公安机关。

二、揭发、检举刑事犯罪嫌疑人。检举、揭发、报告犯罪嫌疑人的犯罪事实，并协助公安机关进行调查。

三、保护现场和协助破案。对已经发生的刑事案件，切实履行保护发案现场，维护现场秩序，提供破案线索的

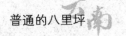

职责。

四、制止各种违法行为。对正在实施违法犯罪行为的人员，联防队应及时劝阻、制止和进行批评教育，使其立即停止。

五、在公安机关统一组织安排和指导下，进行夜间巡逻，做好安全防范检查，发现情况及时报告。

六、依法对可疑人员进行询问、盘查。

七、完成公安机关规定的其他日常工作。

治安管理领导小组工作职责

一、治安管理领导小组在镇党委、政府的统一领导和公安派出所及村民治保会的具体指导下，认真履行工作职责。

二、督促检查防盗、防火、防破坏、防治安事故"四防"安全措施和各项规章制度的落实，指导联防队员搞好本村的治安联防工作。

三、协助公安、司法机关开展法制宣传教育，对本村外出人员和外来人员造册登记，做到底子清、情况明，掌握其活动情况。

四、做好劳改释放人员和违法青年的帮教工作，预防和减少违法犯罪活动。积极调处各种矛盾纠纷，加强社会主义精神文明建设，协助执法部门依法查处邪教组织和非法宗教活动。

五、与本村各户签订《村规民约》治安责任书，检查落实治安管理工作责任制，营造良好的治安环境。

《村规民约》、《平安公约》用通俗易懂的文字对有关法律知识进行了诠释，使村民易于接受和遵守，有时比法律更有效，它使村民知道了在现实生活中哪些能做、哪些不能做，这对村民的日常行为起到了积极的规范、约束作用，有利于村民知法、懂法，大大降低了村民违法犯罪行为的发生，同时还有利于邻里和睦相处，有利于良好乡风、民风的形成。

在访谈中，代朝光同志告诉我们，近年来，村民争地界的情况少了。村里规定，界埂上的草不准铲，只能用刀割，如有违反，铲1米罚款10元；如出现争执，先是村小组、村委会逐级进行调解，一般都能调解，大家都不愿去找法律机构。因为一旦找到法律机构，一是耗时；二是花钱；三是真正到了法庭上，当事人双方红了脸，以后很难相处，实在调解不了的才去找法律机构解决，这种情况一般都没有。这也体现了一种和谐。

从20世纪50年代初期起，八里坪村旁建有部队营房，长期驻扎边防部队。部队与八里坪村村民交往频繁，几十年来从未发生过任何纠纷。军民鱼水情，军民共建八里坪。部队的驻扎在八里坪村的社会治安中也起到了积极的保护作用，是八里坪村治安稳定、刑事犯罪和牛马丢失极少的重要原因之一。

总之，在各级政府的正确领导和大力支持以及八里坪村全体群众的共同努力下，今天的八里坪，村社安定，人们的精力主要都放在如何发家致富、把日子过好上。

附录：麻栗坡调查日记节录

调查前的会议（2008 年 1 月 15 日）

学校昨天下午放假，今早 9 点在我的办公室开会，为到麻栗坡调查作准备。参加人员有：杨永福、王明富、娄自昌、何廷明、浦加旗、李和、田景春、李锦发和我，共 9 人。

会议内容：

一、2008 年 1 月 11 日在云南师范大学学报编辑部召开的大组负责人会议情况通报

二、进一步明确本次调查的具体任务

三、课题组成员分工

会上，永福就大组会议上对临沧、红河、文山的基本做法、进展情况、相关经验及存在问题作了通报。

临沧组：4 个村寨的问卷调查已完成，初步形成 2 个村寨的调查报告；对宗教传播、社会治安、农村义务教育 3 个问题作了比较集中的调查。经验是得到临沧师专的大力支持，调查吸收了当地人员的参与。问题为问卷材料需要进一步补充；调查因农忙和学校放假而找不到相关人员。

红河组：重点抓越南难民、当地经济文化发展两个问题的调研。难民调查报告初成，同时还完成一些其他的基

础材料。经验是得到当地政府、红河学院及河口县团委的大力支持。问题为调查时间与农忙冲突，有些人没找到。计划春节前后再做调研。

文山组：已在文山师专、麻栗坡县和董干镇召开了有关部门人员参加的座谈会（我参加了在文山师专党委会议室召开的情况分析和调研部署会议，但因事未能与方铁老师一行下到县上和点上展开调查。为憾！）；收集了不少资料；完成了两份调研咨询报告，一份是加快沿边地区发展的建议报告，另一份是关于越南难民问题的报告；拍了一些照片；在董干完成了 50 份问卷的调查。经验是得到文山师专和麻栗坡县、董干镇政府领导的大力支持和帮助，安排有关人员陪同到村子里调查。存在的问题是：需要加快进度，对收集材料的整理、分析不够深入；调查时间与农忙冲突，找相关人员有困难；4 本书的资料收集、整理和写作人员尚未明确。

随后，大家结合永福所通报的情况，就这次下去的具体任务、应注意的问题及工作路径、方法等进行讨论和分析。最后，明确了本次调查的具体任务：

1. 补完董干镇八里坪、马崩的问卷，完成猛硐乡丫口、坝子每村 50 份问卷。

2. 村民访谈要做实，访谈要注意提取真实信息；今天下午和晚上大家抓紧时间熟悉村民访谈提纲。

3. 根据已确定的请县、乡（镇）、村民委所提供的材料清单尽可能收集所需材料。

4. 处理好国情调查与民族调查的关系，以国情调查为主；在揭示现状的同时，注意反映变化轨迹。

5. 拍照。

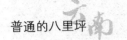

6. 做好调查笔记。

具体分工如下：

杨　磊：宏观把握，重点在县、乡（镇）政府的联系沟通及对所采集数据的分析上，这次的调查点在董干镇八里坪。

何廷明、李　和：董干八里坪。

杨永福、田景春：董干马崩。

王明富、李锦发：猛硐丫口。

娄自昌、浦加旗：猛硐坝子。

会后大家分头准备，明早 8 点准时出发。

这次调查，时间紧，任务重，有些调查内容时间跨度较大，数据提取和情况掌握不容易；而且，部分课题组成员没有类似调查的经历，完成起来有难度。因此，在既讲程序又讲方法的同时，我们要有严谨的态度，要有吃苦的精神，客观面对，迎难而上，在团结协作中相互帮助。我知道，这是一种态度，是一份良心，更是一份责任！

县政府给我们的感动（2008 年 1 月 16 日）

早上 7 点 50 分，我到办公室将下乡调查用的相关材料和物品装袋后到校门口等车，四哥（肖荣，驾驶员）的全顺车已经到了，王老师、自昌、李和、锦发、浦加旗、小田都在，少了永福、廷明两位，说是去复印几份材料。这时小田对我说："不好意思，东西昨天就已收好，但昨晚王可（其女儿）吐个不停，怕是吃了什么不干净的东西。这次不能和你们一起去了。"她觉得歉意，说话时眼里含着泪。我了解小田，她是个心地善良、责任心强的同事，参加这次活动是为了多一种感受和体验。不能同行，真是一种遗憾。说话间永福、廷明到了。就这样，我们带着小田的泪，驱车赶往麻栗坡。

在麻栗坡吃过午饭后，我们回到所住的共赢宾馆401室，进一步核实、确认请麻栗坡县政府办公室帮助协调提供的材料清单。15点10分，永福、廷明和我一起到政府办汇报此次来调查的人员、行程、内容及所请帮助协调的事项（在到麻栗坡调查之前已向彭辉县长作了汇报）。政府办伙国富副主任热情接待我们，听完汇报后，就打电话给董干镇和猛硐乡，说明情况，并请乡镇落实专人配合此次调查。伙副主任是真诚而务实的，总认为这样的调查对麻栗坡县来说是件好事，他信任我们，没有丝毫应付了事之感。这样的信任、支持和帮助将为我们做好此项调查工作奠定坚实基础，同时也给了我们一份坚实的感动。

下到点上（2008年1月17日）

1月17日上午，两个调查组分别抵达调查点。自昌这一组由县政协盘文玉副主席安排一辆车送达猛硐乡；我们这一组由教育局马正良局长安排车子送达董干。下午，两个组都按程序向乡、镇政府汇报，并得到积极而无私的支持。乡镇是国家最基层的政权组织形式，亦是一个相对独立的经济发展区域和人文社区。乡镇的机构设置和人员虽然不多，但工作上所对应的和所涉及的部门却不少，因而有"上面千条线，下面一根针"的说法。正因如此，乡镇任务繁重，很是辛苦，特别是接近年关，人手更紧。但两个乡镇都各安排了一位领导陪同我们调查，感激之情不言而喻。调查工作就在这种支持帮助下展开。

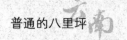

天是冷的，心是暖的（2008 年 1 月 18 日）

早上 9 点，在沈文富副镇长和王兴权支书的陪同下到八里坪下村代村长（村民小组长）家；11 点左右到上村陈村长家。两位村长都特别高兴，又是烤茶（当地习俗）又是倒酒又是递烟。感觉得出来，他们希望有人来串门、有人来听他们说话或是反映情况。到陈村长家时正碰上吃杀猪饭，很是热闹。席间，问起村民杀年猪的情况，村长高兴地说："现在一般每家都杀两头。""国家政策好，给农民带来了实惠，我们老百姓的日子比以前好过多啦。"听着他的话，看着他的笑脸，看着两桌人吃得那么带劲，再看看空地上那两大簸箕所盛满的剔下来的肉（足有三四百斤），我心里有一种说不出来的高兴。这里的天气这段时间很冷，但心却是暖的！

下午到王支书家。他 50 多岁，是个责任心很强的村民委负责人，受到大家的尊重。有一个儿子和一个女儿，儿子刚大学毕业，在找工作，女儿正在读大学。现在读书费用高，所以家里并不宽裕，工作之外靠做些农资（农机等）生意补贴，媳妇（妻子）用一台缝纫机帮衬着他。在烤茶时我注意到火盆里用的是蜂窝煤，一般情况下火盆里用的是炭，我问及此，他说："现在封山育林，炭少，又贵，每斤 1.20 元，还不好买，蜂窝煤比不得炭，但也可以用，已用两三年了。"我们在聊农村变化的话题，他媳妇时不时搭一两句腔，话语里既有子女能上大学的欢欣，又有对子女就业的忧虑。4 点 30 分左右，屋外汽车喇叭直响，王支书说："走，我带你们到小卡（离八里坪有两三公里的一个村寨）去吃杀猪饭，车我事先都喊好了。"这样的饭我们是要吃的，我想看看这里的村民现在的饭桌上有几只碗几个盘子，碗、盘里都装着些什么。我问像这样到村民家里吃饭该买些什么带去好。"不用不用，不用那么多礼性，现在都不差（缺）。"他不断重复着。其实，刚才在谈到现在的变化时我就注意到：这两年，除到偏远闭塞的村寨做客还是提壶白酒或是送些糖果饼干外，整件的啤酒、饮料、水果等进入路较方便或离集市稍近的农户家里已较为普遍，而且也常送这些，我请廷明他们就带这些。

到了小卡，主人很热情，招呼坐下喝茶，并说："（饭菜）很快就得。"李和他们在忙着照相，我坐在火塘边，喝着烤茶，和他们聊天，目光不时顺着柴烟上升——火塘上边的横梁上挂满了猪脚和猪肉！一个50多岁的主人家的亲戚又主动跟我搭腔："现在国家政策好了，我们农民的日子也好过多了。我们知道，国家都是为我们好，没有想害我们的，只要我们自己肯做，做得吃做不得吃还是要靠自己。中央七台播得好，我们经常看。""现在给我们免税，养老母猪还给补助。""想出轲（方言，出去）打工出得轲（去），以前想出轲（去）没有政策。"……听得出来，这些话是发自内心的，他高兴而且很踏实，心里充满了对国家政策的感激。现在的农村是变了，他们已喜欢上中央七套电视节目，而且眼界也不一样了。我们正聊得高兴，主人家来请上桌。过来一看，满满的一大桌，共十二碗，两大碗白肉（吃杀猪饭必须要有的，肥膘很厚的三线肉煮熟后切成大片，蘸着水吃）、一碗糖肉（传统菜，糖炝猪头肉）、两碗蒜叶炒瘦肉、两碗杀猪菜（传统菜，猪肝、猪腰子、粉肠、瘦肉等同炒）、一碗炒猪肝（原来不单独炒的）、一碗酸菜煮豌豆米加肉沫、一碗萝卜煮猪心肺、一碗豌豆苗煮猪血、一碗素青菜。在相互敬酒的同时我想：什么是政治？中国现阶段，在贫困地区，最大的政治就是老百姓饭桌上的"内容"！饭桌上有多少碗荤菜，就有多少分政治（目前，在贫困地区，讲营养搭配还很不现实，还只能以荤菜及其数量的多少来衡量。有很多老百姓很艰苦，一年难见几次荤腥，吃肉就像过年），若有十碗，就有十分，若有八碗，就有八分，若只素不荤，就没有政治。

看着桌上这十二碗菜，听着主人家高兴而热情的劝喝声，天即便是再冷，这心也总是暖的。

那天晚上，因为高兴，我喝醉了！

一天的活动（2008 年 1 月 19 日）

早上，到董干村民委会议室开座谈会，同时对照社会经济发展指标提取相关数据，了解发展变化轨迹。王支书他们还没到，我们就在附近转转，正好看到董干镇农技站农业技术咨询服务部的消息栏上有一则消息，看后大家都禁不住笑，现原文抄录如下：

好消息

现在两杂种已到，品种名称及价格如下：

1. 石糯 1 号：20/斤
2. 宜香 2292：15 元/斤
3. 冈优 22：8.5 元/斤
4. 冈优 881：8.5 元/斤
5. 冈优 151：8.5 元/斤
6. 金优桂 99 号：8.5 元/斤
7. 川香优 2 号：13 元/斤
8. 宜香 1979：15 元/斤
9. 中优 838：13 元/斤
10. 兴黄单 892：8.5 元/斤

11. 文单 1 号：8 元/斤　　13. 安单 3 号：9 元/斤

12. 屏单 3 号：8 元/斤　　14. 云优 21 号：9 元/斤

王支书他们到后，我们便开始工作。交流的过程始终给我一种固执的印象，即发展变化是巨大的。如缺水、缺电、公路不通的状况已大有改观；茅草房改造、小水窖、沼气池三项工程做得扎实，新农村建设全面推进，特别是大家都很愿意谈起这些变化，而且显得轻松，脸上挂着笑。这很不容易。我们可从以下几个具体的视角来看看：

衣：保暖问题已有实质性突破，集市上的货源充足，穿衣打扮丰富多彩，很多男青年穿上了西装、牛仔裤，有的还染了发；一些女青年肩上挎着漂亮的包（虽然质地很一般），有的穿上了打底裤，还配上色彩鲜艳的丝巾围脖。

食：啤酒、饮料、水果等销售量增加，饭桌上的荤菜增多，原来主食多吃包谷或只能吃包谷饭，现在大多数人家都吃大米，包谷多用来喂猪或酿酒，电饭煲等的使用已较为普遍。

住：茅草屋已经不多，砖瓦房已普遍，有的房屋结构大不相同，内外粉刷一新，高大、宽敞、整洁，有的还用上洗衣机等家用电器（多为外出打工家庭）。

行：到村公所的公路都已基本修通，有摩托车的人家越来越多，人背马驮的情况虽有，但变化确实很大。山地自行车也在农村家里出现（多为外出打工家庭），成为年轻人的喜爱之物。

婚姻：过去多为父母包办，现在多是自由恋爱，不用说媒；对老人再婚，原来儿女多不允许，现在多随老人意愿，老人也听儿女的意见。吃喜酒送礼，原来以物为主，

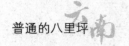

送钱的少，也就是 5 元、10 元；现在一般都是送钱，50 元、100 元不等。

计划生育："现在的工作好做多了"，"超生的不算多，认得儿多母苦"，"在家生娃娃的已经很少了"，"村民已懂得一些利害关系"……

产业结构：原来只是传统的农业生产，现在商品零售、餐饮服务、种养殖业（虽然规模不大）、运输、建筑等都有了，就连歌厅也有（镇上）。

这里的变化是明显的，但也有不少忧虑：水、电、路等基础设施还显薄弱，比如电多为照明，一些小型电机会因电力不足而难以经常使用；沼气池是建了，但一些人家的沼气池却因牲畜不多而闲置；产业结构虽有可喜的变化，"业"的意思是有了，但多为零散的、自发的个体行为，而通过有意识的外力作用所形成的"行"还难成，种植业的主体地位依然难以撼动，半自给自足的状态依然顽强；同时，外出打工的多了，一些地也荒了，守土固边又成了一个大问题（特别是越南《关于山区社会经济大发展的几点政策主张的决议》和《关于边境口岸经济区政策的决定》等的实施，在一定程度上弱化了我方边民的优越感和自豪感，这会为边疆地区的繁荣与稳定留下重大隐患）；边疆地区的农民接受教育的意识不强，只想外出打工挣钱，用他们的话说是："我们这里的娃娃读书能读出个什么名堂来？守这点地又守不出几个钱，不跟人家出去打工咋咯整？"有组织的民间文艺活动也越来越少，富有地方特色的民族民间传统文化逐渐淡化，个性逐渐潜隐或消失……喜忧皆入心，令人难安。

下午到八里坪下村问卷访谈，请村民们分批到村长家来。在过去，村长是村里的权势人物，大家多不敢过于随意。而如今的村长们多靠威望与亲和成事。所以，进到村长家里，大家都很随意，有说有笑，气氛宽松活跃，语言诙谐有趣。我陪村长和几个村民喝酒聊天，不时转过身去和其他人开玩笑、逗乐。一个明显的感觉是：他们觉得现在的日子好多了。

从村子里出来到镇上吃晚饭时，我感到胃很不舒服，晚饭后到上村的问卷和访谈只有辛苦永福、廷明、李和他们三位了。

饭后，永福他们三人去上村，我回住地，董干镇的骆厚文书记正在那里等人。我和书记、住地杨老板等人边喝烤茶边聊。正聊着，接到小田的电话，说她已到董干，问我们在哪里。小田赶队伍来了！小王可的情况不知如何，好了吗？一种担心和一份感动涌上心头。晚上11点多，永福、廷明、李和他们才回到住处。

马崩（2008 年 1 月 20 日）

马崩离董干镇有 30 多公里，沈文富副镇长请他的朋友开车送我们去，正好碰上赶集。这个边境集市虽小而狭长，天气又冷，飘着雾雨，路面湿滑，但仍有三千来人赶集，其中越南人占 1/3 左右。商品也可谓琳琅满目：农机农具、家用电器、布料、服装、粮食、化肥、种子、小猪、鸡鸭、皮张、烟酒、糕点、生活日常用品、玩具等，应有尽有，很是热闹。商品多来自董干镇、麻栗坡县城、文山、通海、昆明，有一部分来自越南；大多数小件商品如锅铲、锄头、塑料桶等没有商标，而有些如布鞋等则印有"苏州×××

厂生产"字样,看起来很不地道。在类似这样的集市上,硬牌商品并不多,相反,这些没有牌子的日常用品的价格,老百姓容易接受,生意好做。让我感到吃惊的是,这里竟然有质地较好的丝巾、绢帕,但不好卖。年轻人的穿着打扮很抢眼:天气虽冷,但有的男青年却穿着一身清瘦的西装,脖子上缠绕着围巾;有的发型理成"飞机头",染成黄绿色;有的青年女子的穿着与城里人没什么两样,烫发、羽绒服、连裤袜、皮鞋,肩上多挎着包;有的上装、裙子也显时髦,但又打着绑腿,很有意思。在他们身边,牛羊汤锅、卷粉米线、油炸土豆等摊点正热气腾腾。在往越南方向走的路上,越南人人背马驮,或骑摩托车,满载而归,有一辆马车上还拉着长虹牌电视机、洗衣机等大件商品……

在集市上转了一个多小时之后,我们到马崩小学,王光荣校长等已在会议室等候。马崩小学于1926年创建,属私立学校,新中国成立后方为公办。现在占地面积1731平方米;建筑面积666平方米;有学生172人,加上两个教学点共有236人(新中国成立前有越南学生就读,新中国成立后无);教师12人(苗族3人、彝族1人、壮族1人,其余为汉族),其中中专学历7人(皆40岁以上),专科5人(皆40岁以下),有2人在读本科;在专业结构中,除有语文、数学等教师外,还有英语教师1名、双语教师2名;教学计划按国家制定的执行,课程开设齐全,课时与县、镇小学一样,都能保证;小学升初中率100%,辍学率为1.8%;国家给的经费都能按时拨到。这种状况对一个离县城有139公里的边境少数民族贫困地区乡村小学来说是很不容易的,这同时也反映出边境少数民族贫困地区基础教育发生了可喜的变化。这种变化真的让人感到由衷的欣慰！但"总的说来还是较为落后，从设施到教学质量都与城镇有着较大的差距"。王校长这质朴的语言是客观的，在忧虑中又充满着深深的期待。国家对教育的投入虽然在不断加大，但目前边远的少数民族地区的基础教育仍然是很不容易的，如马崩小学现在仍无学生宿舍，学生晚上睡教室，早上收起铺盖上课；配给的一台电脑前天刚到，但无打印机、复印机……同时，"少数民族学生读书意识不强，要回家帮忙干活路，缺课多，还不能处分，处分了他就不来，老师还得去请"；"低年级少数民族学生语言不通，到高年级时才稍好一些"；"教师很苦，工作条件较差，任务很重，单就到缺课学生家里做工作，请他们回校读书就得花很多的精力，有时在路上一个来回就得花五六个小时"；"娃娃读书开支大，要是有两个就更老火；其次是教师学历培训费较高，压力大，而教师又不能做生意以给家补，只靠家属摆摊补贴，最多就是放假后帮点忙而已。其他倒也不要紧，坚持一下也能过"……边疆少数民族贫困地区（过去这里是战区）财困民穷，拿不出更多的钱来支持基础教育，需要得到国家进一步帮扶的愿望很是迫切。对边疆少数民族贫困地区学生就业政策倾斜力度的进一步加大和如何为这些地区培养或输送留得住的人才创造更好的条件则又是一个大问题，"安排外地的来待不住，住不惯，条件差，而本地的又出不来，咋办？"而且，原来出一个专科生或者本科生，这个家庭就可能脱贫；现在，供一个专科生或者本科生读书，这个家庭就可能会陷入贫困。这些问题要引起足够的关注。

　　一种沉重重地压上心头。与此同时，在这种沉重下，

247

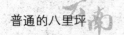

　　我又对王校长这些长年在这里无私而艰苦地、尽心尽职地工作的教师们致以深深的敬意。这是一种沉重的敬意，我是多么希望这种真真切切的敬意能够轻松一些啊！

　　从马崩小学出来，大家的脚步也是沉重的。

　　午饭后，我们分两组分头工作：永福、李和再进到村子里问卷访谈，廷明、小田和我到村民委了解情况。中午吃饭时，廷明因王校长、村民委主任等的质朴与真诚而喝多了一些，但并未休息，在做交谈记录的过程中，竟坐在凳子上手握着笔两次打盹儿，碰醒后喝杯水又接着记录。这令在场的人都很感动，文书说："你们上面来的老师这么卖力，我还没见过。"我相信，这种感动将被凝固，并一直伴随着我们的整个调查研究工作。

　　下午5点多钟，永福、李和回到村民委会议室，鞋上、裤腿上都是泥。我们和马崩的朋友道别，驱车返回董干，身后留下的是我们深深的祝福。

真的变了（2008年1月21日）

　　王正飞（文山师专九一级政史班毕业生，现在董干中学任教，苗族）一定要请我们到他家去看看（就是去吃饭）。学生的一份心意，那就去吧。坐了20多分钟的车后，到了者挖大洞苗族村寨，跟家人打完招呼，正飞带我们到村子里四处转转。他在这里生长，人们对他很熟（这就是费孝通老先生说的"熟人世界"）。每经过一家，主人都热情地邀请我们到家里吃饭，我们自然也是客气地致谢。一路上我注意到：好些人家都有了摩托车，有一家门口还摆放着一辆小孩骑着玩的山地自行车，晒衣绳子上，除挂着本民族的衣服外，还晾晒着从较大城市里买来的服装；有的人家墙脚下的柴草边码着一堆空啤酒瓶；村中主道的路基是用石头砌成的，上面浇筑着用水泥和石砂搅拌成的"灰沙"，周围的环境亦显干净……正飞说到前面粉刷一新这家坐坐。进到屋里，刚到火塘边坐下，主人家就把酒倒上（当地一种习俗，叫"冷咚杯"，最初是因家里太穷，"怕家里的菜见不得人"，故只上酒不上菜，久而成俗），在座的除主人家的主要成员外，还有来串门子的沈老哥和李老哥。边喝边聊中，了解到苗族的一些习俗及其变化，很有意思，现择述如下：

婚姻家庭：同姓不婚，否则"社会（习惯观念）不认可"，"大家会说你，你也难在村子里面住"（现在仍然如此）。族外婚少，主要是语言不通、习惯不同等原因。同时，他们考虑得较为长远，担心时间长了，外族人（"嫁"进来的外族人多"在不住"，女方进来的情况极少）对自己女儿不好，特别是心疼自己的女儿！关于心疼女儿，沈老哥就是一个典型的例子。在饭桌上敬酒时我才知道沈老哥是董干镇党委副书记沈丽的父亲，昨天在镇上已确认她调任马街乡党委书记，我把这消息告诉他，他和旁边的两位老哥不但没高兴，反而难过起来。我觉得奇怪，他们说："才27岁就做这么重的事，心疼这个娃娃了。"我端起酒杯和他们碰碰，把这种心疼喝下。苗族的婚姻原来以父母包办为主，现在多为自由恋爱。苗族对婚姻很严肃，对家庭很珍视，对离婚很看不起，所以婚姻家庭较其他民族稳固而长久。这是族内深刻而统一的观念使然，严格而自觉的习惯使然，亦是封闭的族内交往使然。

男尊女卑：如打亲家（指腹为婚，娃娃亲等），长辈之间约定后，除非是男方不娶或是出生后为同性，否则女的"要到死才得解脱"；儿媳不能与老人同桌，不能坐公公的床，不能在二楼从"窗口"往外看……当然，这除了习俗之外，还有一个很深厚的"礼性"的基础，但对男女双方来讲，"礼"多是对女不对男，故而有"下辈子一定不做女人"之说。有意思的是，在这里，现在的男女"地位"出现了一些微妙的变化："女人可以有一百个家（指再嫁），男人只有一个"；"女人是主动的，男人是被动的"；"男人难，主要是想再讨又没有经济基础"……这令我震惊的同时又觉得有趣，在男尊女卑观念如此根深蒂固的苗寨，"经济基础"在这里开始说话了，男人也显出了无奈（虽然这种情况不多）。

多子多福与重男轻女："对我们苗族来说，多子多福、重男轻女的观念是很深的"；"要是不得国家政策，难变！"现在变了，"生多了难养活，所以有的能生两个的只想生一个"；"生女的还好过，她会来看你，帮你"，若是生儿子，"要是你不帮他讨媳妇，他可能会干（打）你"……

苗寨的观念在变，苗寨的生活在变！

离开正飞家时已是晚上9点多钟，回来的路上，这种变化一直在我心中。其实，变化原本就是一种必然。

两份令人深思的调查表（2008年1月22日）

今天到董干镇中心校。学校已经放假，校长有事在外，交代值班的老师接待我们。学校校园不大，却干净清幽。二楼办公室很整洁，从墙上挂着的"全镇小学分布图"到"教师职责列表"到"教研室工作日志"都很用心，可以看出，中心校的工作是规范、有序而且是有成效的。值班老师把学校的基本情况作简要介绍后，我们根据分工，分头查阅资料、了解情况。在查阅资料的过程中，我发现两份"流失学生情况调查表"，为忠实于原表，现按原表之格式抄录于下：

表1 义务教育阶段中小学流失学生情况调查表

单位：马崩小学 填表人：杨秀才

填表时间：2007 年 9 月 1 日（春季学期）

姓　名	性别	民族	年龄	年级	家庭住址	流失原因	流失方向
顾金荣	男	苗	11	三	马崩上寨	外出打工	马关健康
杨胜琼	女	苗	9	三	马崩大火院	外出打工	马关健康
王富美	女	苗	10	三	马崩王兴寨	外出打工	广　东
侯志强	男	苗	10	三	马崩龙关寨	外出打工	广　东
王明杰	男	苗	9	二	马崩大火焰	外出打工	广　西
杨周仙	女	苗	10	四	马崩上黑山	外出打工	广　西
罗开富	男	苗	10	四	马崩下黑山	外出打工	广　东
王文菊	女	苗	12	五	马崩老寨	外出打工	广　东

四男四女共 8 人。

此表填写的范围为 2007 年 9 月报表后流失的学生，请各校认真如实填报，于 2007 年 10 月底前交镇中心学校两基室。

董干镇中心学校

二〇〇七年九月一日

表2 义务教育阶段中小学流失学生情况调查表

单位：永利小学 填表人：杨出军

填表时间：2007 年 9 月 1 日（春季学期）

姓　名	性别	民族	年龄	年级	家庭住址	流失原因	流失方向
罗荣芬	女	苗	9	三	永利马寨	随母到广	广　东
郎　春	女	倮	10	四	永利下核	外出打工	广　东
王富美	女	倮	12	六	永利下核	外出打工	广　东

此表填写的范围为 2007 年 9 月报表后流失的学生，请各校认真如实填报，

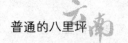

于 2007 年 10 月底前交镇中心学校两基室。

董干镇中心学校

二○○七年九月一日

　　（2008 年 1 月 22 日 9：50 抄录于麻栗坡县董干镇中心学校）

　　劳务经济给农村带来的变化是大家有目共睹的，给很多农民家庭带来的实惠也是显而易见的。但像这样的学龄儿童就到外地打工或是随父母到外地打工，则令人瞠目结舌，他们最小的才有 9 岁，最大的也不过 12 岁！哪些企业招收了这些学龄儿童？这种情况在全国各地还有多少？即便不是出去打工而是随父母而走，这些儿童的教育怎么办？他们如若不外出打工但又不愿读书怎么办？边疆少数民族地区的国民素质如何提高？今后农村的建设主体应当是这批健康成长的有知识有文化有技能的建设者，但到那时，这批建设者安在？将来边疆少数民族贫困地区的农村会是一种什么样的状态？哪些人将会在这片土地上生活？如何守土固边？……

　　这并非小题大做，现在一些端倪已现。如农村中的"空巢"现象。一些家庭的青壮年出去打工，家里留下的是老人和孩子，老人种地困难，带孩子不易，稍大一点的孩子（如在学校里读书）要肩负起照顾老人的任务；有的则是举家而出，留下的只是空房一间，土地虽租给其他人家耕种，但租种的人家也因地少或是土地的条件不好而难有明显的改善（昨天去的小卡就有这种情况）。对此，当地政府虽已关注，也采取了一些措施，但也因目前条件所限而难有其他更为有效的解决办法。又如边疆少数民族贫困地区基础教育的尴尬。在城里，送子女上学是天经地义的事，而且都争着进好的学校，但在贫困山区，情况并非完全如此。在那里，很多家长是期盼孩子能上学读书的，孩子们也期盼能奔跑在上学的路上。但也有不愿让孩子上学读书的。一是生存条件、生产方式、生活环境的原因，致使这些地区的一些人家认为孩子生下来就是要帮家里干活的，同时认为"娃娃念书，识得几个字，也没有多少用"，因此不愿让孩子上学；即便孩子上学读书，放学后也要回家里帮忙。二是边疆少数民族贫困地区生活条件较差，基础教育设施跟不上，高水平的教师不愿来，教学质量难有保障，学生就读高一级的学校难度增大；即便是进入了高中，但如若考不取大学，这书也就"白读了"；就是考取了大学，毕业后也不一定能找得到工作。加之现在读书费用高，家里压力大，所以，除了在家务农或是做点什么别的外，外出打工也就成了一种选择。老百姓得算这笔账，这不是用一句简单的"目光短浅"就能说得清个中滋味的。因此，对于边疆少数民族贫困地区的基础教育来说，"辍学"是一件很揪心、很无奈的事，提高教学质量是一件很艰难、很无奈的事。教育在社会发展中所起的作用已不言而喻，但基础教育的现状确实尴尬。再如基层党团组织的弱化。边疆山区土地的有限，资源优势的难显，传统的生产方式又难以改变现状，所以，在经济大潮的冲击下，一些年轻人觉得是他们离开这片土地走出这座大山的时候了，况且外面的精彩世界、打工所带来的实惠也在深深地吸引着他们。青年是团组织发展的对象，而团组织又为党组织输送后备力量。年轻人的外出必然影响到党团组织的发展，这样的外出同时也影响着村里人的观念。所以，现在的基层党团

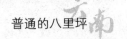
组织发展缓慢，战斗力减弱（这个问题当然不仅仅是因为以上原因）。到 2008 年，八里坪团支部仅有团员 11 位；董干村委会王支书也说：一些党员组织纪律性不强，通知开会经常不来，或者经常请假，外出打工的党员也不打招呼，虽然也采取了一些措施，但有时也"拿他们没办法"。

在这个世界上，很多人注定要生活在他们出生的这片土地上，传承祖祖辈辈的生产生活方式，过一辈子；而另一些人也注定要（只是早点晚点罢了）走出这片土地，换一种活法，融入到外面的世界里。这本是一种自然的生存法则，但我期盼国富民强，期盼留在这片土地上的人们能过得好一些，期盼走出去的人们能过得精彩一些。如今的经济大潮的冲击力很是强劲，影响也更为深刻，我们更应该用心来谋划。

阶段性小结（2008 年 1 月 26 日）

上午 9 点，在我的办公室对此次一行 9 人共 8 天的调查做个小结。娄自昌、王明富两位老师因事外出，其余的都到了。

浦加旗、何廷明分别代表猛硐组、董干组作总体情况介绍，永福、李和、锦发、小田等从各自不同的角度谈了自己的认识和看法。大家不走过场，率真质朴。我也谈了几点：第一，本次调查的程序是到位的，出发前做了相应的准备，开了碰头会，到县上向县政府汇报，取得同意和支持后，到乡、镇政府汇报，返回时逐级报告。这虽是一种程序，但更是一种尊重，这种尊重不仅体现在我们的调查过程中，而且更应该融入我们平时的学习、工作和生活中。第二，一些感动：廷明在马崩访谈时的醉，自昌、加旗他们一直工作到凌晨，县、乡（镇）政府的真诚支持与配合，盘副主席、伙副主任、正良局长等领导的关心支持，沈副镇长、王支书及皮登红、王正飞等老师的用心陪同等都令人感动。正是这些感动，一直伴随我们调查的始终，使我们的工作得以深入下去，既争取了时间又提高了实效。这些感动是我们能够顺利完成此次调查主要任务的根本保障。第三，存在的问题：下去前的总体策划和准备工作还不够充分，表现为没有组织对"县有关部门调查情况提纲"、"村民调查问卷"、"村民访谈提纲"等的集中讨论与分析；请县、乡（镇）政府帮助提供的材料清单尚不够明晰、完备；访谈时分类发展比照不够系统，对典型事例的采访尚显单薄；人口变迁及相应经济社会发展指标，因时间跨度较大等原因而数据残缺不全的问题尚无有效的解决办法；生活用品、生产工具、习俗场景、变化情况、调查细节等照片反映不够全面、典型等等。当然，这是一个不断学习、认识、锻炼、提高的过程，但对我们来说，应该尽可能地缩短此过程。

最后，大家议定了三个重点调研专题，即"边疆少数民族地区干部的培养与使用"、"麻栗坡县劳务经济调查"、"麻栗坡县边境沿线'光棍'现象调查"，报大组审定。

再过几天就过年了，这将是沉重的一年，因为调查中所发现的一连串问题始终挥之不去；但同时也是在沉重中寻求轻松的一年，因为我们仍在努力。

后 记

原打算是提取部分调查日记作为后记的，后又觉得，有些话还是要单独说一说的好，所以，有如下之言。

其一是调查报告的写作分工。调查报告写作提纲的确定及附录由杨磊负责，第一章至第三章由李和完成，第四章至第七章由何廷明完成；图片由李和拍摄；调查报告由杨磊统校、修改、定稿。

其二是一个说明。从调查报告的结构上看，第五章（民族与宗教）因内容单薄而显得很不协调，对此我们曾多次商议，甚至考虑将其并入第四章（社会发展）之中。但又觉得，这部分内容的"单薄"本身就是董干镇八里坪村的实际：八里坪是距董干镇仅有 1.3 公里的一个汉族占绝大多数的村寨，除传说中隐约透射出曾经有过的汉倮矛盾外（参见第四章第三节"民间传说"部分。村中老人对此矛盾并无传承下来之记忆，只有传说），现实生活中并无与其他民族相处不好之说；同时，此地除民间习俗外，并未形成群体信仰的制度性宗教。因此，虽然所写内容不多，但还是独立成章。

其三就是感谢了。这看起来是"老套"的程序，但我们是真诚的。从调查前的策划与调查过程的参与到初稿审读后真诚而准确的意见和建议，方铁老师都给予我们可贵的指导，怎能不表达谢意?! 对于调查工作，麻栗坡县彭辉县长（现任县委书记）的支持与把握，既有领导的高度，又有朋友的信度，对此，我们又怎能不谢?! 麻栗坡县政协盘文玉副主席、政府办伙国富副主任（现任发改局局长）、教育局马正良局长（现任富宁县委常委、组织部长）、董干镇党委骆厚文书记（现任县教育局局长）及麻栗坡县民宗局、计生委等部门都给予了我们积极而有益的帮助，特别是董干镇沈文富副镇长、董干村委会王兴权支书和文山师专1988级政史班皮登红、1991级政史班王正飞等，更是抽出大量的时间，陪我们走村串户，配合调查。所有这些，真可谓众惠如泉! 为此，我们除再一次表达我们真诚的谢意之外，还能说些什么? 若有的话，就是衷心地祝愿他们健康、顺心!

八里坪调查组

2010 年 3 月 28 日

图书在版编目（CIP）数据

普通的八里坪：云南麻栗坡县董干镇八里坪村调查报告／
杨磊，何廷明，李和著.—北京：社会科学文献出版社，2012.4
（当代中国边疆·民族地区典型百村调查／厉声主编.
云南卷．第 2 辑）
ISBN 978 - 7 - 5097 - 3040 - 9

I.①普… II.①杨… ②何… ③李… III.①农村调查—调查报告—麻栗坡县
IV.①D668

中国版本图书馆 CIP 数据核字（2012）第 037714 号

当代中国边疆·民族地区典型百村调查：云南卷（第二辑）

普通的八里坪
——云南麻栗坡县董干镇八里坪村调查报告

著　　者／杨　磊　何廷明　李　和

出 版 人／谢寿光
出 版 者／社会科学文献出版社
地　　址／北京市西城区北三环中路甲 29 号院 3 号楼华龙大厦
邮政编码／100029

责任部门／人文分社（010）59367215　　责任编辑／孙以年　韩莹莹
电子信箱／renwen@ ssap. cn　　　　　　责任校对／王新明
项目统筹／宋月华　范　迎　　　　　　　责任印制／岳　阳
总 经 销／社会科学文献出版社发行部（010）59367081　59367089
读者服务／读者服务中心（010）59367028

印　　装／北京季蜂印刷有限公司
开　　本／889mm×1194mm　1/32　　本册印张／8.75
版　　次／2012 年 4 月第 1 版　　　　本册彩插／0.125
印　　次／2012 年 4 月第 1 次印刷　　本册字数／193 千字
书　　号／ISBN 978 - 7 - 5097 - 3040 - 9
定　　价／196.00 元（共 4 册）